Für dich, du bist es wert.

Kapitel 1

Mila

Der Frühling in West Virginia war jedes Jahr ein Chaos aus Regenfällen, Wolken und Sonne. Es kam mir manchmal ein bisschen vor, als würde irgendein Wettergott gelangweilt herumsitzen und das Wetter täglich neu auswürfeln.

Ich streckte meine Hand aus der Hintertür unseres kleinen roten Holzhauses, das am Waldrand der Kleinstadt Hills Ferry stand, und spürte, wie kalte Tropfen auf meine Haut trafen.

Heute hat er sich also für Regen entschieden. Super.

Schnell spannte ich meinen sonnengelben Regenschirm und hielt ihn wie einen Schild über meine geglätteten schwarzen Haare. Wenn sie nass wurden, verliehen sie mir immer die dezente Optik eines Zwergpudels, nur dass ich dann nicht halb so niedlich aussah.

Meiner Schwester Marcy hatten die dunklen Naturwellen immer gestanden und ihr einen natürlichen Supermodellook verpasst. Ich hingegen musste sie immer glattföhnen, damit ich wie ein normaler Mensch aussah und man mich nicht zufällig mit Bigfoot verwechselte. Es gab einige Menschen in dieser Gegend, die schworen, dass sie Bigfoot schon gesehen hatten und ihn wahrscheinlich sogar jagten. Da wollte ich lieber nicht für Missverständnisse sorgen. Denn wenn ich bei *1000 Wege ins Gras zu beißen* eins gelernt hatte, dann dass es einen immer treffen konnte.

Aber genau genommen war es trotzdem wahrscheinlicher von einem Blitz getroffen zu werden.

Der Regen prasselte auf meinen Regenschirm, der momentan das Einzige war, was hier strahlte. Die Sonne versteckte sich hinter den grauen Regenwolken, die immer dunkler zu werden schienen. Alles um mich herum wirkte trist und grau. Die dichten Laub- und Nadelbäume am Straßenrand warfen schwarze Schatten und verliehen dieser sonst so schönen Gegend eine gruselige Stimmung. Nur das gelegentliche Zwitschern der Vögel erinnerte an den Frühling.

Je weiter ich die asphaltierte Straße in Richtung der Innenstadt entlanglief, desto kürzer wurden die Abstände zwischen den Häusern.

Als ich die hölzerne überdachte Brücke überquerte, die in die Innenstadt führte, wurde der Regen so stark, dass ich das verwitterte »Willkommen in Hills Ferry« Schild am Ende kaum erkannte.

Die rasant prasselnden Regentropfen wurden immer lauter.

Ein kühler Windzug schickte mir einen Schauer durch den ganzen Körper. Ich legte den nassen Schirm auf den Boden und knöpfte die Jeansjacke meiner Schwester zu, die ich jeden Tag trug, seitdem Marcy nicht mehr da war.

Bei dem bloßen Gedanken an sie stiegen mir wie jedes Mal die Tränen in die Augen. Meine Sicht verschwamm und ich konnte nicht genau ausmachen, ob es an meinen Tränen oder dem Regen lag. Vielleicht lag es an beidem.

Es fühlte sich ein bisschen so an, als würde der Himmel mit mir weinen, was mir ein bisschen Trost in diesen dunklen Minuten spendete.

Ich blinzelte und schloss meine Augen für einen Moment, um mich wieder auf das Hier und Jetzt zu konzentrieren.

Der Regen traf auf den rauschenden Fluss, der unter der Brücke hindurchfloss. Die Blätter und Nadeln des Waldes um mich herum raschelten leise. Ich atmete und ich lebte.

Als ich meine Augen wieder aufschlug, fühlte ich, wie mir die Frühlingskälte in die Glieder fuhr und mich so dazu zwingen wollte weiterzulaufen.

Ich schob den Ärmel der Jeansjacke ein wenig hoch, um einen Blick auf meine Smartwatch zu werfen. Es war Viertel vor neun, was bedeutete, dass Lawrence gleich seine Schicht im Carsons beenden würde und ich ihn ablösen musste.

An jedem anderen Tag wäre es kein Problem gewesen zu spät zu kommen, aber heute musste Lawrence rechtzeitig beim Gericht sein. Immerhin ging es für ihn um das Sorgerecht seiner vierjährigen Tochter Ruby. Ich hoffte so, dass er gewann. Er war charmant und besaß diese typisch britische Freundlichkeit, was bei einem Engländer wohl kaum verwunderlich war. Außerdem gehörte er zu den Menschen, die sich für andere aufopferten. Er tat alles für Ruby, egal was es war.

Je länger ich unter dieser Brücke stand, desto dunkler schien der Himmel zu werden. Der Regen fiel wie eine Wand aus Wasser vor mir herunter und vernebelte mir die Sicht. Ich trat ans Ende der Brücke und lugte unter dem schützenden Dach hervor in den Himmel.

»Verdammt M, reiß dich zusammen. Du bist nicht aus Zucker und Lawrence braucht dich jetzt!«, überredete ich mich selbst, in den Regen zu treten und den Weg ins Bistro wieder aufzunehmen.

Gerade als ich den ersten Fuß auf die Straße setzen wollte, durchschlug ein lautes Grummeln den Himmel und ließ mich zusammenfahren. *Donner.*

Ein Gewitter konnte ich gerade so gar nicht gebrauchen.

Meine Hände begannen zu schwitzen, als der erste Blitz über mir entlangzuckte und ein tiefes Grollen hinter sich herzog. Ich zitterte und mein Herz pochte, als würde es gleich versuchen aus meiner Brust zu springen.

Wie sehr ich es hasste, dass mich Gewitter so aus der Fassung brachten. Ich war kein Kind mehr und wusste, dass es wahrscheinlicher war, von einem umfallenden Getränkeautomaten erschlagen als von einem Blitz getroffen zu werden. Und doch stand ich hier wie versteinert.

Es war direkt über mir und sorgte dafür, dass ich das Gefühl hatte, auf dieser Brücke eingeschlossen zu sein.

Mir war klar, dass man sich dann am besten verkrümeln sollte und hier herumzulaufen keine gute Idee war. Aber das konnte ich nicht. Also ging ich meine Optionen durch: Früher hätte ich meinen Dad angerufen, damit er mich abholte, doch seit der Sache mit Marcy war er ein anderer Mensch geworden. Er ertränkte sein schlechtes Gewissen und seine Trauer in Whiskey, weshalb ich nicht wollte, dass er sich in seinen Jeep setzte.

Also überlegte ich weiter. Lawrence stand unter Zeitdruck und Mrs Marshall, unsere Köchin hatte Frühschicht gehabt und lag wahrscheinlich schon wieder im Bett. Damit waren auch sie raus.

Ich zog mein Smartphone aus der Jackentasche und wählte die vertraute Nummer des Carsons. Das Freizeichen tönte ein paar Mal, bis der Anrufbeantworter ansprang und ich mich mit meiner eigenen Stimme freudig begrüßte.

»Hallihallo, das ist der offizielle Anrufbeantworter des Carsons Bistro. Leider sind wir gerade total in der Arbeit versunken und können nicht ans Telefon gehen. Schreiben Sie uns gern eine Mail mit ihrem Anliegen an BandB@Carsons.com oder versuchen Sie es einfach später noch mal. Liebe Grüße und haben Sie einen schönen Tag!«

»Verdammt Ber«, fluchte ich. Meine beste Freundin Beryll war meine letzte Hoffnung gewesen. Sie nahm eigentlich immer ab, wenn sie bei uns als Kellnerin arbeitete, weil sie es liebte, mit den Kunden am Telefon zu flirten.

Für einen kurzen Moment hatte ich gehofft, dass sie mich abholen konnte, bis mir einfiel, dass sie wahrscheinlich gerade unseren neuen Kellner einarbeitete. Ich hatte ihn noch nicht kennengelernt, aber Mrs Marshall war nach dem Bewerbungsgespräch letzte Woche ganz aus dem Häuschen gewesen. Aber diese Reaktion hätte wohl jeder bei ihr auslösen können, wenn man bedachte, dass wir aktuell unter einem ziemlichen Personalmangel litten.

Nun musste ich es wohl oder übel zu Fuß versuchen. Das war die einzige Chance, die ich hatte, wenn ich wollte, dass der gute Lawrence es noch rechtzeitig zu seinem Gerichtstermin schaffte.

Ich faltete meinen Regenschirm zusammen und schob ihn an die Seite der Brücke. Es wäre dumm ihn mitzunehmen, wenn ich nicht von einem Blitz getroffen werden wollte.

Ein letztes Mal holte ich tief Luft und versuchte mich so gut es ging zu entspannen. Das gehörte nicht unbedingt zu meinen leichtesten Übungen.

Für die meisten Menschen in meinem Leben stellten Blitz und Donner kein Problem dar, aber mir machten sie Angst. Sie lähmten mich.

Aber jetzt hatte ich keine Zeit, um mich lähmen zu lassen. Ich musste ins Carsons.

Du kannst das, Mila. Wirklich. Das sind nur elektrisch aufgeladene Wassertropfen in einer Wolke voll warmer Luft.

Mein Versuch mich zu beruhigen war nicht von Erfolg gekrönt, was mit großer Wahrscheinlichkeit an der Kombination aus Elektrizität und Wasser lag.

Also versuchte ich es mit der herkömmlichen Methode und erpresste mich selbst.

Wenn du jetzt nicht losläufst, wirst du der Grund dafür sein, dass Ruby bei ihrem manipulativen Miststück von Mutter bleibt. Du wirst Lawrence damit das Herz brechen.

Lawrence' Ex-Freundin Lenora gehörte nicht zu der Sorte Mensch, die man als sympathisch oder aufgeschlossen bezeichnete. Sie war arrogant und hatte ihn, seit er seinen Job bei der Bank of America quittiert hatte, mehr als nur einmal mit seinem ehemaligen Vorgesetzten betrogen. Nun war sie wieder schwanger und bekam das, worauf sie aus war. Unterhalt. Das Geld war auch der einzige Grund, weshalb sie das Sorgerecht für Ruby wollte. Das hatte sie Lawrence mehr als einmal deutlich gesagt. Also versuchte er es mit allen Mitteln zu verhindern und wenn ich das jetzt nicht packte, wäre es meine Schuld, wenn er verlor.

Du musst nur einen Fuß vor den anderen setzen. Immer wieder.

Also gut, jetzt oder nie. Ich sog allen Mut, den ich aufbringen konnte, in mich ein, bevor ich losrannte. Ein kurzer Blick in den Himmel genügte, um die gleißenden Blitze über mir zu beobachten. Das Unwetter wurde stärker und trotzdem ignorierte ich das flaue Gefühl in meinem Magen.

Meine Schuhe platschten durch die Pfützen auf dem Asphalt, während ich »Du tust das für Lawrence. Lawrence ist dein Freund« immer wieder vor mich hin säuselte, als wäre es mein Mantra. In Sekundenschnelle weichten meine blassgelben Vans durch und auch der Saum meiner Jeans blieb nicht trocken. Der Regen, der aus den grollenden grauen Wolken fiel, tat währenddessen sein Übriges und durchnässte den Rest.

Mit umklammerten Armen lief ich den üblichen Weg in Richtung der Stadt. Als plötzlich helle Lichter an mir vorbei strahlten, wurde meine Anspannung noch größer. Ein lautes Grollen folgte. Das Bild eines hinter mir einschlagenden Blitzes schlich sich wie ein böses Omen in meine Gedanken. Das Geräusch kam näher und ich erwischte mich dabei, noch schneller zu laufen.

Ich spürte jeden einzelnen Tropfen, der durch meine Jacke an meine Haut drang. Der Regen war überraschend warm, aber angenehm wurde er dabei trotzdem nicht.

»Pong Pong«, ertönte ein lautes Hupen und holte mich aus meinen Gedanken. Ich sprang von der Straße ins nasse Gras und blieb automatisch stehen.

Ein neuer violetter Geländewagen hielt neben mir und fuhr die Fensterscheiben runter. Fast augenblicklich trafen mich die tiefgrünen Augen des Fahrers.

»Wollen Sie mitfahren? Ich fahre in die Stadt, nach Hills Ferry. Wie es der Zufall so will, habe ich noch Platz für eine Person«, fragte er grinsend. Der Fremde strich sich mit einer Hand durch seine dunklen Haare, während die andere lässig auf dem Lenkrad lag.

»Ich steige nicht bei Fremden ins Auto«, antwortete ich automatisch und begann weiter in die Richtung der Stadt zu laufen.

Meine Schwester hatte immer gemeint, ich wäre zu steif und langweilig, aber ich hielt mich einfach nur für verantwortungsbewusst. Wer wusste, was dieser Kerl wirklich wollte. Vielleicht hatte er vor mich zu entführen und umzubringen. Als er nun begann im Schritttempo neben mir herzufahren, sorgte das jedenfalls nicht dafür, dass ich mich sicherer fühlte. Also beschleunigte ich wieder fast wie von selbst.

»Lobenswert, gut. Dann stelle ich mich kurz vor. Ich bin Arden, Arden Kingsley. Ich bin dreiundzwanzig, komme aus England und bin sowas wie ein britischer Gentleman. Außerdem ziehe ich gerade her.«

»Ich wusste gar nicht, dass britische Gentlemen so aufdringlich und zwielichtig sind«, antwortete ich mit nach vorne gerichtetem Blick.

»Autsch, also als zwielichtig hat mich noch niemand bezeichnet. Das kratzt jetzt etwas an meinem Ego.«

Dass ich statt ihm zu antworten einfach weiter geradeaus lief, schien ihn zu wurmen. Hätte ich keinen Zeitdruck gehabt und wäre mir Arden an einem anderen Ort begegnet, hätte ich ihn wahrscheinlich anziehend oder zumindest interessant gefunden. Er passte optisch total in mein Schema. Sein charakterlicher erster Eindruck war allerdings alles andere als gut. Er kam arrogant rüber und hatte mir eine Spur zu viel von einem Womanizer.

»Ich will doch einfach nur meine Hilfe anbieten, weil du klatschnass bist und es gefährlich ist bei einem Gewitter draußen herumzulaufen. Außerdem, wenn wir ehrlich sind, dann sehe ich weder wie ein Axtmörder noch wie ein Entführer aus«, versuchte er erneut ein Gespräch anzufangen. Dass er dabei auf sein Gesicht deutete, ließ mich mit den Augen rollen.

Sein Ausdruck hatte etwas Arrogantes. Arden schien genau zu wissen, wie attraktiv ihn seine scharfen Wangenknochen und das schiefe Lächeln machten. Zwar hatte er nichts von einem Entführer, sympathischer wurde er dadurch trotzdem nicht.

»Vielleicht solltest du dann aufhören, dich wie ein potenzieller Entführer zu verhalten. Neben mir herzufahren und mich anzustarren, ist nicht besonders vertrauenserweckend«, stellte ich gereizt von seiner arroganten Vorstellung klar.

In dem Moment als Arden lachte, durchschnitt ein Blitz die Luft und ließ mich zusammenfahren. Dies blieb meinem Gegenüber nicht unbemerkt. Das Grinsen auf seinen Lippen wurde schelmisch.

»Touché, aber dann kann ich dich beruhigen. Du bist einfach nicht mein Typ.«

Seine Worte versetzten mir einen Stich. Ich weiß, dass sie mich nicht hätten kränken dürfen, aber das taten sie. Wer hörte schon gerne von einer attraktiven Person, dass man nicht ihr Typ war? Ich meine, was wollte er mir damit sagen? Dass er zu gut für mich wäre oder ich nicht attraktiv genug aussah? Unabhängig davon, dass die Situation so *strange* war wie diese, sagte man das doch zu niemandem.

Ein Knall riss mich aus meinen Gedanken zurück ins Hier und Jetzt. Seinem Gesicht nach zu urteilen war ihm das nicht entgangen.

»Aber so wie's aussieht hat da jemand Angst vor Gewittern.«

»Wow, gut geraten, Prinz Obvious, und was bringt dir diese Info jetzt? Ich werde mich trotzdem nicht von dir retten lassen und in die Stadt laufen«, blaffte ich, weil ich zugeben musste, dass es mich unangenehm traf, wie ihm jetzt auch noch meine Schwäche aufgefallen war.

Aber statt etwas darauf zu antworten, brachte er den Wagen ruckartig zum Stehen und sah mich überrascht an. Automatisch blieb auch ich stehen.

Arden starrte mich einen Moment ungläubig an. Meine Hände kribbelten und ich spürte die Spannung, die um mich herum in der Luft zu liegen schien. Der Regen, der auf die Motorhaube prasselte, und die dunklen Wolken, aus denen es verheißungsvoll grummelte, sorgten nicht gerade dafür, dass ich mich wohler fühlte. Für einen Augenblick sagte niemand etwas, bis der aufheulende Motor von Ardens Pick-up die Wortlosigkeit zerriss.

»Na dann. Es freut mich auch, dich kennengelernt zu haben.« Er fuhr das Seitenfenster wieder hoch und drückte aufs Gas.

Wenige Sekunden später kam ich dann in den Genuss seiner Rücklichter. Überraschenderweise ärgerte ich mich einen Moment lang, dass ich das Angebot nicht angenommen hatte, weil ich so noch rechtzeitig ins Carsons gekommen wäre. Auf der anderen Seite war ich aber auch stolz, dass ich nicht eingeknickt war.

So oder so war es jetzt wie es war. Also tat ich es wie zuvor auch schon. Ich nahm mein Herz in die Hand und rannte durch den Regen zurück in die Stadt.

Kapitel 2

Arden

»Waitin' on a Sunny Day« dudelte es ironischerweise aus dem Autoradio, während der Platzregen auf die Windschutzscheibe meines Pick-ups hämmerte und mich zwang langsam zu fahren.

Links und rechts von mir ragten hohe Nadelbäume in den Himmel und sorgten für herbstliche Stimmung im späten Frühling.

Manchmal fragte ich mich, wo die Zeit hinlief, wenn sie an mir wie ein D-Zug vorbeirauschte.

Es waren zwei Wochen vergangen, seit ich mein Leben aufgegeben und mich für einen Neustart entschieden hatte, und trotzdem fühlte es sich an, als wäre es erst gestern passiert.

Bei dem Gedanken daran, wie es gewesen war, als ich mal so etwas wie eine Familie oder Freunde gehabt hatte, spürte ich, wie sich Wut in mir ausbreitete: Wut auf mich selbst, weil ich es so grandios verbockt hatte.

Manchmal fühlte es sich an, als hätte ich die scheiß Apokalypse ausgelöst. Und wieder einmal wurde mir klar, dass diese Schuld, die wie Gehwegplatten auf meinen Schultern lastete, für immer ein Teil von mir sein würde. Das Einzige, was ich tun konnte, um mir nicht selbst die Kraft zum Leben zu rauben, war neu anzufangen und zu vergessen.

Man sagt, dass Zeit alle Wunden heilte, aber das war eine Lüge. Zeit gab uns nur die Möglichkeit, unsere Wunden zu vergessen oder zu ignorieren. Irgendwann würde auch ich es schaffen und ein normales Leben führen. Vielleicht würde ich sogar aufhören können, mich selbst zu verurteilen.

Auch wenn ich momentan noch Probleme damit hatte, es mir zuzugestehen glücklich zu sein, war das mein Ziel.

Gerade als ich die fröhliche Musik im Radio aufdrehen und mich zu einem Lächeln zwingen wollte, fiel mir eine Frau am Straßenrand ins Auge. Sie lief völlig durchnässt vom strömenden Regen des Gewitters in Richtung Hills Ferry. Sie hatte die Arme fest umschlungen, als würde sie frieren.

Ich drosselte mein Tempo noch weiter und ließ das Seitenfenster meines Pick-ups herunter, weil ich Mitleid mit ihr hatte. Niemand sollte bei so einem Unwetter alleine draußen herumlaufen müssen.

»Wollen Sie mitfahren? Ich fahre in die Stadt, nach Hills Ferry. Wie es der Zufall so will, habe ich noch Platz für eine Person«, fragte ich und schenkte ihr ein Lächeln.

Erschrocken sah sie mir direkt in die Augen. Ihre Augen waren so warm und dunkel wie heiße Schokolade. Mir fiel direkt auf, wie hübsch sie war und wie ängstlich sie aussah.

Die Fremde strich sich ihre langen, nassen und leicht welligen schwarzen Haare hinters Ohr. Wie ein Spiegel fuhr ich mir mit einer Hand durch meine Haare, während die andere auf dem ledernden Lenkrad ruhte.

»Ich steige nicht bei Fremden ins Auto.« Ihre Stimme klang samtweich, aber bestimmt. Sie wusste, was sie wollte, eine Eigenschaft, die ich bei Menschen schätzte, auch wenn ich es unklug fand, in solch einem starken Gewitter draußen herum zu laufen.

»Lobenswert, gut. Dann stelle ich mich kurz vor. Ich bin Arden, dreiundzwanzig, komme ursprünglich England und bin so was wie ein britischer Gentleman. Außerdem ziehe ich gerade her.« Ich versuchte mich so charmant wie ich konnte zu verhalten, was nicht leicht war, wenn man gerade log, dass sich die Balken bogen.

Charmant sein gehörte schon lange nicht mehr zu meinen Stärken, aber ich wollte ihr ein besseres Gefühl geben, denn es war offensichtlich, dass sie Angst hatte.

»Ich wusste gar nicht, dass britische Gentlemen so aufdringlich und zwielichtig sind.«

Sie wandte sich von mir ab und starrte die verregnete Straße entlang, als wäre es eine Qual für sie, mich anzusehen.

»Autsch, also als zwielichtig hat mich noch niemand bezeichnet. Das kratzt jetzt etwas an meinem Ego«, versuchte ich erneut die Stimmung aufzulockern, doch sie antwortete nicht.

»Ich will doch einfach nur meine Hilfe anbieten, weil du klatschnass bist und es gefährlich ist, während eines Gewitters draußen herumzulaufen. Außerdem, wenn wir ehrlich sind, dann sehe ich weder wie ein Axtmörder noch wie ein Entführer aus.«

Doch statt zu lachen oder auch nur ein wenig über meine übertriebene Darstellung zu lächeln, rollte sie abwertend mit den Augen, als würde sie sich für etwas Besseres halten. Ich kannte solche Mädchen, ich hatte Tage und Nächte mit ihnen verbracht.

»Vielleicht solltest du dann aufhören, dich wie ein potenzieller Entführer zu verhalten. Neben mir herzufahren und mich anzustarren, ist nicht besonders vertrauenserweckend«, stellte sie zickig klar.

Obwohl ich mit jedem Wort, das ihre liebliche Stimme von sich gab, weniger Lust hatte ihr zu helfen, musste ich darüber lachen, wie absurd diese Situation war. Natürlich hatte sie recht. Zugegeben, mir war gar nicht aufgefallen, dass ich im Schritttempo neben ihr hergefahren war. Kein Wunder, dass sie misstrauisch war und versuchte, ihre Unsicherheit mit zickigen Bemerkungen zu überdecken. Gerade als ich versuchte, mein unpassendes Lachen zu beenden, um ihr zu sagen, dass sie recht hatte, zuckte ein Blitz über uns hinweg. Die Fremde zuckte zusammen.

Mir wurde klar, dass es etwas gab, vor dem sie in dieser Situation noch mehr Angst hatte, als vor einem seltsamen jungen Mann, der versucht hatte, sie in sein Auto zu bekommen.

»Touché. Aber da kann ich dich beruhigen. Du bist nicht mein Typ«, versuchte ich sie zu beruhigen, auch wenn es definitiv eine Lüge war. Ich fand sie ziemlich attraktiv, aber sie hielt mich schon genug für einen Psychopathen, weshalb ich es für keine gute Idee hielt, ihr das auch noch zu sagen. Immerhin kannten wir uns nicht.

Als sie bei einem weiteren Blitz zusammenzuckte, konfrontierte ich sie grinsend mit meiner Beobachtung. Vielleicht lockerte das ja die Stimmung.

»So wie's aussieht hat da jemand Angst vor Gewittern.«

Ertappt sah sie in meine Richtung.

»Wow, gut geraten, Prinz Obvious, und was bringt dir diese Info jetzt? Ich werde mich trotzdem nicht von dir retten lassen und in die Stadt laufen.«

Ihre Worte durchzuckten mich wie die Blitze den Himmel.

Was hatte sie da gerade gesagt?

Für eine Sekunde schossen die Bilder dunkler Erinnerungen durch meinen Kopf und ließen meine Stimmung schlagartig kippen. Meine Hände krampften sich um das Lenkrad. Gut, wenn sie nicht gerettet werden wollte, würde ich es nicht weiter versuchen. Im Retten war ich bisher sowieso jedes einzelne Mal in meinem Leben gescheitert.

»Na dann. Es freut mich auch, dich kennengelernt zu haben«, presste ich heraus und fuhr das Seitenfenster wieder hoch, bereit, sie mit ihrer Angst allein zu lassen, um nicht länger mit meiner allein sein zu müssen. Denn eins war klar, ich musste unter Leute. Sofort.

Ich drückte das Gaspedal durch, bis ich auf Widerstand traf und der Motor meines Wagens eine Sekunde lang aufheulte, als hätte er Schmerzen.

Meine Augen richtete ich starr auf die Straße, ohne einen Blick in den Rückspiegel zu werfen.

Bäume, Pfeiler und Brückengeländer rauschten an meinen Fenstern vorbei, während die Kleinstadt vor mir immer weiter zu wachsen schien.

Ich hatte mir Hills Ferry nicht als neuen Zufluchtsort ausgesucht, weil es so malerisch schön oder wie eine Insel von Wasser umgeben war, obwohl beides zutraf. Nein, ich hatte es mir ausgesucht, weil es weit weg von meinem Leben und ich hier unbekannt war.

Die Miete für die Wohnung, in die ich zog, hatte ich bereits für sechs Monate im Voraus gezahlt. Sie lag über einem kleinen Café, in dem ich mich schon wie ein normaler Mensch jeden Morgen Kaffee trinken sah.

Langsam fuhr ich in die Stadt herein, während meine Augen die Backsteinfassaden der Läden nach dem Schild des Cafés absuchten. Da war es:

Flora's Flowers, Luigi's ... Carson's Bistro

Ich lenkte den Wagen auf einen der freien Parkplätze am Straßenrand vor dem Carsons und stellte den Motor ab. Ein kurzer Blick auf die zum Sitzen zu schmale Rückbank des Pick-ups verriet mir, dass sich meine schwarze Reisetasche nicht einen Zentimeter verrutscht war, seit ich New York den Rücken gekehrt hatte. Darin war beinahe alles, was ich noch besaß, was so wenig war, dass es ein Witz hätte sein können. Mein neues Leben passte in diese Tasche, jetzt musste ich es nur noch auspacken.

Ich griff nach der Tasche und zog sie mit einem Ruck zu mir nach vorn. Den Griff fest umschlossen stieg ich aus und schloss den Pick-up ab, obwohl diese Kleinstadt zu den sichersten des Landes gehörte. So war das wohl, wenn man wie ich aus New York kam.

Zielstrebig überquerte ich den Bürgersteig zu dem Laden mit den fast bodentiefen schwarzen Fenstern und der gläsernen Tür, die einen sofort dazu einluden, das moderne Interieur zu bestaunen. Die schwarze Markise vor dem Laden bot ein paar Fußgängern Schutz vor dem Inferno am Himmel.

Als ich die Tür aufdrückte und mir leise Achtzigerjahre-Hits entgegenschallten, fühlte ich die lange Autofahrt von mir abfallen. Ich war die ganze Nacht unterwegs gewesen und bekam nun das erste Mal die Möglichkeit abzuschalten.

Ich suchte mir einen Fenstertisch und ließ die Reisetasche neben mir auf den Boden fallen. Es waren einige Gäste hier und die Bedienung schien ganz schön im Stress zu sein. Ihre schulterlangen pinken Haare wirbelten bei jeder ihrer Bewegungen.

Ich hatte mir das Carsons klassischer vorgestellt. So wie es aussah, hätte es genauso gut ein New Yorker Szeneladen sein können.

Der Tresen bestand aus rustikalem Holz und war umgeben von schwarzen Eisenregalen, in denen Gläser, Teller und Flaschen standen. Überall im Laden hingen nackte Glühbirnen, die warmes Licht spendeten und wie eine Menge Zimmerpflanzen für Gemütlichkeit sorgten.

Alles in mir schrie nach einem Kaffee, weshalb ich beschloss, erst zu frühstücken, bevor ich mein neues Domizil bezog.

Als könnte sie hellsehen, kam die pinkhaarige Kellnerin mit einem breiten Lächeln auf mich zu. Sie trug eine Carsons-Schürze über ihrem Jeansoverall, aus deren Tasche sie einen Notizblock zückte.

»Konnten Sie schon einen Blick auf die Karte werfen?«, fragte sie super freundlich, was mir ein Lächeln auf die Lippen zwang.

»Nein, aber Sie haben bestimmt einen einfachen Kaffee, schwarz und Bagels, oder?«, fragte ich.

Die Kellnerin begann zu lachen.

»Wir sind für unsere Bagels bekannt. Was für einen hätten Sie gern?«

»Ach wirklich?«, fragte ich überrascht.

»Na ja gut, genau genommen sind wir für all unser Essen bekannt.

Aber ich bilde mir ein, tolle Bagels zu schmieren«, antwortete die Kellnerin.

»Na, dann überraschen Sie mich. Ich nehme jeden Bagel, den Sie mir schmieren.«

»Wird gemacht. Kaffee kommt gleich.«

Ehe ich etwas Weiteres anmerken konnte, war sie schon wieder hinter dem monströsen Tresen verschwunden.

Erst jetzt nahm ich die moderne Speisekarte aus schwarzem Kartonpapier in die Hand und sah sie durch. Von Frühstück über Cocktails bis hin zu deftigen Burgern, bei dessen Beschreibung mir schon allein das Wasser im Mund zusammenlief, bot das Carsons eigentlich von allem etwas an. Alles bis auf Kuchen. Ein Umstand, der mich überraschte, wenn man sich in Erinnerung rief, dass Nachspeisen in sämtlichen Bistros, die ich kannte, zum Standardsortiment gehörten.

Während ich wartete, strich mein Blick durch den Laden, um jeden Ziegelstein und jedes Blatt in Erinnerung zu behalten. Dies war mein Anfang und von nun an würde alles besser werden, versuchte ich mich zu motivieren, auch wenn ich eher das Gefühl hatte, mich selbst zu belügen.

Aber diese Lüge sollte meine Wahrheit werden.

Die Kellnerin von eben, auf deren Namensschildchen »Beryll« stand, brachte mir schon wenige Minuten später meinen Kaffee und einen Sesam-Bagel, der mit weißem Käse und einer Nusscreme bestrichen war.

Skeptisch musterte ich mein Frühstück, was ihr nicht entging.

»Das ist Ziegenkäse mit Haselnusscreme, süß trifft salzig. So mag unsere Chefin ihn selbst am liebsten«, erklärte sie aufgeregt. Diese außergewöhnliche Konstellation hatte ich nicht auf der Karte entdeckt.

»Und Sie veräppeln mich nicht?«, fragte ich mit hochgezogenen Augenbrauen.

Kichernd schüttelte sie den Kopf.

»Tue ich nicht. Mila schwört darauf«, versicherte sie mir.

»Dann ist Mila Carson Ihre Chefin«, stellte ich fest, bevor ich mich dazu überwand, einen ersten Bissen zu nehmen.

Beryll nickte.

»Ja. Eigentlich gehört das Carsons ihrem Vater, aber der ist seit dem Unfall von Milas Schwester in keinem guten Zustand. Deshalb organisiert sie jetzt alles. Das Bistro, die Wohnung, das ...«

»Moment, die Wohnung?«, unterbrach ich sie kauend.

»Über dem Carsons ist eine Wohnung frei. Sie ist allerdings seit Kurzem wieder vermietet. Den Mieter hat aber noch keiner kennengelernt. Mila meinte, er hätte keine Fragen gestellt und einfach ein halbes Jahr im Voraus bezahlt. Wer hat so viel Geld auf einmal? Wir vermuten, dass er vielleicht krumme Geschäfte macht. Vielleicht ein Dealer oder so. Na ja, so oder so ein Glücksfall für den Laden. Finanziell sah es nicht so gut aus, seitdem wir keine Desserts mehr verkaufen«, tratschte Beryll fröhlich.

Gerade als ich sie darüber aufklären wollte, dass ich der ominöse neue Mieter war, zerriss das Türglöckchen die Atmosphäre.

Ich war froh, dass ich bereits zu Ende gekaut hatte, denn sonst hätte ich mich in diesem Moment wahrscheinlich verschluckt.

Mein Blick traf den der durchnässten jungen Frau, die gerade das Carsons betreten hatte. Lange schwarze Haare, schokoladige Augen ... Ja, das war definitiv die Frau von vorhin. Welche Ironie, dass wir uns gerade hier wieder trafen.

»Duuu«, rief sie durch den ganzen Raum, als würde sie mich gleich eigenhändig vor die Tür setzen wollen.

»Ja, ich«, antwortete ich knapp, während ich nach meiner Kaffeetasse griff und genüsslich einen großen Schluck der dampfenden Flüssigkeit nahm, während sie aussah, als würde sie gleich erfrieren.

Ihr Blick verfinsterte sich, als sie zu mir herüberkam und sich mit verschränken Armen vor mir aufbäumte, als wäre sie größer als die ein Meter fünfundsechzig, auf die ich sie schätzte.

»Beryll, räum sein Geschirr ab. Der Kunde ist fertig«, wies sie die Kellnerin an. Bei ihrem Tonfall dämmerte mir, dass sie vielleicht Mila Carson sein könnte. Die Blicke der Angestellten und Gäste ruhten auf uns und alle Gespräche waren verstummt, was die junge Frau vor mir nicht beachtete.

»Bin ich nicht. Sehen Sie, da ist noch etwas in meiner Tasse.« Ich hielt ihr die Tasse hin und schwenkte das braune Gold, sodass sich der Geruch nach heißem Kaffee um uns herum ausbreitete.

»Wir bedienen hier keine arroganten Arschlöcher«, sagte sie sauer, auch wenn ich nicht wusste, wann genau sie herausgefunden hatte, dass ich ein Arschloch war.

»Ich denke, dass Ihre Kollegin Ihnen da widersprechen würde.« Ich achtete peinlich genau darauf, dass mein Tonfall so freundlich wie möglich klang. Dass sie ihre Hände zu Fäusten ballte, zeigte mir, dass ich sie damit provozierte.

Was hatte diese Frau nur gefrühstückt, dass sie sich wie eine Irre aufführte? Einen Clown sicher nicht. Eher einen Dämonenfürsten.

Jeder andere Mensch hätte über die seltsame Situation gelacht, aber sie schien einfach keinen Humor zu besitzen. Aus irgendeinem Grund regte sie meine Anwesenheit tierisch auf.

Die junge Frau stützte sich mit beiden Armen auf dem Tisch ab, an dem ich frühstückte, und lehnte sich zu mir herüber.

»Hören Sie, ich werde das jetzt ganz sachlich ausdrücken. Sie werden aufessen, ihre Sachen nehmen, gehen und nie wieder mit mir sprechen. Haben Sie das verstanden?«, herrschte sie mich an.

Ich konnte absolut nichts gegen das Grinsen tun, was sich in diesem Moment auf meinen Lippen breit machte.

»Was?«, fragte sie sauer.

»Sie tropfen in meinen Kaffee.«

In dem Moment indem ich sie darauf aufmerksam machte,

löste sich ein Tropfen, glitt an einer ihrer schwarzen Strähnen hinunter, um demonstrativ mit einem leisen »Plopp« in meiner Tasse zu landen.

In einer Comic Serie wäre ihr jetzt Dampf aus den Ohren geschossen, in der Realität veränderte sich nur ihre Gesichtsfarbe von hellem Braun in ein kräftiges Wutrot.

»Raus hier«, hauchte sie.

»Ich fürchte, dass das mit dem nie wieder miteinander sprechen schwierig wird, weil ich nämlich die Wohnung über dem Carsons gemietet habe. Sie sind doch Mila Carson, oder?«

Die Wut in ihrem Gesicht verwandelte sich augenblicklich in Überraschung und verriet mir, dass ich ins Schwarze getroffen hatte. Damit hatte sie augenscheinlich nicht gerechnet.

Mila verließ, ohne ein weiteres Wort an mich zu verschwenden, den Besucherbereich und verschwand in einem Raum hinter dem Tresen, den ich für die Küche hielt.

Als sie auch nach einigen Minuten nicht zurückkam, hörten die anderen Gäste auf mich zu mustern und verfielen zurück in ihre Gespräche. Ohne zu wissen, was ich jetzt tun sollte, begann ich aus dem Fenster zu starren und die Menschen, die immer wieder vorbeikamen, zu beobachten. Es war nicht klug gewesen, meine Vermieterin so zu verärgern, das wusste ich selbst. Andererseits hatte ich gar nicht gewusst, dass sie meine Vermieterin war, als ich damit anfing.

Mich beruhigte nur, dass ihre hübsche Schale täuschte und sich eine wahre Zicke dahinter verbarg. Ich hatte seit fünf Jahren keine Frau mehr an mich herangelassen und war nicht nach Hills Ferry gekommen, um das zu ändern.

Schweigend nahm ich den letzten lauwarmen Schluck aus meiner Tasse und schwenkte meinen Blick nach draußen.

Es regnete noch immer wie aus Kübeln, auch wenn die Blitze mittlerweile verstummt waren. Das römische Zifferblatt des Kirchturms auf der anderen Straßenseite zeigte an, dass es erst kurz vor zehn war und doch war der Himmel so dunkel, als wäre der Tag gerade dabei zu Ende zu gehen. Das tiefe Bedürfnis, mir eine Decke über den Kopf zu ziehen und das Bett den ganzen Tag nicht mehr zu verlassen, stellte sich ein und sorgte dafür, dass ich fünfzehn Dollar aus meiner Jackentasche kramte, auf den Tisch legte und aufstand.

Mit einem schmalen Lächeln auf den Lippen bedachte ich Beryll, die im Gegensatz zu ihrer Chefin sehr sympathisch zu sein schien. Stumm nickte ich in die Richtung meines Tisches und hoffte, dass sie sich über die acht Dollar Trinkgeld freute.

Ohne ihre Reaktion abzuwarten, stellte ich mich an den unbesetzten Tresen und räusperte mich laut.

Die Tür zur Küche schwang auf und Mila betrat den Raum. Als sie sah, dass ich derjenige war, der nach Aufmerksamkeit verlangte, verfinsterte sich ihr Blick wieder.

Ohne genau drüber nachzudenken, wie ich das Gespräch am gefahrlosesten begann, redete ich los.

»Da wir ja noch nicht dazu gekommen sind, uns einander richtig vorzustellen, fange ich einfach mal an. Ich bin Arden Kingsley, ihr neuer Mieter. Wären Sie so freundlich, mir meine Wohnung zu zeigen?«

Statt mir wieder irgendetwas Unhöfliches entgegen zu pfeffern, begann Mila furchtbar unecht zu lächeln.

»Natürlich, folgen Sie mir«, presste sie hervor, ohne die Lippen zu öffnen.

Ich wusste nicht, mit wem sie in der Küche gesprochen hatte, aber offenbar war ihr klar geworden, dass es besser war, nicht die Hand zu beißen, die ihre Miete sechs Monate im Voraus bezahlt hatte.

Am Ende des Ladens befand sich eine unscheinbare Holztür, die in einen winzigen Flur führte, in dem sich eine Treppe ins Obergeschoss und eine weitere Haustür befanden, durch die man das Gebäude verlassen konnte, ohne durch das Carsons zu müssen. Dies würde wahrscheinlich der Ausgang werden, den ich nahm, wenn ich der übellaunigen Chefin des Bistros entgehen wollte.

Ich folgte Mila die knarzenden Stufen hinauf, die direkt vor einer überraschend modern aussehenden Metalltür mit Türspion endeten. Wenn man Einkäufe hochtrug, wurde man buchstäblich dazu gezwungen, alles auf der Treppe abzustellen, um die Tür aufschließen zu können.

Memo an mich: nichts einkaufen, das breiter war als eine Stufe.

Mit einem Ruck schob sie die schwer aussehende Tür auf, die den Blick auf einen großen offenen Loft freigab.

Verblüfft schob ich mich an Mila vorbei in die Wohnung, die aus einem großen quadratischen Raum zu bestehen schien.

Der Boden war aus breiten, dunklen Holzdielen, die sich durch das gesamte Zimmer zogen und vor hohen, weiß gestrichenen Ziegelsteinwänden endeten. Es gab einige große Fenster, die mit ihren schwarzen Rahmen und Streben geradezu industriell wirkten.

Links neben der Eingangstür führte eine kleine Wendeltreppe nach oben in einen weiteren offenen Raum, der wahrscheinlich früher mal eine Zwischendecke gewesen war. Das Einzige, was einen vor dem Herabstürzen bewahrte, war ein schmales schwarzes Geländer, das ehrlich gesagt nicht besonders stabil anmutete.

Ich ließ meine Reisetasche auf den Boden fallen und bewegte mich dann langsam durch den Raum. Meine Schritte hallten über das Parkett der leeren Wohnung. Leer war hier das Stichwort.

Ich warf einen Blick über meine Schulter und sah, dass Mila in der Tür stehen geblieben war und die Arme verschränkte. Ihre Augen fixierten mich kühl.

»Stand im Internet nicht, dass sie möbliert vermietet wird? Ich sehe keine Möbel.«

Nun trat meine junge Vermieterin an mich heran und löste ihre

Arme aus der abwehrenden Haltung. Sie deutete in die Richtung der Treppe.

»Das ist richtig. Auf der oberen Ebene befinden sich ein Bett und eine Kleiderstange. Hinter dem Schlafbereich ist das Bad, in dem ein Spiegelschrank und ein Handtuchständer stehen. In diesem großen Raum finden Sie hinter der Treppe eine Küchenzeile und einen Stuhl. Da ist auch der WLAN-Router eingesteckt.«

»Ein Stuhl, ein Bett und ein Spiegel? Das ist für Sie möbliert?«

Mila nickte zustimmend.

»Man könnte es auch mit industriellem Gefängnischarme betiteln«, kommentierte sie.

Ihre Worte ließen mich erstarren, als wären sie die Augen der Medusa. Sie lösten Gefühle in mir aus, die ich seit Monaten verdrängte. Schuld und Scham.

»Gibt es in der Nähe einen Laden, in dem ich eine Couch und einen Fernseher bekomme?«, fragte ich, ohne weiter auf das einzugehen, was sie gesagt hatte.

Zur Antwort zuckte Mila mit den Schultern.

»Eine Stunde von hier Richtung Washington DC liegt ein großes schwedisches Möbelhaus. Wo Sie einen Fernseher herbekommen, finden Sie bestimmt selbst heraus, wenn Sie Ihre kleinen grauen Zellen etwas anstrengen. Ich bin sicher, dass Sie das mit ein wenig Übung super hinbekommen werden.«

»Wow, danke. Das war wirklich super hilfsbereit. Du kannst ja doch so etwas Ähnliches wie nett sein.«

Wie erwartet, bekam ich als Reaktion nur ein genervtes Augenrollen.

Wenn sie weiterhin so vorhersehbar blieb, konnte ich demnächst eine Uhr danach stellen, wenn sich ihre Laune verschlechterte.

»Ich kann mich nicht daran erinnern, Ihnen das Du angeboten zu haben«, schnalzte sie.

»Ah, dann bleiben wir besser beim Sie, Frau Vermieterin.«

»Mila Carson, aber das wissen Sie ja schon.«

»In der Tat und dafür musste ich nur meine kleinen grauen Zellen etwas anstrengen.«

»Super, dann haben wir ja jetzt alles Wichtige besprochen. Ich wünsche Ihnen einen super tollen Tag«, sagte sie, als sie mir den Schlüssel in die Hand drückte und, ohne mich eines weiteren Blickes zu würdigen, aus der Wohnung rauschte. Plötzlich war es erdrückend still in dem riesigen leeren Raum.

Ich griff nach meiner Tasche und schleppte sie die Treppe hinauf, um mein neues Schlafzimmer zu inspizieren. Das Bett war groß und das Kopfteil mit grauem Stoff bezogen. Es war schlicht, nichts Besonderes, aber es reichte mir. Es war meins und würde zumindest für die nächsten sechs Monate mein Zuhause werden.

Ich legte meine Tasche auf das Bett und zog den Reißverschluss mit einem befriedigenden Zippen auf. An der schmalen Kleiderstange, die neben dem Bett stand, hingen ein paar hölzerne Bügel, über die ich meine wenigen Pullover, Hosen, Shirts und Hemden stülpte. Socken und Boxershorts ließ ich in der Tasche, die ich mit dem Fuß unter die Stange schob.

Mit meinem einzigen Handtuch und meinem Kulturbeutel ging ich ins Badezimmer. Dem Anschein nach war es auch erst vor Kurzem renoviert worden. Die Wände zierten weiße Fliesen, während über den Boden das gleiche Holzparkett wie im Rest der Wohnung verlegt worden war. Die Armaturen waren nagelneu und alles war modern eingerichtet.

Das Einzige, was nicht ganz in das Konzept passen wollte, war die freistehende Vintage-Badewanne, deren Füße wie Tatzen aussahen.

Sie wirkte eher, als wäre sie aus dem letzten Jahrhundert und nur verbaut worden, um sie endlich loszuwerden. Aber da ich gerne badete, freute ich mich einfach, dass ich überhaupt die Möglichkeit dazu bekam.

Ich räumte meine Hygieneartikel und Verbandszeug in den Spiegelschrank und putzte meine Zähne, während ich im Kopf durchging, was ich alles einkaufen und besorgen musste:

Lebensmittel, einen Fernseher, Möbel und dank der Wanne war nun auch ein Schaumbad auf meiner imaginären Liste dazugekommen.

Also würde ich zuerst einen Supermarkt suchen. Dort konnte man mir bestimmt auch sagen, wo ich einen Fernseher herbekam.

Auf der Treppe vor meiner Wohnungstür zu stehen und den Schlüssel im Schloss umzudrehen bis es klickte, fühlte sich wie eine Erlösung an. Wie die Möglichkeit, wirklich noch mal von vorn beginnen zu können. Von nun an konnte es nur besser werden. Und der Rest des Tages schien mir das bestätigen zu wollen.

Erst kaufte ich im Local Store alle Lebensmittel ein, die ich in den nächsten Tagen benötigte, um das Haus nur im Falle einer Naturkatastrophe verlassen zu müssen. Dort gab mir Mr Fungus auch den Tipp, mal im *Electric Tom's* vorbeizuschauen. Das war ein kleiner Elektronikladen am Ende der Mainstreet, in dem ein gewisser Tom alle Elektroartikel vertrieb, die man sich so vorstellen konnte. Hier würde ich sicher einen Fernseher finden.

Als ich den kleinen Laden betrat, klingelte ein Glöckchen, woraufhin sofort ein untersetzter Mann mit roten Locken, Sommersprossen und Hornbrille aus einem Hinterzimmer kam. Das Rascheln des blauen Perlenvorhangs, der farblich super zu den weißen Wänden und dem blauen Teppich passte, jagte mir einen Schauer über den Rücken.

»Wie kann ich Ihnen helfen, Mr …?«, fragte der Mann freundlich und schob die Brille von seiner Nasenspitze wieder etwas nach oben.

»Kingsley. Arden Kingsley. Ich bin gerade hergezogen. Sind sie Tom?«

Er nickte.

»Tom Crawley, stets zu Diensten, wenn sie etwas suchen, das mit Strom funktioniert«, stellte er sich vor.

»Super, ich suche einen Flachbild-Fernseher.«

Sofort setzte sich Tom in Bewegung und begann wie ein Wiesel durch den kleinen Laden zu huschen. Auf den horizontal aufgestellten Regalen befanden sich von Lampen über Laptops bis hin zu Radios alle möglichen Geräte. Ich beeilte mich, ihm durch die engen Gänge zu folgen, wobei ich mehr als einmal aufpassen musste, nichts umzuwerfen.

Dann blieb Tom plötzlich stehen. Beinahe wäre ich in ihn hineingelaufen. Vor uns standen drei große Fernseher. Zwei waren super aktuell, während der dritte mit seinem dicken Corpus wie aus der Urzeit wirkte.

»Was hätten Sie denn gern? OLED oder Plasma oder Röhre?«

Überfordert glitt mein Blick zwischen den Geräten hin und her.

»Also kein Röhrenbild-Fernseher bitte«, antwortete ich zögerlich und schloss damit das Mammut direkt aus. Tom nickte zufrieden.

»Das habe ich mir fast schon gedacht. Dann bleiben nur diese zwei. Links ist der OLED, rechts der Plasma-Fernseher.«

Ratlos starrte ich die zwei schwarzen Scheiben vor mir an.

»Welchen würden Sie denn nehmen?«, fragte ich Tom.

»Ich würde den OLED wählen, weil er aufgrund der besonderen Leuchtdioden im Inneren die Bildfarben besonders schön darstellt. Schwarz und andere Farben wirken dadurch sehr natürlich. Allerdings ist er auch ein wenig teurer.«

Natürlich war er teurer. Es wäre von Tom wirtschaftlich unklug gewesen, mir den günstigeren anzudrehen. Aber durch seine technische Begeisterung für die Farbdarstellung, von der ich absolut keinen blassen Schimmer hatte, entschied ich mich, seiner Empfehlung zu folgen.

»Das klingt gut, den nehme ich.«

Meine Worte ließen Toms Augen größer werden. Er schien sich sehr über meine Entscheidung zu freuen.

»Das ist toll. Ich hole Ihnen den letzten OLED Fernseher, den ich habe, aus dem Lager. Sind sie auch an einer Xbox interessiert?«, lispelte er.

»Der Spielekonsole?«

Tom nickte.

»Ja, ich habe noch eine im Lager. Ganz am Anfang gab es ja einen großen Lieferengpass, falls Sie sich da noch dran erinnern. Ich hatte wirklich Glück, noch drei für meinen kleinen Laden bekommen zu haben. Damit können Sie Spiele spielen und Blu-Rays schauen«, erklärte er.

Dass ich den Release damals verpasst hatte, verschwieg ich, weil ich nicht nach dem Grund dafür gefragt werden wollte. Stattdessen setzte ich nickend ein Lächeln auf.

»Sehr verlockend, dann nehme ich die Xbox auch noch dazu.«

Geradezu euphorisch lief Tom durch seinen blauen Klimpervorhang in das Hinterzimmer, in dem sich offenbar auch das Lager befand. Wenig später kam er mit einem Fehseherkarton unter dem einen und der Spielekonsole unter dem anderen Arm heraus und wuchtete beides auf den Tresen. Mit einem leisen Klicken scannte er die Artikel, griff blind unter die Platte und legte zwei Hüllen auf die Pakete. Eine Blu-Ray und ein Xbox-Spiel.

»*Red Dead Redemption II* und *E-Mail für dich* mit Tom Hanks und Meg Ryan«, las ich vor.

»Ja, ab einem Einkaufwert von 1300 Dollar gibt es die gratis dazu. Das macht dann 1311,70 Dollar«, erklärte Tom freundlich und schob mir das Kartenlesegerät hin.

Nachdem ich meine Einkäufe im Auto verstaut hatte, fiel mir ein Laden auf der anderen Seite der Straße ins Auge. *Katy's Artist Supplies* stand in bunten Buchstaben über der Eingangstür. Offenbar schien in dieser Stadt jeder seinen Laden nach sich selbst zu benennen.

In dem Schaufenster des schmal anmutenden Lädchens stand eine Leinwand auf einer Staffelei. Sie zeigte das Gemälde *Sternennacht* von Van Gogh.

Schluckend überquerte ich auf dem Weg zum Laden die Straße, ohne auf den Verkehr zu achten. Gott sei Dank befand ich mich in einer Kleinstadt am Ende der Welt, denn das war Virginia für mich. In New York wäre ich wahrscheinlich direkt von einem Taxi erfasst und mitgeschliffen worden. Aber hier waren die Straßen nicht sonderlich stark befahren. Auf den breiten Bürgersteigen liefen sich Menschen entgegen, grüßten sich und blieben zum Klönen stehen, nur um dann weiter zu ziehen und das bei der nächsten Person zu wiederholen. Jeder kannte hier jeden, das war nicht zu übersehen.

Auch hier klingelte ein Glöckchen leise, als ich den Laden betrat, in dem mich der chemische Geruch von Acrylfarben begrüßte. Hinter einer Bar im Eingangsbereich, die wohl den Kassentresen darstellen sollte, stand eine kleine Frau mit dunklen Locken und malte ein Malen-nach-Zahlen-Bild aus.

Mit einem lauten Räuspern versuchte ich ihre Aufmerksamkeit auf mich zu lenken. Doch die verträumte Künstlerin erschrak förmlich und zog den Pinsel reflexartig über das ganze Bild.

»Das wollte ich nicht, tut mir leid!«, entschuldigte ich mich.

Die Frau bedachte mich mit einem ehrlichen Lächeln und wirkte kein bisschen sauer.

»Ach, das macht nichts. Es ist ja meine Schuld. Wozu habe ich denn das Türglöckchen, wenn ich nicht darauf höre.«

»Dann bin ich doch etwas beruhigt«, antwortete ich freundlich.

»Was kann ich für Sie tun, junger Mann?«

»Ich bin Arden und gerade über dem Carsons eingezogen. Ich …«

Bevor ich meinen Satz beenden konnte, grätschte mir die Ladenbesitzerin ins Wort.

»Ahhh, da haben Sie mit Mila eine super nette Vermieterin, ein tolles Mädchen. Sie ist die beste Freundin meiner Tochter. Tragisch, was ihrer Familie vor ein paar Monaten passiert ist.«

Über nett konnte man sich streiten. Aber da sie Mila so sehr zu mögen schien, erzählte ich ihr nicht von unserem unschönen Start.

»Ja, genau«, antwortete ich einfach nur, weil ich nicht wusste, was ich sonst sagen sollte. Mila schien beliebt zu sein und es war nie gut, sich mit den Beliebten anzulegen. Eine Sache, die ich schon in der Schule gelernt hatte, nur dass ich da zu eben diesen gehört hatte. Jetzt war ich zu einem Außenseiter geworden, der es bevorzugte, sich aus allem herauszuhalten.

»Eine Schande, dass ihr Vater ihr alles aufbürdet. Er trinkt momentan viel zu viel, aber wer würde das nicht, wenn er seine jüngste Tochter bei einem Flugzeugabsturz verliert.«

Ein kaltes Kribbeln legte sich über meine Haut. Mila hatte ihre Schwester verloren? Das schien noch nicht so lange her zu sein. Ich wusste genau wie es sich anfühlte, jemanden den man liebt zu verlieren. Es schmerzte bei jedem Blinzeln, jedem Atemzug und jedem Herzschlag, so lange, bis sich der Schmerz in kühle Taubheit verwandelte und man lernte, ihn zu ertragen.

Vielleicht verhielt sie sich deshalb so unfreundlich und hatte Probleme damit Hilfe anzunehmen.

Ich beschloss, mich in den nächsten Tagen bei ihr für meinen ersten Eindruck zu entschuldigen. Vielleicht würde ihr das helfen und mir auch. Und ich hatte schon eine Idee, wie ich das hinbekam.

»Ja, das ist wirklich tragisch«, bestätigte ich und ließ meinen Blick durch den bunten Laden streifen, um ihr zu signalisieren, dass ich nicht zum Plaudern gekommen war. An den Wänden hingen leere Leinwände neben den Gemälden großer Künstler, während sich in den Regalen Tuben, Pinsel, Kleber und was man sonst noch so zum Kreativsein benötigte, stapelten.

»Genug geredet. Wie kann ich helfen?«, reagierte sie wie erwartet.

»Ich hätte gerne Leinwände, eine Staffelei, Kunsthaarpinsel und Acrylfarben.«

»Eine meiner leichtesten Aufgaben!«, sagte sie und begann mir etwas zusammenzustellen. Die Besitzerin hatte Ahnung von dem, was sie tat. Sie testete jeden Pinsel, indem sie mit den Fingern durch die Borsten strich. Wenn einer zu steif für die Art von Farbe war, legte sie ihn zur Seite. Nachdem sie mir sieben verschiedene Borstenpinsel herausgesucht hatte und diese in eine kleine Papiertüte steckte, packte sie mir auch verschiedene Acrylfarben in eine Box. Eine Palette und einen Spachtel zum Mischen bekam ich von ihr gratis dazu.

***

Nachdem ich sämtliche Einkäufe in die Wohnung geschafft hatte, schloss ich den Fernseher sowie die Konsole an und stellte beides auf einen umgedrehten Wäschekorb an das Fußende meines Bettes. Mit einem leisen Surren zog die Xbox meine neue Blu-Ray ein und begann einen der kitschigsten Filme zu zeigen, den ich je gesehen hatte. Und trotzdem mochte ich ihn. Es ging um zwei konkurrierende Buchladenbesitzer, die sich eigentlich nicht ausstehen können, sich dann aber ineinander verlieben.

Und während ich mir diesen Schmachtfetzen reinzog, stellte ich meine Staffelei auf und begann zu malen. Ich malte das erste, das mir in den Sinn kam.

Warme braune Augen, schwarze Wellen und volle Lippen.

Ich malte sie.

Kapitel 3

Mila

Das Carsons war voll, da gefühlt ganz Hills Ferry hier frühstückte, zu Mittag aß und nachmittags Kaffee trank. Gut, ganz Hills Ferry, wenn man unseren neuen Mieter, Arden Kingsley, mal außen vorließ.

Ihn hatte ich seit der Schlüsselübergabe nicht noch einmal zu Gesicht bekommen und konnte nicht behaupten, dass ich unglücklich darüber war. Ganz im Gegensatz zu Beryll, die schon seit Stunden versuchte, meine Meinung über ihn zu ändern, was unsere erste Begegnung nur schwer zuließ. Er hatte sich seltsam und wie ein Idiot verhalten.

Andererseits hatte auch ich ihm alles andere als eine freundliche Begrüßung geboten. Hätte ich gewusst, dass er derjenige war, der über dem Carsons einzog, wäre ich wahrscheinlich sogar eingestiegen, aber so? *Nope.*

Es ärgerte mich, wie oft sein markantes Gesicht in meinen Gedanken auftauchte. Immer dann, wenn ich es gerade am wenigsten brauchte. Ich war mir ziemlich sicher, dass er wusste, wie attraktiv er war, und dass er zu der Sorte Mann gehörte, die das regelmäßig ausnutzte. Dieser Gedanke alleine reichte aus, um ihn mehr als unsympathisch zu finden.

Beryll hingegen schien das nicht zu stören. Sie fragte ständig, woher er wohl kam, weshalb er sich gerade Hills Ferry ausgesucht hatte und ob der Grund dafür eine schreckliche Trennung war. Falls ja, würde sie ihn wohl sehr gern trösten.

Ich hatte in den letzten zwei Tagen mehrfach versucht, ihr zu erklären, wie ich Arden einschätzte, aber das interessierte meine beste Freundin so gar nicht. Sie hatte sich fest vorgenommen, ihn um ein Date zu bitten und ich hatte Angst, wieder wochenlang mit ihr im Bett Eis essen zu müssen, weil ihr der Typ das Herz brach. Denn so lief es jedes Mal, bevor sie sich auf magische Weise erholte und keine zwei Wochen später das nächste Date hatte. Beryll hatte im Gegensatz zu mir nie Schwierigkeiten, ein Date zu bekommen und sich auf jemanden einzulassen. Sie war einfach besonders freundlich und ihre pinken Locken ließen sie aus der Menge herausstechen. In ihrer Freizeit streamte sie ziemlich erfolgreich *Let's Plays* auf Twitch, weshalb sie bei den meisten Männern direkt einen Stein im Brett hatte.

In den letzten Monaten war ich auf zwei katastrophale Dates gegangen, die mir Beryll über eine App organisiert hatte, damit ich mal rauskam.

Der eine war ein schielender Fußfetischist namens Bryan aus der Nachbarstadt gewesen, der eindeutig in die Kategorie Catfish gehörte und sich nur mit mir treffen wollte, weil ihm braune Füße noch in seiner Sammlung fehlten, während der andere ein ganz schönes Alkoholproblem hatte, dies aber nicht einsah.

Danach hatte ich das Daten erst mal aufgegeben. Mit einundzwanzig war ich ja noch nicht am Ende meiner Tage angekommen. Beryll hingegen schien immer auf der Suche nach jemandem zu sein und Arden war ihr aktuelles Ziel. Auch jetzt konnte ich immer wieder beobachten, wie ihre Blicke zu der Durchgangstür am Ende des Carsons wanderten. Es wirkte ein wenig, als hoffte sie, dass er jede Sekunde durch diese Tür trat, weshalb sie sich beim Wischen der Theke besonders viel Zeit ließ. Zeit, die wir nicht hatten, weil der Laden voll war und Lawrence erst morgen wieder zur Arbeit kam.

Um sie aus ihrem Tagtraum zu retten, lief ich auf sie zu und klatschte ihr meinen Bestellungsblock auf den Tresen.

»Zwei Grilled-Cheese-Sandwiches, eine Coke und einen Kaffee mit Milch für Tisch sieben. Ich kümmere mich um den Kaffee«, sagte ich und grinste sie an. Jeder hier konnte an ihrem Blick sehen, dass sie unaufmerksam gewesen war.

»Wie bitte?«

»Er kommt bestimmt nicht runter. Ich denke, er hat Angst vor mir«, vermutete ich mit einem deutlichen Nicken und Berylls Blickrichtung.

Ertappt sah mich meine Freundin an. Ihre weißen Wangen röteten sich verlegen.

»Ich warte doch gar nicht darauf, dass er reinkommt.«

»Ach nein?«

»Nein, ich ... habe nur Angst vor Einbrechern«, versuchte sie sich zu verteidigen.

»Klar, gar nicht unwahrscheinlich, dass die tagsüber in einen so gut besuchten Laden einbrechen.«

»Die meisten Einbrüche passieren am Tag«, meinte Beryll erneut, aber ihr Grinsen verriet eindeutig, dass sie selbst nicht daran glaubte.

»Schon, aber nur wenn die Leute auf der Arbeit sind und niemand da ist. Aber du darfst nicht vergessen, dass die Menschen alle hier sind. Da musst du dir wohl eher Sorgen machen, dass sie zu dir nach Hause kommen, als dass Einbrecher hier auftauchen. Deshalb bin ich mir ziemlich sicher, dass es hier um etwas anderes geht.«

»Ach, sei still, Mila, und schieb mir die Bestellung rüber.«

Ehe ich mich versah, holte sie grinsend mit dem Geschirrtuch in ihrer Hand aus und schlug es mir mit einem dumpfen Klatschen gegen den Oberarm. Ein zwiebelnder Schmerz durchzuckte meinen Arm. Unter meiner gestreiften Bluse wurde er sicher gerade rot.

»Aua«, rief ich lachend. »Dafür räumst du nachher die letzten beiden Spülmaschinen ein!«

Jetzt lachten wir beide.

»Los, geh deinen Kaffee machen. Du musst die Maschine in der Küche nehmen. Die Filter für die hier vorn sind leer, wir müssen morgen früh neue holen. Ich kümmere mich um die Sandwiches«, wies sie mich an, obwohl ich eigentlich die Chefin des Carsons war, zumindest bis mein Vater sich wieder erholt hatte. Es störte mich nicht. Im Gegenteil, ich war froh, dass Beryll sich im Laden genauso engagierte wie beim Streamen, denn ohne sie wäre ich verloren.

Ich lief durch die Metalltür in die Küche, die hinter mir noch kurz nachschwang. Die Sohlen meiner Turnschuhe quietschten über den hellen Fliesenboden, als ich hinüber zu unserem zweiten kleinen Kaffeevollautomaten ging, der auf der metallischen Profikücheninsel stand. Früher hatte er neben der anderen Maschine im Hauptraum gestanden, aber durch die neue elektrische Orangenpresse war der Platz knapp geworden, weshalb er erst mal umziehen musste.

Als ich dabei war, die Milch aufzuschäumen, kroch mir der würzige Geruch der Grilled-Cheese-Sandwiches in die Nase, die Beryll gerade im kleinen Grill im Hauptraum aufwärmte. Himmlisch.

Früher waren die super Sandwiches nicht der einzige Grund für die viele Kundschaft gewesen. Nein, die Leute waren eher für die herrlichen Gebäcke, die Marcy oder ich täglich frisch gebacken hatten, gekommen. Aber jetzt gab es nur noch die Sandwiches.

Wenn ich mich in der Küche des Carsons aufhielt, so wie jetzt, fiel mein Blick auf den kleinen, silbernen Schrank, indem ich Mehl, Zucker, Aromen und andere Backsachen verwahrte.

Ich ertappte mich dabei, wie ich mich nach dem Gefühl von klebrigem Teig zwischen meinen Fingern sehnte.

Immer wieder versuchte ich mich zum Backen zu überreden,

doch es klappte nicht, weil sich diese Sehnsucht jedes Mal in Schmerz verwandelte. Schmerz, weil ich es allein tun müsste. Ohne Marcy. Ein Gefühl, das ich nicht ertragen konnte und auch gar nicht wollte.

An dem Tag, an dem das Flugzeug abgestürzt war, in dem meine Schwester gesessen hatte, hatte ich ein mieses Gefühl gehabt. Ich hatte gewusst, dass etwas nicht stimmte, dass etwas Schlimmes passiert war.

Als der Anruf kam, hatte ich hier gestanden, im Carsons, hinter der Arbeitsfläche. Beryll und ich hatten das neue Rezept ausprobiert, das meine kleine Schwester kurz vorher entwickelt hatte. Marcy war erst siebzehn gewesen, aber niemand, den ich kannte, hatte einen besseren Sinn für Aromenkombinationen als sie. Manchmal hatte sie sich abends vor den Fernseher gesetzt und neue Backrezepte runtergeschrieben, als wären sie To-do-Listen. Ein Umstand, mit dem Dad sie gerne aufgezogen hatte, aber ich bewunderte sie einfach für dieses Talent. Ich war eine gute Bäckerin, aber ich hatte echte Probleme, selbst Rezepte zu entwickeln. Für Marcy hatte es nichts Entspannenderes gegeben.

Die meisten waren unglaublich gut, andere wiederum funktionierten überhaupt nicht. Das Rezept zu dem Gelee-Mandel-Cheesecake, das ich an diesem Tag ausprobierte, musste ich definitiv in die zweite Kategorie einordnen. Er war grausam gewesen und hatte nicht richtig frisch geschmeckt. Beryll hatte es liebevoll »Käsefußgeschmack« getauft.

Vor meinem inneren Auge begann sich die Szene abzuspielen, die unser Leben für immer veränderte.

Beryll und ich saßen auf der Arbeitsfläche, probierten lachend unsere scheußliche Kreation. In ihren pinken Locken und auf meiner petrolfarbenen Lieblingsjeans klebte Mehl. Die Kunden waren schon gegangen, weshalb wir hören konnten, wie Dad zu seiner liebsten Playlist mit Musik aus den Siebzigern und Achtzigern das

Restaurant schrubbte. Es schien der perfekte Abend zu sein, bis das Telefon klingelte.

In diesem Moment spürte ich zum ersten Mal die unangenehme Kälte auf meiner Haut. Und als ich sah, wie Dad in die Küche kam und den Hörer des vergilbten Wandtelefons abnahm, erstarrte ich, genau wie er. Nur die weißen Spiralen der Telefonschnur pendelten sanft hin und her.

Dad sagte nichts, er hörte nur zu. Dann legte er auf.

»Was ist los?«, hörte ich mich fragen.

Meine Stimme klang seltsam fremd in meinem Kopf.

Noch immer antwortete mein Dad nicht. Stattdessen starrte er weiter auf das alte Wandtelefon, das schon bessere Zeiten gesehen hatte.

»Dad? …«, setzte ich erneut an, doch weiter kam ich nicht.

Mein Vater senkte seinen Kopf. In dieser Sekunde sah sein grauer Bart noch grauer aus und sein Gesicht wirkte älter. Eine Träne löste sich aus seinen dunklen Augen und rann seine Wange hinab, nur um dann zwischen seinen grauen Stoppeln zu verschwinden. Das bedeutete, dass es schlimm werden würde.

So hatte ich meinen Dad nur ein einziges Mal gesehen. Als meine Mom sich mitten in der Nacht dazu entschloss, uns zu verlassen, aus Angst, ihr Leben zu verpassen. Daran, dass sie unser Leben war, hatte sie nicht gedacht.

»Sie wird nie wieder nach Hause kommen«, schluchzte Dad leise.

Mehr als ein ungläubiges »Was?« Bekam ich nicht über die Lippen und auch Beryll neben mir blieb stumm. Ich spürte wie sie nach meiner Hand griff und erinnerte mich an die Wärme ihrer kurzen Finger.

»Ihr Flugzeug ist abgestürzt«, flüsterte er so leise, dass es in dem Hintergrundgedudel von Sting fast untergegangen wäre. Doch ich hatte jedes Wort verstanden.

»Ihr Flugzeug ist abgestürzt.«

»Ihr Flugzeug ist abgestürzt.«

»Ihr Flugzeug ist abgestür ...«

***

»Mila, der Kunde wartet auf seinen Kaffee.« Berylls süße Stimme riss mich aus der dunkelsten meiner Erinnerungen. Ruckartig drehte ich mich zu ihr um. Von dem Milchaufschäumer in meiner Hand tropften weiße Tropfen auf den Boden.

»Mila, ist alles okay?« Berylls Blick pendelte zwischen mir und dem Schrank, in dem ich mit all unseren Backzutaten auch die Erinnerungen an diesen Abend weggeschlossen hatte. Die meiste Zeit half es, aber in manchen Momenten kroch das, was ich in dieser Nacht gefühlt hatte, durch die Ritzen an die Oberfläche und suchte mich heim.

»Ach so, ja, kommt sofort«, haspelte ich ohne meiner besten Freundin noch mal in die Augen zu schauen. Sie war an diesem Abend vor einem Jahr dabei gewesen, sie wusste wahrscheinlich besser als ich selbst, was in mir vorging. Beryll hatte ein Gespür für so was und spürte, dass ich nicht darüber reden musste.

Stattdessen legte sie mir ihre Arme auf meine Schultern und sah mir eindringlich in die Augen.

» Ich habe dich lieb, Maus. Marcy würde wollen, dass du wieder backst, wenn du es dir so sehr wünschst. Irgendwann.«

Jedes ihrer Worte ging direkt in mein Herz. Vielleicht würde ich irgendwann tatsächlich wieder backen, aber würde mich diese Leidenschaft je wieder ausfüllen? Ich war gut gewesen, es war mein Traum gewesen, mit Marcy zusammen. Ich hatte Angst davor, dass ich für immer traurig sein würde, wenn ich die klebrige, zähe Masse, die sich in einem Ofen wie durch Zauberei in einen traumhaften Kuchen verwandelte, probierte.

Ich hatte Angst, dass sich dann alle Backerinnerungen mit meiner kleinen Schwester so traurig anfühlten.

»Ich weiß nicht, ob ich das kann«, flüsterte ich ihr ehrlich zu. Beryll nickte.

»Das ist okay, ich hoffe, das weißt du«, sagte sie sanft. Als ich ihre warmen Hände auf der kalten Haut meiner Unterarme spürte, zuckte ich unabsichtlich kurz zusammen. Dann zog sie mich ohne ein weiteres Wort in eine warme tröstliche Umarmung.

Ich wäre verloren ohne sie.

***

Der Rest des Tages verging wie im Flug, weil wir grundsätzlich unterbesetzt waren und im Carsons der Teufel auf den Tischen tanzte. Aber ich tat mich schwer Menschen einzustellen, die keine gastronomische Erfahrung hatten und nicht auf Anhieb kompetent und sympathisch wirkten.

Nach achtzehn Uhr lichtete sich langsam das Feld und das Restaurant leerte sich, was auch daran lag, dass wir das Carsons unter der Woche schon gegen neunzehn Uhr schlossen.

Beryll wischte gerade die schwarzen Metalltische, während ich versuchte, einen hartnäckigen Fleck von den ledernden Sitzpolstern der alten Dinerbänke zu schrubben. Sie waren das Einzige, was wir im Rahmen der großen Renovierung vor ein paar Monaten behalten hatten. Das Carsons war zwar vorher schon ein Bistro gewesen, hatte optisch aber wie ein Diner ausgesehen. Immerhin war es eins gewesen, bevor mein Dad es damals nach Moms Verschwinden kaufte.

Früher hatte er als Koch in New York gearbeitet, aber die Stadt war ihm zu unruhig gewesen, weshalb er herzog und Mom kennenlernte.

Marcy hatte die Bänke schon als Kind geliebt und so bequem gefunden, dass sie ihren Mittagsschlaf regelmäßig darauf gehalten hatte. Irgendwann war sie da aber rausgewachsen.

Trotzdem hatten wir uns dazu entschieden, sie ihretwegen zu

behalten, auch wenn das Leder an manchen Stellen eingerissen war und der gelbe Schaumstoff daraus hervorlugte. Die Bänke bildeten einen schönen Kontrast zu der restlichen Einrichtung, die sehr modern und industriell gehalten war. Sie waren wie Marcy, sie machten das Carsons zu einem besonderen Ort mit Charme.

Das Klingeln der Türglocke ließ mich von meinen in Gummihandschuhen verpackten Händen aufsehen, doch die Banklehne blockierte die Sicht.

Wir schlossen in weniger als zwanzig Minuten. Wer kam jetzt noch, um sich einen Kaffee zu holen?

Ich setzte ein Lächeln auf und bückte mich hoch, um unseren letzten Tagesgast zu begrüßen und an unsere Öffnungszeiten zu erinnern.

Lässig die Hände in den schwarzen Manteltaschen verborgen, stand ein dunkelhaariger Mann vor der Theke und begutachtete die letzten drei Sandwiches in der Auslage, als wären sie ein Schatz.

Als er aufsah und sich unsere Blicke trafen, entwich mir versehentlich ein genervtes Stöhnen.

Seine Augenbrauen zuckten überrascht nach oben und das schelmische Grinsen auf seinen Lippen verriet, dass ihm das nicht entgangen war.

Klasse.

»Wir schließen gleich, Mr Kingsley.« Mein Tonfall klang kühl.

»Dessen bin ich mir bewusst. Ich wollte nur die übrigen Sandwiches abholen«, antwortete er gelassen.

»Es sind aber keine übrig«, gab ich zu verstehen.

»Also ich sehe drei. Schinken-Gurke und zwei Mal das Grilled-Cheese-Marmelade«, erwiderte Arden und tippte mit seinen Fingern auf die frisch gewischte Scheibe der Auslage. Jetzt würde ich sie noch mal wischen müssen.

»Na gut. Also die drei sollen es werden?«, fragte ich, nur um sicher zu gehen, dass er sie wirklich wollte und es sich nicht doch noch anders überlegte.

»Ja, genau. Es wäre toll, wenn du es warm machen könntest«, bestätigte er.

»Zum Mitnehmen erwärmen wir eigentlich nicht«, antwortete ich.

»Ich weiß, aber ich bin ja quasi intern. Außerdem ist der Kunde König. Der König steckt bei mir sogar im Namen Kingsley. Siehst du?«

»Ach so, ja dann werde ich unser Konzept für dich natürlich sofort aufheben. Soll ich Sie auch noch mit Eure Majestät ansprechen?«

Bei den Worten *Eure Majestät,* veränderte sich Ardens Blick für einen Moment, bevor er zurück zu dem unehrlichen Lächeln zurückkehrte, mit dem ich ihn kennengelernt hatte.

»Nein, für ein warmes Sandwich kannst du mich ruhig weiter Arden nennen.«

»Klar, das dauert einen Moment. Beryll? Kannst du die Sandwiches für die Majestät warm machen?«

»Arden«, korrigierte er grinsend.

Noch bevor ich den letzten Buchstaben ihres Namens ausgesprochen hatte, stand meine Freundin breit grinsend neben mir und schmachtete meinen neuen Mieter an. Automatisch rollte ich mit den Augen, auch wenn es mir vor dem Gast etwas unangenehm war.

»Aber gern!«

Während Beryll die Sandwiches in den Grill schob, tippte ich die Beträge in die Kasse ein. Der himmlische Geruch von schmelzendem Käse und geröstetem Brot breitete sich um uns herum aus.

»Das macht dann zehn Dollar. Ab dieser Summe könnest du mit Karte zahlen. Oder wäre dir Cash lieber?« Meine Stimme klang härter als beabsichtigt.

Arden runzelte die Stirn.

»Machst du die Sandwiches extra teurer, weil du mich nicht leiden kannst?«, fragte er.

War das sein Ernst? Ich bot ihm sogar einen günstigeren Preis an, damit er verschwand und wir schließen konnten.

»Genaugenommen biete ich es dir sogar günstiger an. Ein Sandwich kostet normalerweise vier Dollar.«

Arden schob seine Hand in die Hosentasche und holte eine Handvoll Kleingeld heraus.

»Komisch, die letzten Tage habe ich zum Ladenschluss drei Sandwiches für sieben Dollar bekommen. Das ist genau die Summe, die ich dabei habe. Den Rest kann ich ja abarbeiten«, schlug er vor. Seine Stimme trotzte nur so vor Selbstbewusstsein. Nach solchen Scherzen war mir heute so gar nicht zu mute.

Mein Blick wanderte sofort zu Beryll, die gerade das letzte Brot in den Grill legte und so tat, als hätte sie das alles überhaupt nicht mitbekommen.

»Hast du denn genau sieben Dollar dabei?«, fragte ich.

Arden nickte und ließ den Haufen Kleingeld mit einem lauten Klirren auf den Tresen fallen, sodass ich alles noch mal sortieren musste. Danke für nichts.

»Dann bekommst du es für sieben Dollar. Dafür zahlst du ab Morgen aber den vollen Preis, egal zu welcher Uhrzeit. Und jetzt gibt dir meine Lieblingskollegin deine Sandwiches und du verschwindest«, wies ich ihn an.

»Schimpft sich das nicht Willkür, wenn alle anderen vor Ladenschluss weniger bezahlen dürfen als ich?«

»Ja, genau, stimmt. Aber wie du schon sagtest Ich mache es für dich extra teuer, weil ich dich nicht leiden kann«, erwiderte ich und verzog meine Mundwinkel zu einem breiten Grinsen. Ich war ziemlich stolz auf mich, dass ich diesem Heinblöd die Stirn geboten hatte. Früher war ich super selbstbewusst gewesen, aber seit

Mom und Marcy weg waren, hatte ich mich zurückgezogen und vergessen, wie man selbstbewusst war. Ich mochte es fast nicht zugeben, aber Arden war derjenige, der dabei war, das Feuer in mir wieder zu schüren, wenn auch aus anderen Gründen. Etwas, das ich ihm anrechnete, auch wenn ich nicht vorhatte, ihn das wissen zu lassen.

Ich weiß nicht wie er das hinbekam, aber es funktionierte. Vielleicht lag es aber auch einfach nur an meinem Unterbewusstsein, das verhindern wollte, dass ich mich zu einem arroganten Idioten hingezogen fühlte.

Nachdem Arden den Laden verlassen hatte, drehte ich das Ladenschild um, sodass es nun geschlossen zeigte, und drehte mich mit verschränktem Blick zu meiner besten Freundin.

»Zu meiner Verteidigung, wir hätten die Sandwiches sonst weggeworfen«, erklärte sie sich, obwohl sie genau wusste, dass wir damit gerade mal den Material- und Servicepreis wieder drinnen hatten.

»Aber er hätte bestimmt auch zehn Dollar gezahlt, so wie alle anderen Kunden auch. Wie kannst du dich so von seinem Charme einwickeln lassen? Arden ist wahrscheinlich der Typ Mann, der einem die ganze Zeit Hoffnung macht, nur um dann eine andere zu küssen.«

Nun war es Beryll, die ihre Arme verschränkte. Sie schob ihre Unterlippe ein kleines bisschen nach vorn, wie sie es immer tat, wenn sie sauer war, aber genau wusste, wie recht ich hatte.

»Siehst du denn nicht, dass er ein guter Mensch ist? Ich frage mich, was du gegen ihn hast. Seitdem er das erste Mal im Carsons war, behandelst du ihn wie Abschaum«, sprach Beryll genau das an, worüber ich eigentlich nicht sprechen wollte.

»Wir sind uns schon vorher begegnet, da hat er sich ziemlich idiotisch verhalten. Und du weißt ja, wie wichtig der erste Eindruck ist. Ich habe sofort gespürt, dass er nicht ganz koscher ist«, versuchte ich mich herauszureden, aber Berylls Blick nach zu urteilen klappte das nicht so gut.

»Vielleicht solltest du ihm eine zweite Chance geben und deinen Eindruck revidieren. Mir kommt er sehr nett vor.«

Ich schnaubte.

»Natürlich findest du ihn nett, du stehst seit eurem ersten Gespräch auf ihn.«

»Ja und? Im Gegensatz zu dir muss ich mich ja auch nicht immer verschließen. Ich verrate dir was: So wirst du nie jemanden kennenlernen, der dir alles von sich gibt und dich bedingungslos liebt. Du hast keinen Grund, dein Herz zu vereisen und alle auszugrenzen, denen du etwas bedeutest. Es ist okay, Angst davor zu haben, verletzt zu werden. Und ja, vielleicht verletzt mich Arden. Vielleicht bekomme ich sogar den Korb meines Lebens, aber dann habe ich es wenigstens versucht«, holte sie aus. Ihre Worte schmerzten, weil sie es war die dieses Mal recht hatte. Ich schloss Menschen aus, aber nicht, weil ich Angst hatte abgewiesen zu werden. Nein, meine Angst saß tiefer.

»Was schlägst du vor?«, fragte ich sie.

Nachdenklich begann Beryll auf und abzulaufen.

»Hmm, vielleicht solltest du ihm einen Job geben. Zusammenzuarbeiten stärkt die Vertrauensbasis ... habe ich mal gelesen. Du kannst ihn ja mal fragen, ob er eine Arbeitsstelle in der Gegend sucht. Wenn du dich nicht traust, würde ich mich natürlich auch anbieten.«

»Und du bist dir sicher, dass du das nicht nur vorschlägst, damit du ihm den ganzen Tag Honig um seine Bartstoppeln schmieren kannst?«

Ertappt begann meine beste Freundin zu lachen.

»Vielleicht, aber vielleicht habe ich auch einfach recht. Versprich drüber nachzudenken«, sagte sie und streifte sich die Schürze vom Oberkörper, bevor sie mir ihren kleinen Finger hinhielt. Ich zögerte einen Moment, bevor ich einparkte und damit meinen Schwur besiegelte.

»Ich verspreche, es mir durch den Kopf gehen zu lassen ...«

»Und dass du versuchst netter zu ihm zu sein«, fügte sie noch hinzu.

»Hiermit verspreche ich auch freundlicher zu sein, zumindest die meiste Zeit.«

»Okay, und als letztes verspreche ich, Mila Carson, dass meine liebste Angestellte Beryll fünfzig Prozent mehr Gehalt bekommt«, betete sie mir vor.

»Netter Versuch, aber das schwöre ich sicher nicht. Damit wärst du die wahrscheinlich die bestbezahlteste Kellnerin westlich von Knoxville«, scherzte ich.

»Hills Ferry liegt doch östlich von Knoxville, du Esel«, zog sie mich auf.

»Tja, Beryll, ich würde sagen, das kommt auf die Perspektive an. Die Erde ist rund.«

»Ich würde sagen, dass ich zu Recht die besseren Geografienoten in der Highschool hatte. Gute Nacht, Maus. Mach nicht zu lange.«

Beryll schnappte sich ihre Handtasche und wickelte sich in ihren Mantel, bevor wir uns zum Abschied winkten und sie das Carsons durch die Hintertür verließ.

Ich räumte noch die letzten Überbleibsel des Tages weg, säuberte den Grill, auf dem Ardens Sandwiches einen Haufen Käse hinterlassen hatten und zählte zu Schluss das ganze Kleingeld in die Kassen ein, wobei ich mich zugegeben ein wenig ärgerte.

Bevor ich mich auf den Heimweg machte, sperrte ich die Kasse in den versteckten Tresor im Hinterzimmer. Wir hatten einen offiziellen, in dem sich immer eine kleine Menge Bargeld befand und den geheimen, wo die Tageseinnahmen schlummerten, weil wir nur alle drei Tage zur Bank gingen, um das Geld einzuzahlen. Mein Dad hatte den geheimen Safe nachträglich einbauen lassen, weil er Angst davor hatte, alles durch einen Überfall zu verlieren. Er neigte zur Übervorsichtigkeit und war ein kleines bisschen paranoid.

Aber jeder hatte seine Schwächen. Manche waren klein und unbedeutend, andere waren groß und nicht zu übersehen. Aber Schwäche war Schwäche, da gab es nichts zu ruckeln.

Kapitel 4

Arden

Das dumpfe Klingeln meines Smartphones riss mich aus dem Schlaf. Neben mir lagen noch die Sandwichpapiere meines gestrigen Abendessens. Ich musste eingeschlafen sein, als ich bei dem vierten Durchgang von *E-Mail für dich* angekommen war. Ich erinnerte mich daran, Mila dringend nach dem WLAN-Passwort zu fragen, denn dass es hier welches gab, war mir schon bei der Netzwerksuche aufgefallen. Zumindest war ich mir sicher, dass der Router mit dem Namen »Wohnung über Carson« zu meinem neuen Zuhause gehören musste. Es fühlte sich seltsam an, diesen Ort als Zuhause zu betiteln, obwohl ich mich hier weder auskannte noch jemanden kennengelernt hatte, den ich mochte. Aber in der Not frisst der Teufel Fliegen und ich war definitiv in Not. Als ich mein altes Leben verloren hatte, musste ich ein neuer Mensch werden. Ich hoffte, so endlich etwas anderes als Schuld fühlen zu können. Nun war ich Arden Kingsley, ein junger Mann ohne Job, der sich das Bett mit einem Haufen Sandwichpapier teilte. *Große Leistung, Arden. Wirklich.*

Ich fand mein Smartphone beim Durchwühlen der Laken. Es musste heute Nacht, nachdem ich eingeschlafen war, in den Bezug meines Kopfkissens gerutscht sein. Die Akkuanzeige leuchtete rot und die Nummer, die gerade auf dem Display angezeigt wurde, kannte ich nicht. Verblüfft wischte ich das grüne Hörersymbol auf dem Display zur Seite und hielt das Smartphone an mein Ohr.

Wer rief mich da gerade an? Es hatten höchstens eine Handvoll Menschen meine neue Telefonnummer, einfach weil ich nicht besonders interessiert daran war, von irgendjemandem kontaktiert zu werden.

»Hallo?«, fragte ich vorsichtig.

Ein leises Atmen drang durch den Lautsprecher; Worte folgten aber nicht.

»Wer ist da?«, fragte ich meinen Anrufer erneut, aber wieder folgte keine Antwort.

»Wenn Sie mich anrufen, aber nicht mit mir sprechen wollen, dann sparen Sie sich das bitte das nächste Mal.«

Als wieder kein Wort kam, drückte ich die mir unbekannte Nummer genervt weg. Ich ließ mich zurück ins Bett fallen, nur um apathisch an die weiße Decke zu starren, durch die sich feine Haarrisse schlängelten.

Ich nahm mir vor gleich ins Carsons zu gehen und meine zauberhafte Vermieterin Mila darauf aufmerksam zu machen. Außerdem hatte ich vor, die Zeitung und das Internet nach einem Job zu durchforsten. Es war nicht so, dass ich das Geld brauchte. Finanziell ging es mir gut, Geld hatte ich genug, um die nächsten Jahre problemlos überstehen zu können. Nein, ich brauchte etwas, das mich von den schwarzen Gedanken, die tagtäglich wie Querschläger durch meinen Kopf schossen, ablenkte. Ich schlug die Bettdecke zur Seite und schob mich aus dem knarzenden Metallbett. Mein altes Ich hatte das Bett immer gemacht, weil es sich abends gerne in die Ordnung geworfen hatte. Meinem neuen Ich war diese penetrant anerzogene Ordnung egal. Also zwang ich mich aus dem Bett. Als meine nackten Füße den kühlen Dielenboden berührten, durchfuhr mich ein leichter Kälteschauer, der dafür sorgte, dass ich mich auf eine heiße Dusche freute. Ich schob die rustikale Schiebetür, die mehr wie ein kleines Scheunentor aussah, auf und betrat das Bad. Im Gegensatz zum Rest der Wohnung trafen meine Füße hier auf angenehme

Wärme. Die dunklen Fliesen waren beheizt. Ich genoss jede Sekunde, die ich auf den steinernen Fliesen stand. Allein diese Fußbodenheizung war jeden Cent Miete wert, auch wenn ich das Gefühl hatte, dass die Carsons sie zu günstig vermieten. In New York hätte ich für diese Wohnung locker das Fünffache zahlen müssen. Als ich letzte Woche auf der Suche nach einem Ort, an dem mich niemand finden würde, auf diese Kleinstadt gestoßen war, hatte ich sofort gewusst, wo ich hinwollte.

Hills Ferry – West Virginia – umgeben von Flüssen, oder so ähnlich lautete der Slogan dieser Stadt, die mir am ersten Tag mehr als verschlafen vorgekommen war. Ich fragte mich, wie viele Ex-Verbrecher es mir gleichtaten und versuchten, hier ein neues Leben zu beginnen ... Einen Gedanken, den ich direkt wieder verdrängte.

Ich stellte mich unter die Dusche und jeder Strahl des heißen Wassers auf meiner Haut sorgte für etwas mehr Entspannung. Für einen Moment versuchte ich die Tropfen auf der Glasscheibe zu zählen. Als ich das Wasser abstellte und wieder hinaus auf die beheizten Fliesen trat, war der ganze Raum mit nebeligem Wasserdampf erfüllt. Ich legte mir ein Handtuch um die Hüfte und stellte mich vor den großen beschlagenen Spiegel. Mit einem kleinen Handtuch, das wahrscheinlich eher zum Händeabtrocknen gedacht war, wischte ich einmal über den Spiegel, um mich darin sehen zu können. Die dunklen Stoppeln an meinem Kinn wuchsen ungleichmäßig und ließen mich verwahrlost aussehen. Ich erkannte mich selbst nicht. Natürlich war mein Äußeres nicht mehr so gepflegt wie früher, aber meine Gesichtszüge waren dieselben geblieben. Ich spielte schon länger mit dem Gedanken mich wieder glatt zu rasieren, hatte aber Angst, meinem alten Ich dadurch zu nahezukommen. Andererseits hatte ich mich in den letzten fünf Jahren deutlich verändert, schon allein mit dem Tattoo, das die Narbe auf meiner Brust überdeckte. Es war ein großer Akt gewesen. Es zeigte Anubis, den ägyptischen Gott des Bösen. Er war so erschreckend und faszinierend zugleich und hatte mich deshalb an das erinnert, was ich getan hatte. Ich hatte mich für das imposante Motiv entschieden, weil ich glaubte, dass es wirklich zu mir passte. Es erinnerte mich daran, wie ich nie wieder sein wollte. Das Tattoo war ein Mahnmal. Ich griff nach der eingestaubten Tube Rasierschaum in meiner Tasche und wusch die Klinge meines Rasierers ab, bevor ich sie ansetzte. Für einen Moment blieb ich regungslos stehen und beobachtete, wie die scharfe Klinge ganz ruhig auf meiner pulsierenden Halsschlagader lag. Vor einem Jahr noch war das hier Routine gewesen, nur dass ich mir nicht selbst jeden Morgen vor dem Frühstück eine Klinge an den Hals gehalten hatte. Nein, das hatte mein Zellengenosse Sampson für mich übernommen. Er war ein gutaussehender junger Kerl, der wegen ein paar kleinerer Delikte für ein Jahr eingebuchtet worden war. Ich hatte auch nicht lange gesessen, aber doch lange genug, um zu wissen, dass ich nicht zu der üblichen Sorte Gefängnisinsassen zählte. So oder so bekam man den Stempel nicht mehr von der Stirn. Ich war dazu übergegangen, dass ich prinzipiell verschwieg, dass ich, wenn auch nur kurz, im Gefängnis gewesen war. Die meisten Menschen wollten dann wissen, was man getan hatte, um im Gefängnis zu landen. Aber ich stellte immer wieder fest, dass wenn sie wussten, wofür ich gesessen hatte, ihnen auch nicht verborgen blieb, wer ich früher mal gewesen war. Ein Umstand, den ich prinzipiell zu vermeiden versuchte.

Nachdem ich wieder frisch rasiert war und damit drei Jahre jünger aussah, zog ich mir eines meiner zwei weißen Hemden über. Eine schwarze Jeans und mein marineblauer Mantel folgten darauf. Dann machte ich mich auf den Weg und lief die Treppe ins Carsons hinab. Als ich die Tür aufdrückte, schnellten die Köpfe von Beryll und Mila in die Höhe. Die pinkhaarige Kellnerin bediente gerade einen Tisch mit einer in einen Pelzmantel gehüllten Dame, während Mila den Tresen abwischte.

Ich schenkte den beiden ein freundliches Lächeln zur Begrüßung.

Von Beryll bekam ich auch eines zurück, Mila hingegen rollte wieder mit den Augen, etwas, was ich schon ein paar Mal in den letzten Tagen bei ihr beobachten konnte, wenn ich das Bistro betrat. Ich wohnte nun seit fast einer Woche über dem Laden und hatte das Gefühl, dass sich die Miene meiner Vermieterin mit jedem Treffen mehr verfinsterte. Eigentlich schade, weil sie so ein schönes und unbeschwertes Lachen hatte, wenn sie glaubte, dass ich nicht in der Nähe war.

Ich wünschte, ich wüsste, womit genau ich ihr auf die Füße getreten war und könnte es bereinigen. Aber jedes Mal wenn wir miteinander sprachen, baute sie einen Schutzwall um sich, als wäre ich der Feind. Sah sie mich als das? Einen Feind, einen Plagegeist?

Als ich gestern die restlichen Sandwiches gekauft hatte und sie den vollen Preis dafür wollte, war mir klar geworden, dass Berryl wahrscheinlich ein Auge auf mich geworfen hatte. Auch jetzt strahlte sie mich mit geröteten Wangen an. Es tat mir fast schon leid, dass ich mir vorgenommen hatte, mich auf niemanden einzulassen. Ich würde es Beryll später schon irgendwie sagen. Aber erst nach dem Frühstück, weil ich keine Lust darauf hatte, völlig versalzene Eier serviert zu bekommen.

Ich ließ mich auf eine gepolsterte Sitzbank sinken, die im Gegensatz zu allen anderen Möbeln hier nicht besonders neu aussah. Weniger gemütlich wurde sie dadurch aber nicht. Wahrscheinlich war es sogar andersherum, man hatte sie erst einsitzen müssen. Das weiche Leder schmiegte sich perfekt um meinen Körper und vermittelte mir ein Gefühl von Geborgenheit.

In der Sekunde, in der ich die perfekte Position gefunden hatte, stand auch schon Beryll neben mir und zückte mit einem freundlichen Lächeln ihren Notizblock. Die rosa Locken fielen ihr etwas chaotisch über die Schultern und wirkten etwas blasser als noch vor ein paar Tagen.

»Guten Morgen Arden, was kann ich dir bringen?«

»Einen Kaffee, schwarz, und das Frühstücksmenü zwei mit Pancakes, Rühreiern und Speck bitte.«

Ich hörte, wie Berylls Kugelschreiber über das feine Papier kratzte. Vermutlich war sie nervös. Gott, ich musste mir wirklich angewöhnen, niemandem mehr falsche Hoffnungen zu machen. Das hatte bisher nur zu Problemen geführt.

»Super, ich gebe es gleich an die Köchin weiter. Es kommt sofort. Aber ich fürchte, dass du ab jetzt den vollen Preis zahlen musst. Tut mir leid.«

Verlegen schob sie sich eine ihrer Locken hinters Ohr. Ich erwartete keine Sonderbehandlung. Ich war ein einfacher Typ, der einfach nur sein Frühstück wollte.

»Kein Problem, wirklich. Ich möchte ja nicht, dass das Carsons meinetwegen schließen muss«, scherzte ich. Aber Berylls Augen lachten nicht. Ihre Lippen versuchten es zumindest. Hatte ich etwas Falsches gesagt?

»Das Carsons muss nicht schließen. Nicht mehr. Es läuft wieder«, sagte sie plötzlich. Dann lief sie schnellen Schrittes in die Küche. Etwas verwirrt über diese Aussage blickte ich ihr noch einen Moment nach, bis Mila in mein Sichtfeld rückte. Heute trug sie eine türkise Bluse, über der sie einen Wollpullover trug. Im Bistro waren es bestimmt fünfundzwanzig Grad. Es war so warm, dass ich die Heizungsluft sogar riechen konnte. Ich fragte mich, ob sie und die Dame in dem Pelzmantel zu der Sorte Frau gehörten, die immer fror.

Ihre Kleidungskombination ließ sie wie ein schüchternes Schulmädchen aussehen. Etwas, das sie definitiv nicht war. Ich hatte erlebt, wie wild sie werden konnte, wenn ihr etwas nicht passte. Das war nicht gerade eine Schulmädcheneigenschaft.

In ihren dunklen Augen brannte etwas, das alles in einem verschlingen konnte, wenn man es zuließ. Jedes Mal, wenn ich sie sah, dachte ich darüber nach, was wohl passieren würde, wenn ich es zuließe.

Sie war selbstbewusst und nicht auf den Mund gefallen. Alles an ihr strahlte das aus: wie sie sich bewegte, wie sie ihre schwarzen Haare zurückstrich, ihr Lächeln, einfach alles.

Als sie ihren Blick hob und merkte, dass ich sie beobachtete, wurden ihre Augen so finster wie üblich, wenn nicht sogar noch dunkler. Schnell sah ich auf mein Smartphone. In Sekundenschnelle öffnete ich die Website der Stadt und klickte mich zur Onlineversion des schwarzen Brettes von Hills Ferry. Gerade als ich dabei war, durch die Stellenangebote zu scrollen, ohne auch nur eines davon zu lesen, baute sich ein dunkler Schatten vor mir auf.

»Du beobachtest mich. Wieso?«

Mila stützte sich vor mir auf dem Tisch ab und lehnte sich zu mir herunter. Ihr warmer Atem roch scharf nach einem Pfefferminzbonbon.

»Ich weiß nicht, was du meinst. Ich suche nach Jobs. Es tut mir leid, dich da enttäuschen zu müssen.«

Ein genervtes Stöhnen entwich ihr und sorgte dafür, dass ich unweigerlich grinsen musste. Ich konnte nichts dagegen tun. Es passierte einfach. Sie war hübsch, wenn sie sich aufregte. Aber eigentlich war sie immer hübsch. Mila schürzte ihre Lippen, bevor sie einen Blick auf mein Smartphone warf. Ihr angespannter Gesichtsausdruck verflog und entwickelte sich urplötzlich in ein kräftiges Lachen.

Sie ließ sich auf den Stuhl gegenüber von mir fallen und konnte gar nicht mehr aufhören. Verblüfft starrte ich sie an, bis sie sich langsam beruhigte. Tränen liefen ihre Wangen hinunter, als sie ihren glasigen Blick wieder auf mich richtete. Was war da gerade mit meiner *Grumpy Cat* passiert? Hatte ich mir das eingebildet? Träum ich jetzt schon von meiner einzigartigen Vermieterin? Falls ja, musste ich mir wohl dringend Gedanken über meinen Geisteszustand machen.

»Was genau ist daran so lustig, dass ich mir einen Job suche? Immerhin hast du mich gestern abgewiesen.«

»Ach, ich wusste nicht, dass es dein Ernst war.«

»Nein, bei so was mache ich keine Scherze. Ein Kings … ley begleicht seine Schulden immer.«

»Mir war gar nicht klar, dass du zu den Lannisters gehörst«, scherzte sie.

»Eigentlich würde ich sagen, dass die Lannisters eher zu mir gehören als andersherum«, entgegnete ich grinsend.

»Aber im Ernst, ich glaube, dass ich wirklich eine Bereicherung für das Carsons sein könnte. Sieh dich um, die Frauen im Raum können ihre Augen nicht von mir lassen.«

Mila schnaubte verächtlich.

»Wow, Mr Arrogant, was? Aber wenn du dich dann besser fühlst, verrate ich dir, dass du der Erste wärst, den ich einstellen würde, wenn ich das Carsons in Strip und Bar umbenennen würde«, versicherte sie mir.

Langsam bekam ich das Gefühl, dass meine Vermieterin auftaute. Vielleicht würden wir ja doch noch Freunde werden, vielleicht aber auch nicht.

»Wow, findest du mich etwa so attraktiv, dass du mich direkt nackt sehen möchtest? Ich fühle mich geehrt«, hauchte ich verrucht. Fast augenblicklich breitete sich ein rötlicher Schimmer auf Milas Wangen aus. Sie lehnte sich noch weiter über den Tisch, bis nur ein Stück Pappe unsere Gesichter hätte trennen können. Sie sah mir tief in die Augen und für den Bruchteil einer Sekunde erwischte ich mich dabei, darüber nachzudenken, sie einfach zu küssen. Ich tat es nicht.

Schlag dir das aus dem Kopf. Das ist eine ganz miese Idee.

Wie hypnotisiert starrte ich sie an und für einen Moment glaubte ich, dass die Welt um uns herum in Zeitlupe ablief. Wieder verzog sie ihre Lippen zu einem breiten Grinsen.

»Nicht ganz, aber du scheinst einen Job als Stripper im *Cozy 69* vor der Stadt anzustreben. Zumindest verrät mir das die

Stellenanzeige da auf deinem Smartphone«, hauchte sie genauso verrucht zurück.

Als ich meinen Blick von ihr losriss und auf das Display lenkte, musste ich feststellen, dass sie recht hatte. Seit dem Beginn unseres Gesprächs hatte meinen Finger auf dem Feld »Per Mail als Showstripper, männlich / weiblich, im *Cozy 69* bewerben« geruht.

»Also manchmal muss man alles in Erwägung ziehen. Ich habe gehört, dass männliche Stripper seit Magic Mike ziemlich viel verdienen«, antwortete ich so schlagfertig ich konnte.

»Ich hätte nicht gedacht, dass sich jemand wie du zu so etwas herablassen würde«, stichelte Mila überrascht von meiner Antwort.

»Was soll das denn bedeuten? Jemand wie ich?«

»Na ja, jemand, der sich für etwas Besseres hält. Jemand, für den nichts gut genug ist.«

Ihre Worte lösten einen bekannten Schmerz in meiner Brust aus, ein Stechen von der Verletzung, die ich übertätowiert hatte, um sie irgendwann zu vergessen. Jedes Mal, wenn ich kurz davor war, diesen Teil hinter mir zu lassen, kam wieder jemand und warf mich um Jahre zurück.

Benommen presste ich meine Lippen aufeinander und sah auf meine Hand, die über das glatte Holz der Tischplatte strich. Das Gefühl der rauen Fugen unter meinen Fingern schien mit jedem Atemzug deutlicher zu werden.

»Du kennst mich nicht, Mila. Kein bisschen. Ich bin kein so offenes Buch wie deine Freundin Beryll.«

Mila lachte auf und lehnte sich zurück gegen die Lehne des Stuhls, auf dem sie ungefragt Platz genommen hatte.

»Ich kenne eine Menge Männer wie dich, Arden. Alle sind gleich. Nehmen wir zum Beispiel meine beste Freundin. Beryll ist der liebenswerteste Mensch, den ich kenne und aus irgendwelchen Gründen mag sie dich. Sehr sogar. Ich denke, das weißt du ziemlich genau. Du wärst ein Idiot, wenn dir das entgangen wäre. Und so steif wie sie vorhin zurück in die Küche marschiert ist, hast du ihr wahrscheinlich den Korb ihres Lebens verpasst, einfach weil sie nicht gut genug für dich war. Dabei ist sie der tollste Mensch der Welt!«

Mila Stimme klang bestimmt, als hätte sie die Schublade, in die sie mich gesteckt hatte, längst abgeschlossen. In diesem Moment wurde mir klar, dass das hier absolut keinen Sinn hatte und ich mich in den nächsten Tagen besser vom Carsons fernhielt. Vielleicht war es sogar besser, sich ein ganz anderes Stammlokal zu suchen, um Mila dauerhaft aus dem Weg zu gehen. Ich verstand einfach nicht, was ich zu ihr gesagt hatte, dass sie so über mich denken ließ? Natürlich war mir das mit ihrer Kollegin aufgefallen und ich hatte mir fest vorgenommen, dieser freundlich und rücksichtsvoll zu erklären, dass ich im Moment nicht an ihr oder einer Beziehung interessiert war. Tja, nun würde es aussehen, als würde Mila dadurch recht behalten, etwas, das ich ihr in diesem Moment nicht zugestand. Ich war kein Playboy wie noch zu Schulzeiten, aber ich war mir sicher, dass das Mila nicht im Geringsten interessierte. Für einen Moment überlegte ich ihr genau das gegen den Kopf zu werfen. Der Umstand, dass sie meine Vermieterin war und ich die nächsten sechs Monate nicht ohne Bleibe verbringen wollte, zwang mich zum Schweigen.

»Weißt du was, ich sollte besser gehen, bevor ich Dinge zu dir sage, die mir später leidtun könnten. Aber ich gebe dir einen Hinweis: Urteile nicht vorschnell über Dinge, von denen du nichts verstehst.«

Wütend stand ich auf und machte mich auf den Weg Richtung des Hinterausgangs. Als ich sah, wie Beryll mit meinem dampfenden Frühstück aus der Küche trat, fiel mir auf, dass ich etwas bestellt, aber noch nicht bezahlt hatte. Ich zog einen zwanzig Dollar Schein aus meiner Brieftasche und pfefferte ihn im Vorbeigehen kommentarlos auf den Tresen. Natürlich war es schade um die verarbeiteten Lebensmittel, aber dafür würde Mila sicher eine Verwendung finden. Mir war der Hunger jedenfalls gründlich vergangen. Ich konnte mir später immer noch eine Pizza bestellen.

Das Einzige, was ich jetzt noch wollte, war, mich hinter eine Leinwand zu setzen, den Fernseher aufzudrehen und denselben Film zu schauen wie in den letzten Tagen.

Kapitel 5

Mila

Beryll stand mit weit aufgerissenen Augen in der Küchentür und beobachtete mich wie alle anderen Gäste des Ladens. In den Händen hielt sie einen dampfenden Teller, auf denen sich ein köstlich duftendes Rührei mit Würstchen vermischte. Über dem Ei hatte sie ein paar Bacon-Streusel verteilt, die dem Gericht eine angenehme Salzigkeit verleihen würden. Das Frühstücksmenü zwei.

»Mila, was ist passiert?«, fragte mich Beryll, als ich zu ihr hinter den Tresen kam, um mich für einen Moment in die Küche zu verziehen.

»Nichts, er ist ja jetzt gegangen. Alles wieder gut.«

Mir war nicht danach, ihr detaillierter zu antworten, denn dann hätte ich ihr sagen müssen, was genau an seinem Verhalten mich verletzte. Stattdessen lief ich in die silbern glänzende Bistroküche, in der Malory gerade ein paar Burgerpattys briet. Sie warf mir einen fragenden Blick zu, den ich mit einem freundlichen Nicken abtat, das so gespielt war, dass ich es mir selbst kaum glaubte. Aber Malory wusste, wann es besser war zu schweigen. Also schob sie sich ihre großen, gelben Kopfhörer über die Ohren.

Ich holte einen aggressiv riechenden Reiniger aus einem der Schränke und sprühte eine Arbeitsfläche ein. Als der ätzende Gestank mir in die Nase stieg, erinnerte ich mich daran, dass das Zeug zwar alle Bakterien tötete, ich ihn aber gründlich entfernen musste, damit er nicht ins Essen kam und etwas anderes als Bakterien umbrachte.

Mit einem lauten Flappen zog ich mir pinke Handschuhe über und griff nach einem Schwamm, der meine Aggressions- bzw. Reinigungstherapie sicher nicht überleben würde. Dann schrubbte ich den Edelstahl, als ginge es um mein Leben. Ich versuchte, das Gesicht von Arden genauso wegzuwischen wie den Dreck auf der Platte. Aber ich konnte es einfach nicht vergessen. Es war da und sah mich an.

Sein Blick war so überheblich wie der von Jon, dem neuen Mann an der Seite meiner Mom. Arden war auch genauso arrogant und schlagfertig wie der Mann, für den meine Mutter uns verlassen und aus ihrem Leben gesperrt hatte. Aber das Schlimmste war, dass Arden mir dasselbe Gefühl gab wie Jon: das Gefühl, unzureichend zu sein.

Ich hatte meine Mutter mit Marcy nur ein einziges Mal in New York besucht und ihre neue Familie hatte uns mehr als klar gemacht, dass wir ihren Anforderungen nicht genügten. Marcy hatte es immer wieder versucht, war aber jedes Mal wieder vor den Kopf gestoßen worden. Ich konnte mich nicht daran erinnern, wie viele Nächte ich mit meiner kleinen Schwester auf unserer durchgesessenen roten Couch verbracht hatte, um ihr klarzumachen, dass sie es wert war, geliebt zu werden und dass Mom eine Idiotin war. In all dieser Zeit hatte ich vergessen, mir diese Dinge selbst zu sagen und mich auch daran zu halten.

Als Arden und ich uns im Gewitterregen vor ein paar Tagen das erste Mal begegnet waren, hatte er etwas zu mir gesagt, das mich seitdem verfolgte wie ein böser Traum.

Keine Angst, du bist nicht mein Typ … Ich dachte, nur Kinder haben Angst vor Gewittern.

Ich wusste, dass es dumm war, sich an Worten aufzuhängen, die das Gegenüber wahrscheinlich längst vergessen hatte, aber sie spukten in mir. Als ich dann gesehen hatte, wie charmant er zu Beryll gewesen war, bevor sie rot wurde und mit einem traurigen Blick geradewegs zurück in die Küche gelaufen war, wurde mir klar, dass sie ihn wahrscheinlich um eine Verabredung gebeten und einen Korb kassiert haben musste. Ihr Blick, ihre Haltung, einfach alles an ihr ließen keinen anderen Schluss zu. Und dann war mir aufgefallen, wie er mich anstarrte, getreu dem Motto: Man will immer das, was man nicht haben konnte. Es hatte mich wütend gemacht.

Als wir dann ins Gespräch kamen, dachte ich, es wäre nur ein Missverständnis gewesen. Er war humorvoll und hatte mich mit seinem Sarkasmus zum Lachen gebracht. Die zarten Grübchen um seine Lippen herum und die grünen Augen waren offen und freundlich gewesen. Für einen Moment hatte ich wirklich überlegt, mein Versprechen einzuhalten und ihm eine zweite Chance zu geben. Aber dann hatte er Beryll in so einem überheblichen Ton erwähnt, dass mir eingefallen war, mit was für einem Ausdruck sie seinen Tisch verlassen hatte.

Meine Hände begannen den Edelstahl mit dem Schwamm noch stärker zu malträtieren.

»Mila, ist alles okay? Was war mit Arden?«

Berylls Worte beendeten meine Putzwut. Ein tiefes Keuchen entwich meinen Lungenflügeln. Ich hatte nicht gespürt, wie sehr ich mich angestrengt hatte. Ich hob einen Arm und wischte mir über die leicht schwitzige Stirn. Dann sah ich sie an. Beryll stand mit zurückgebundenen Locken und verschränkten Armen vor mir. Ihre Fußspitze tippte tadelnd auf den Fliesenboden der Küche.

»Alle haben gesehen, dass du ihn angefahren hast. Du hattest mir doch versprochen, ihm noch eine Chance zu geben.«

»Ist das dein Ernst, Beryll? Du nimmst ihn in Schutz, obwohl er dich traurig gemacht hat? Mir ist aufgefallen, wie schnell und mit was für einem Gesicht du in die Küche verschwunden bist. Hast du ihn nach einem Date gefragt und er hat Nein gesagt? Oder hat er vielleicht irgendwann gesagt? Oder dass du nicht sein Typ bist?«, stellte ich sie aufgebracht zur Rede. Ich hasste es, dass sie dazu neigte, sich von Kerlen wie Arden wie Dreck behandeln zu lassen. Ich wusste, wie sehr sie nach dem Richtigen suchte.

»Moment. Du glaubst, ich wäre so bedröppelt gewesen, weil er mir einen Korb gegeben hat?«, fragte Beryll mit großen Augen.

»Ja, na ja, so hat es auf jeden Fall ausgesehen und ich dachte einfach, dass du dir nach unserem Gespräch gestern überlegt hast, ihn nach einem Date zu fragen«, gab ich zu und zuckte bestätigend mit den Achseln.

»O Gott, nein«, stöhnt Beryll, als sie ihren Kopf in den Nacken legte und nachdenklich an die Decke sah, bevor sie sich mir wieder zuwandte.

»Er hat mir keinen Korb gegeben, Mila.«

Überrascht legte ich den Schwamm zur Seite.

»Nicht?«

»Nein.«

»Was hat er dann zu dir gesagt?«, fragte ich vorsichtig. Der unangenehme Gedanke, dass ich etwas total misinterpretiert hatte, keimte in mir auf. Wenn Arden meiner besten Freundin nicht blöd gekommen war, dann hatte ich vollkommen überreagiert. Gut, das hatte ich sowieso, aber das hier machte es gerade nur noch schlimmer.

»Er hat einen Witz darüber gemacht, dass er nicht möchte, dass das Carsons schließen muss, nur weil er sein Essen nicht voll bezahlt. Ich musste einfach daran denken, dass dein Dad den Laden nach dem Tod deiner Schwester wirklich verkaufen wollte und wie wir ihn umstimmen konnten, indem wir das Carsons DIY-mäßig komplett neugestaltet haben. Ich mag zwar nicht die Eigentümerin sein, aber das Carsons bedeutet mir viel, schon allein deinetwegen.«

»O Gott, ich komme mir so unfassbar dumm vor!«, stöhnte ich. Das hatte ich wirklich gründlich verkackt.

»Stimmt, deine Menschenkenntnis ist echt erbärmlich. Warum hast du mich nicht einfach gleich gefragt, was er gesagt hat?«

»Weil ich dachte, meine Menschenkenntnis wäre besser geworden. Ich habe wirklich geglaubt, dass er gerade dabei war, dir das Herz zu brechen.«

Beryll lachte herzhaft über meine Dummheit. Das ließ meine Stimmung zwar steigen, verhinderte aber nicht, dass ein tiefes Schamgefühl gerade dabei war, sich in meiner Brust breitzumachen.

»Tja, ich fürchte, dass du dich jetzt beim ihm entschuldigen musst. Das Blatt hat sich gewendet. Nicht, dass er seine Miete zurückverlangt und wieder verschwindet.«

»Das wäre nicht gut. Ich könnte ihm die Miete aktuell tatsächlich gar nicht zurückzahlen. Der Grill war doch ein paar Tage kaputt, bevor er angekommen ist. Ich habe einen neuen gekauft und Gehälter bezahlt«, seufzte ich.

Meine Freundin legte mir ihre Hand auf die Schulter und verzog ihren Mund zu einem mitleidigen Schmollen.

»Ich könnte mich in deinem Namen entschuldigen. Dann würde ich direkt hochgehen und dir die Schmach ersparen«, schlug sie vor.

»Netter Versuch, aber da muss ich allein durch. Ich werde ihm nach unserer Schicht etwas zu essen hochholen. Vielleicht Italienisch, damit er sich mal von etwas anderem ernährt als unseren Sandwiches.«

»Das könnte ihn besänftigen, aber pass auf, dass du ihn mir dabei nicht ausspannst. Liebe geht immerhin durch den Magen.« Beryll sagte es scherzhaft, obwohl ich mir sicher war, dass sie jedes ihrer Worte so meinte. Also winkte ich ab.

»Ich denke, du musst dir da keine Gedanken drum machen. Bis der mein Eisherz zum Schmelzen gebracht hätte, wäre im Himmel Jahrmarkt.«

»Na dann, sollten wir jetzt wohl besser wieder an die Arbeit gehen. Oder eher du, denn ich esse jetzt Ardens Frühstück und glaub ja nicht, dass du auch nur einen Baconkrümel abbekommst. Die hast du dir nicht verdient.«

»Okay, aber vergiss nicht, dass das Carsons der Laden meiner Familie ist. Dass du die Baconkrümel essen darfst, ist ein Privileg«, erwiderte ich.

»Dann vergiss du nicht, dass es ein Privileg ist, meine Freundin zu sein. Soweit ich weiß, hast du keine andere«, konterte Beryll gekonnt.

»Autsch, das war fies.«

»Ich weiß. Gern geschehen.«

Ich schnalzte mit einem Geschirrhandtuch nach ihr. Mit einem lauten Lachen drehte sich Beryll zur Seite und beschützte so gekonnt das Frühstück in ihrer Hand. Ich musste zugeben, dass ich schon ein wenig neidisch darauf war, wie sie sich Ardens Bestellung zuerst unter den Nagel gerissen hatte. Unsere Köchin Malory kochte einfach göttlich. Aber wie sie schon sagte, ich hatte es mir nicht verdient. Außerdem verriet mir ein kurzer Blick in den vollen Gastraum, dass ich überhaupt keine Zeit zum Essen hatte. Eine Menge Bestellungen mussten aufgenommen und serviert werden.

Seit das Carsons renoviert worden war, boomte das Geschäft, worüber ich mich sehr freute. Trotzdem wünschte ich mir, dass ich nicht nach jeder Schicht, die ich schob, todmüde ins Bett fallen würde. Ohne die Unterstützung von meinem Vater würde ich das nicht mehr lange schaukeln können. Ich nahm mir vor ihn, später mit meiner Gefühlslage zu konfrontieren, obwohl mich schon nur bei dem Gedanken daran das schlechte Gewissen plagte. Ich wusste, wie schlecht es ihm ging, aber wenn ich so weitermachte, stand ich in ein bis zwei Monaten selbst mit einem Bein im Abgrund. Gott, war ich froh, dass Lawrence morgen wieder da sein würde. Er war einer meiner fähigsten Mitarbeiter und hatte uns allen schon mehrfach den Hintern gerettet. Ihm würde ich den Laden immer anvertrauen.

Vielleicht könnte ich es sogar schaffen, morgen mal einen Tag freizumachen. Doch das würde ich wie immer spontan entscheiden, wenn ich wusste, wie gut wir besetzt waren und niemand fehlte, weil er krank geworden war.

Bevor ich das Chaos beseitigte und die Putzsachen wieder dahin zurückstellte, wo sie hingehörten, drückte ich meiner besten Freundin noch einen Kuss auf die Wange.

Sie verging sich bereits an den köstlich duftenden Rühreiern, sodass ihr Teller schon nach wenigen Minuten wie ein Schlachtfeld aussah. Hätte ich nicht gewusst, was das da auf ihrem grünen Porzellanteller war, hätte ich es wohl nicht erkannt.

Im Gastraum war die Hölle los. Fast ganz Hills Ferry war anwesend. Die Menschen erzählten sich wahrscheinlich schon gegenseitig von meinem Disput mit Arden. Den ganzen Tag wurde ich immer wieder gefragt, ob es mir gut ginge und was der »Neue« angestellt hatte. Jedes Mal setzte ich ein Lächeln auf und erklärte, dass es ein Missverständnis gegeben hatte und der Fehler bei mir lag.

Besonders zwei ältere Damen interessierten sich für den neusten Klatsch und Tratsch. Eine der beiden hieß Laura. Sie hatte silberne Locken, die ihr engelsgleich über die Schultern fielen. Ihren rundlichen Körper hatte sie in ein adrettes lila Kostüm gezwängt, das besonders im Sitzen wirklich unvorteilhaft wirkte. Die andere trug den wundervollen Namen Edeltraut. Sie und ihr Mann waren vor einigen Jahrzehnten aus Deutschland nach Hills Ferry eingewandert, weil sie hier Familie hatten. Edeltraut war hager und strich alle zwei Sekunden die Tischdecke glatt.

Eigentlich waren die beiden Damen wirklich reizend, aber mit jeder Tasse Kaffee, die sie bestellten, wurden sie lauter. Ich fragte mich, ob das Koffein auf alle alten Menschen so wirkte wie Alkohol, oder ob Laura und Edeltraut zu einer ganz besonderen Unterart gehörten.

Sie waren die Lästerschwestern der Stadt und wenn ein Gerücht die Runde machte, konnte jeder sicher sein, dass sie es gestreut hatten.

Während andere Gäste kamen und gingen, blieben die beiden beständig sitzen und unterhielten sich über alles Mögliche. Es war schön, sie so befreit zu sehen. Manchmal wünschte ich mir, dass ich auch den ganzen Tag sorglos irgendwo verbringen könnte, aber das war mir leider nicht vergönnt.

Kurz bevor ich den Laden schloss, verließen auch Laura und Edeltraut strahlend den Laden. Ich war mir sicher, dass sie nur kamen, um die anderen Gäste zu belauschen. Morgen würde es sicher wieder einen Haufen neuer Gerüchte geben, die jeder anders erzählte.

In einer Kleinstadt zu leben fühlte sich manchmal an, als würde man die ganze Zeit Stille Post spielen. Gott, wie gern würde ich dem mal entfliehen.

***

Nach Ladenschluss löschte ich das Licht im Carsons, drehte mich dem Inneren unseres Bistros noch mal zu und ließ meinen Blick durch den Laden streifen: über die Polster, die hölzernen Möbel und die metallischen Elemente, über die Pflanzen, den Tresen und die Auslage. Nun wurde alles nur noch von dem natürlichen Dämmerlicht erhellt, das sanft durch die Fenster der Ladenfront fiel. Ich konnte zusehen, wie es von Sekunde zu Sekunde dunkler zu werden schien, weil die Sonne sich verabschiedete, um dem Mond seinen Raum zu lassen.

Dunkelheit und ich waren eigentlich keine besonders dicken Freunde, aber das Carsons kannte ich wie meine Westentasche. Hier ertrug ich die Dunkelheit und die Leere, die diese mit sich brachte.

Ich zog die Tür hinter mir zu und drehte meinen Schlüssel dreimal im Schloss: einmal für Marcy, einmal für Dad und einmal für mich. Mein Dad hatte das Ritual schon früh eingeführt, damit wir niemals vergaßen, eine Tür abzuschließen und immer an die

Familie dachten. So verrückt es auch klingen musste, bisher hatte es immer funktioniert.

Ich überquerte die sauber asphaltierte Central Street, die sich wie eine Linie durch ganz Hills Ferry zog. Auf den Gehsteigen standen Pflanzenkübel, in denen kleine Bäume und Pflanzen wuchsen, die dafür sorgten, dass die Stadt um einiges freundlicher wirkte. An den Seiten parkten die bunten Trucks und Transporter der Ladenbesitzer, von denen die meisten gerade dabei waren, die letzten Handgriffe zu erledigen, bevor auch sie absperrten. Nur zwei Läden in der Central Street hatten deutlich länger geöffnet. Der Fastfoodladen *Burgerlicious Betsy*, der schon seit den 1950ern in Hills Ferry zu den Hauptattraktionen zählte und mittlerweile von Betsys Sohn John geführt wurde. Direkt daneben und gegenüber von unserem kleinen Bistro lag das *Luigi's*. Eine kleine Pizzeria, die für die beste Pizza der Stadt bekannt war. Und dorthin war ich auf dem Weg.

Warmes Licht schien mir schon durch die Ladenfront entgegen und beleuchtete den Fußweg. Sobald ich die schwere Glastür aufdrückte und den Laden betrat, bemerkte ich, wie voll es war. Jeder der mit weißen Tischdecken und Kerzen geschmückten Tische des kleinen Bistros war besetzt. Auf einer schmalen grünen Bank im Eingangsbereich warteten zwei Herren auf ihre Bestellung.

In Hills Ferry gab es wenig Orte, an denen man sich abends treffen konnte. Außerdem war das Ambiente einfach schön. Auf den sandsteinfarbenen Wänden gab es kleine aufgemalte Fenster, die einem einen kurzen Blick auf Rom, Venedig oder die Toskana werfen ließen. Die Stühle und Tische waren zwar aus altem dunklen Holz, aber man konnte sehen, wie sehr Luigi und seine Familie sie pflegten.

Aus Lautsprechern, die in unter der Decke hängenden Weinregalen platziert worden waren, drang leise italienische Musik. Meine Haut kribbelte und als ich den Sohn des Pastors, offensichtlich bei einem Date mit einem blonden Mädchen entdeckte, schlich sich ein Lächeln auf meine Lippen.

»Buona serata, Mila! Wie kann ich dich glücklich machen? Pizza Speciale wie immer?«, fragte mich Luigi, der Herr des Hauses. Sein schwarzes Haar wurde von silbrigen Strähnen durchzogen, was ihn aber nicht viel älter wirken ließ. Luigi war groß, schlank und gehörte zu den angesehensten Mitgliedern der Gemeinde. Wenn er nicht gerade die gute Seele des nach ihm benannten Familienrestaurants war, trieb er viel Sport und war Teil des Festkomitees. Jedes Jahr wieder versuchte er durchzusetzen, dass wir das Budget für das Sommerfest kürzten, um ein Sportfest zu veranstalten. Der Großteil der älteren Gemeinde war natürlich dagegen, weshalb sie die Idee wie immer wieder im Sand verliefen ließen. Ich fragte mich, ob ihm bewusst war, dass Sport in dieser Kleinstadt nicht den höchsten Stellenwert innehatte. Bei einem Marathon vor drei Jahren hatten genau elf Menschen teilgenommen und bis auf ihn waren die meisten wahrscheinlich auch nur für den Restaurant-Rabattcoupon mitgelaufen, den alle Teilnehmenden erhalten hatten.

Auch jetzt wippte Luigi energiegeladen im Takt der Musik und wischte mit einem karierten Lappen den Tresen, während er erwartungsvoll auf meine Bestellung wartete.

»Hmm, ich glaube heute nehme ich Pasta. Zweimal Carbonara bitte.«

»Oh, ist dein Vater kein Vegetarier mehr?«, fragte er mich überrascht.

»Doch, doch, die zweite Portion ist nicht für ihn.«

Luigi hielt inne. Seine Augen weiteten sich genau wie seine Lippen. Er grinste mich aus vollem Herzen an wie eine Comic-Figur.

»Uh la la, für einen Romeo?«

»Eher für einen Tybalt«, ergänzte ich, während ich mich darüber freute, in der High School zu denen gehört zu haben, die das Stück wirklich gelesen hatten.

»Das klingt aber nicht gut, Mila«, erwiderte er bestürzt.

»Ich weiß, aber vielleicht hilft die Pasta ja, für Frieden zu sorgen.«

Sein Lächeln war nur für einen Augenblick verschwunden, bis es in voller Kraft zurückkam und Luigis Augen zu strahlen begannen.

»Ich sage Julio sofort, dass er alles Herz in seine Spaghetti tun soll. Diese Spaghetti werden voller Liebe sein!«

***

Eine Viertelstunde später stand ich mit zwei Pastaboxen vor Ardens Wohnung und überlegte, was ich am besten sagen sollte, damit er mir die Tür nicht direkt wieder vor der Nase zuschlug.

»Es tut mir leid, ich war dumm …« *Nein, das ist zu stumpf.*

»Ich wollte nicht so überreagieren.« *Hast du aber, Captain Obvious.*

»Tschuldigung?« *Nein, Mila!*

Gerade als ich dabei war, mir etwas Neues zu überlegen, öffnete sich die Tür und keine Handbreit von mir entfernt stand er, in seinen Mantel gehüllt, bereit das Apartment zu verlassen.

Seine Züge wirkten überrascht, ob positiv oder negativ konnte ich nicht ausmachen.

»Hier … Essen … Entschuldigung«, stotterte ich und drückte ihm die beiden Nudelpackungen in die Hände. Dass eine ursprünglich für mich bestimmt war, hatte ich in der Sekunde vergessen, in der mir mein Herz erschrocken in die Hose rutschte. Meine Nudeln waren jetzt wohl für immer verloren.

Arden sagte nichts, sondern starrte nur auf die dampfenden Fastfoodverpackungen in seinen Händen, die optisch eher in die Kategorie Asia-Schnellrestaurant passten.

Eine unangenehme Stille breitete sich um uns herum aus. Also holte ich tief Luft und setzte noch mal dazu an, ihm zu sagen, was mir auf dem Herzen brannte.

»Also, was ich eigentlich sagen wollte, ist, dass mir das heute früh wirklich leidtut. Ich neige dazu, es mit meinem Beschützerinstinkt zu übertreiben. Und …«

Jedes meiner Worte meinte ich, wie ich es sagte. Besonders der

Beschützerinstinkt war eine Eigenschaft, die ich von meiner Mutter geerbt haben musste, auch wenn sich ihr Bedürfnis, Marcy und mich zu schützen, zuerst in Rauch und dann in Luft aufgelöst hatte. Vielleicht war meins dadurch umso größer.

»Möchtest du reinkommen? Hier draußen zieht es«, unterbrach mich Arden.

Er machte einen großen Schritt zurück in seine Wohnung und drückte mit seinem Rücken die Tür auf, damit ich mich an ihm vorbeischieben konnte. Ich zögerte einen Moment, bevor ich seine Einladung, oder was auch immer das gerade war, annahm.

Der schöne Dielenboden knackte unter meinen Füßen und meine Schritte hallten durch den offenen Wohnbereich. Erstaunt betrachtete ich die leeren Wände.

Alles hier sah noch genau wie bei der Schlüsselübergabe aus. Leer. Im Untergeschoss stand nicht ein Möbelstück. Mein schlechtes Gewissen schlich sich an und tippte mir schuldbewusst auf die Schulter.

Du hast ihm diese Wohnung als möbliert vermietet, obwohl du selbst zu deinem Dad gesagt hast, dass sie es nicht ist.

Das stimmte. Als mein Dad mich bat, die Wohnung zu inserieren, sagte er, dass ich sie als möbliert beschreiben soll. Ich wies ihn darauf hin, dass wir zu wenig Möbel dafür stellen würden, aber mein Dad winkte ab. In Hills Ferry galt eine Wohnung immerhin ab sieben Gegenständen als eingerichtet. Unweigerlich fragte ich mich, aus welchem Jahrhundert diese Faustregel übriggeblieben war.

»Setz dich, am besten auf die Treppenstufen. An weiteren Sitzgelegenheiten arbeite ich zurzeit noch.«

Er strich sich seinen Mantel von den Schultern und legte ihn über eine Treppenstufe, damit wir uns draufsetzen konnten.

Als ich mich darauf sinken ließ, holte Arden Besteck. Na ja, mehr oder weniger. In den ostasiatischen Ländern gehörte es zum

Alltag mit Stäbchen zu essen, aber in Hills Ferry war das nicht üblich. Bei Spaghetti Carbonara stellte ich mir das relativ schwierig vor.

Arden drückte mir zwei mattschwarze Essstäbchen und eine der Nudelpackungen in die Hand und setzte sich neben mich.

Als er die Pappbox öffnete, schlug ihm eine weiße Dampfwolke entgegen und der salzige Duft von italienischen Spaghetti Carbonara breitete sich aus. Arden lachte.

»Das hatte ich nicht erwartet.«

»Ganz offensichtlich«, sagte ich und klapperte mit den Stäbchen in meiner Hand. Auch wenn diese Situation etwas absurd war, hatte ich das Gefühl, dass sich die Spannung langsam löste.

»Möchtest du anderes Besteck haben?«

Ich schüttelte den Kopf.

»Nein, danke. Ich wollte schon immer mal Spaghetti mit Essstäbchen essen.«

Das Lächeln auf seinen Lippen schien das erste Mal wirklich echt zu sein. Es strahlte irgendwie.

»Das wird auf jeden Fall eine Erfahrung. Wenn du es versuchst, dann werde ich das auch. Wir sind in Amerika, hier macht man doch lauter so verrückte Sachen«, sagte er.

»So verrückte Sachen, wie Frauen im Regen in sein Auto zu locken?

»Ja, so ungefähr«, sagte Arden. »Du weißt aber schon, dass ich dir nichts tun wollte. Oder?«

Ich dachte für einen Moment über seine Frage nach. Wann hatte ich aufgehört zu glauben, dass er mir etwas Böses wollte? Hatte ich das überhaupt? Als mein Gedankenkarussell anfing, sich in Bewegung zu setzen, rollte ich ein paar der glibschigen Spaghetti um die Stäbchen und schob sie mir in dem Mund. Noch im selben Moment begannen meine Geschmacksnerven zu rebellieren. Die Carbonara waren völlig versalzen. Arden hingegen verzog keine Miene. Ihn schien das nicht so zu stören oder er kaschierte es einfach besser.

»Ist die Antwort auf meine Frage wirklich so schwierig?«, holte mich Arden aus den Gedanken zurück auf die Treppe, auf der wir saßen.

»Nein. Also doch«, stammelte ich.

»Ich denke schon, dass du mir nichts Böses wolltest, aber jemandem zu sagen, dass du ihn nicht mitnimmst und umbringst, weil er nicht dein Typ ist, war schon auf eine skurrile Art verletzend«, antwortete ich mit einem leichten Schmatzen, was mir aber erst im nächsten Moment auffiel. Etwas beschämt starrte ich in die dampfende Nudelpackung. Ardens tiefes Lachen ließ mich wieder zu ihm aufsehen. Mir fielen die feinen Grübchen um seinen Mund herum auf, die die meisten Menschen wohl als ziemlich sexy empfanden. Ich konnte mich da leider nicht rausnehmen.

»Das mit dem Umbringen habe ich aber so nicht gesagt.«

»Das mit dem ›nicht mein Typ‹ aber schon.«

Arden runzelte die Stirn und stocherte nachdenklich in seinen Nudeln. Und ehe ich es realisieren konnte, sah er mir in die Augen. Aber es war anders als die letzten Male. Ich konnte Emotionen sehen.

»Hat es dich wirklich verletzt?«

Mehr als ein stummes Nicken bekam ich nicht zustande.

»Ich bin schon ein ziemlicher Idiot, oder?«

»Jaja, das bist du.«

Mein leichtes Schmunzeln steckte ihn an.

»Dann sollte ich mich vielleicht erklären. Ich habe das nicht gesagt, um dir ein schlechtes Gefühl zu geben, sondern damit du dich wohler fühlst bei mir einzusteigen. Du hast ziemlich verängstigt ausgesehen, als es angefangen hat zu gewittern.«

Als er das Gewitter erwähnte, fuhr mir ein kalter Schauer den Rücken hinab.

»Das ist auch noch so eine Sache. Ich bin kein Freund von Gewittern und sich darüber lustig zu machen, war da nicht hilfreich«, erklärte ich.

Arden nickte verständnisvoll. Er schien zu merken, dass er mich härter getroffen hatte, als er dachte. Auch wenn es sich für ihn irrational anhören musste, fühlte es sich für mich real an. Und über Gefühle machte man keine Witze.

»Jetzt weiß ich, warum wir so einen schlechten Start hatten. O Mann. Das ist wirklich beschissen gelaufen«, stöhnte er.

»Ja, das kann man wohl sagen.«

»Es tut mir leid, Mila, wirklich.« Arden wirkte bedrückt. Jedes seiner Worte hatte einen Unterton, der wahres Mitgefühl durchschimmern ließ.

»Mir tut es auch leid«, flüsterte ich. »Vielleicht fangen wir einfach … neu an?«

Arden stellte die salzigen Nudeln zur Seite und streckte mir seine Hand hin.

»Arden Kingsley, neuer Mieter und seit neustem Verfechter von Tom Hanks Filmen. Angenehm.«

Grinsend schüttelte ich seine rechte Hand. Seine Haut war warm und rau. Für einen Moment überlegte ich, ihm meine Handcreme anzubieten, aber das kam wahrscheinlich nicht so gut. Wobei der Vanilleduft bestimmt toll mit seinem herben Parfüm harmonierte. Der absurde Gedanke ließ mich lächeln, was Arden nicht unbemerkt blieb.

»Waren es die Tom Hanks Filme?«

Das Lächeln auf meinen Lippen verwandelte sich in ein Grinsen, was der Grinsekatze würdig gewesen wäre.

»Nein, nein. Mir ist nur so schnell nichts über mich eingefallen.« Das war nicht vollständig gelogen. Immerhin hatte ich, statt daran zu denken, wie ich mich am besten vorstellte, an den Duft meiner Lieblingshandcreme gedacht.

»Dann habe ich eine Frage an dich.«

»Okay, schieß los.«

»Isst du deine Nudeln immer so salzig oder waren diese Spaghetti als Mordanschlag gedacht, für den Fall, dass wir uns nicht versöhnen?«

Ein Lachen schlich sich aus meiner Kehle an die Oberfläche.

»Du meinst Tod durch innerliches Austrocknen? Geht das überhaupt?«

Arden zog die Schultern nach oben. »Vielleicht hast du sie ja auch vergiftet und das Salz diente dazu, den Geschmack zu übertünchen«, spekulierte er und fischte demonstrativ ein paar Nudeln aus der Masse. Er hielt sie ins Licht, als ob er daran erkennen könnte, ob ich sie vergiftet hatte.

»Keine Angst. Dafür mag ich dich nicht wenig genug«, entgegnete ich als Anspielung auf unsere erste Begegnung. Arden verstand es sofort.

»Auch wenn das die Revanche für den Nicht-mein-Typ-Spruch sein sollte, fühle ich mich geehrt. Es war ja schon fast ein Kompliment aus deinem Mund, Mila Carson. Und um das ein für alle Mal klarzustellen: Du bist mein Typ«, raunte er. All die kleinen Härchen auf meinem Körper stellten sich auf bei dem Klang des tiefen Basses in seiner Stimme. Nicht weil es mir unangenehm war. Im Gegenteil. Irgendwas lösten seine Worte in mir aus. Ich wusste nicht, wie ich darauf reagieren sollte. Sollte ich überhaupt etwas dazu sagen? Doch bevor ich weiter darüber nachdenken konnte, rutschte mir ein Satz raus, den ich unter normalen Umständen niemals gesagt hätte.

»Du bist auch meiner.« *Du bist auch meiner? Really?*

Arden lachte.

»Dann hätten wir das ja jetzt auch geklärt. Dann macht es dir bestimmt nichts aus, mich in den nächsten Tagen in das große schwedische Möbelhaus zu begleiten, das du erwähnt hast, als ich noch nicht dein Typ war.«

Mein Gesicht fühlte sich an, als wäre es gerade dabei, meine

Hautfarbe in die einer Tomate zu wechseln. Ich redete mir ein, dass man es auf meiner dunklen Haut nicht so wahrnahm, aber damit belog ich mich nur selbst. Meine Verlegenheit sah man mir so oder so an. Also entschied ich mich dazu, einfach Ja zu sagen.

»Klar, das bin ich dir nach diesem Spaghetti-Anschlag wohl schuldig. Kannst du morgen?«, fragte ich, weil ich wusste, dass wir morgen gut besetzt waren und ich Lawrence problemlos den Laden überlassen konnte. Vielleicht würde es gut tun mal rauszukommen.

»Öh, ja. Ich habe ja noch keinen Job und das Vorstellungsgespräch im Stripclub findet wahrscheinlich auch erst nach zweiundzwanzig Uhr statt«, scherzte er offensichtlich überrascht von meiner Spontanität.

»Dann passt es ja. Treffen wir uns um neun vor dem Carsons?«

Arden nickte. Als hätten wir uns im Stillen abgesprochen erhoben wir uns beide von der Treppe. Als ich mich etwas zur Seite beugte, um meine fast unangerührten Nudeln zur Seite zu stellen, damit ich mein runtergerutschtes Hosenbein ein Stück aufkrempeln konnte, stieß ich mit meinem Kopf an Ardens Arm, wobei er sich unglücklicherweise den Rest seiner Nudeln über das Shirt kippte. Mit ausgebreiteten Armen stand er da und schaute einen Moment lang dabei zu, wie sich die feuchten Spaghetti von seiner Brust abseilten und dabei Soßenstreifen hinterließen.

Mein grunzendes Lachen zog seine Aufmerksamkeit auf mich.

»Sie waren sowieso viel zu salzig«, kommentierte er, während er die restlichen Nudeln von seinem Shirt auf den Dielenboden wischte.

»Stimmt. Ungewöhnlich. Eigentlich macht Luigi die beste Pizza der Stadt.«

»Auf die Pasta trifft das offensichtlich nicht zu«, antwortete er grinsend.

»Man kann eben nicht alles haben.«

»Dann koch ich demnächst mal für uns. Ohne angeben zu wollen, aber meine Carbonara ist um einiges besser.«

Ardens Aussage brachte mich in Verlegenheit, nicht weil ich ihn in diesem Moment für überheblich hielt und mir das unangenehm war. Der Teil mit dem *Für uns kochen* war der, den ich nicht überhören konnte. Wir hatten gerade erst die Unstimmigkeiten zwischen uns aus dem Weg geräumt, sodass nun Platz für neue Gefühle entstanden war. Was das für welche sein konnten, würde sich noch zeigen. Ich fand ihn attraktiv und hatte festgestellt, dass er die Art Humor hatte, die mich anzog wie das Licht die Motten, aber dass er mich direkt zum Essen einlud, kam überraschend.

»Ich freue mich darauf«, war die einzige Antwort, die mir so schnell von der Zunge ging.

»Dann will ich dich auch nicht weiter aufhalten. Wir sehen uns morgen früh«, verabschiedet mich Arden, nachdem er mich zur Tür begleitete. Lässig lehnte er sich gegen den Rahmen. Selbst die Spaghettipampe auf seinem T-Shirt konnte mich nicht davon abhalten, ihn interessant zu finden, jetzt wo er offiziell kein Trottel mehr war. Das war ein Umstand, der sehr gefährlich werden konnte. Besonders wenn ich bedachte, wie gut Beryll ihn fand. Ein schlechtes Gewissen schlich sich direkt in meinen Kopf, obwohl ich genau genommen nur das getan hatte, was sie sich gewünscht hatte. Arden und ich hatten uns versöhnt. Damit, dass ich direkt damit anfing, mich zu ihm hingezogen zu fühlen wie Bella zu Edward, hatte ich nicht gerechnet.

Als ich die Steppen hinunterstieg und das Gebäude durch den Wohnungsausgang verließ, wählte ich Berylls Nummer. Kurz nachdem das erste Freizeichen ertönte, nahm sie ab.

»Und, hasst ihr euch noch?«, fragte sie, ohne die Spur einer Begrüßung. Ich kicherte.

»Nein, ich habe ihm alles an den Kopf geschmettert und dann haben wir uns vertragen.«

»Und dann habt ihr romantisch zusammen gegessen?«

»So würde ich das jetzt nicht bezeichnen«, antwortete ich wahrheitsgemäß.

»Aber?«, fragte Beryll, weil sie mich besser kannte als jeder andere Mensch auf diesem Planeten. Auch Marcy hatte immer gemerkt, wenn ich ihr etwas verheimlichte und Beryll war da nicht anders. Vielleicht lag es aber auch an mir. War ich ein offenes Buch für alle, die sich entschieden umzublättern?

»Das Essen war total versalzen.«

»Komisch, das passt doch gar nicht zu Luigi«, kommentierte Beryll. In meinem Kopf hatte ich sofort das Bild von Beryll vor Augen, wie sie in ihrem Lieblingspyjama, den mit den Controllern drauf, auf ihrem Gaming-Chair saß und die Nase rümpfte.

»Habe ich auch gedacht. Jetzt hat er allerdings vorgeschlagen, dass er für uns kocht, weil er seine Spaghetti Carbonara für viel besser hält«, fügte ich noch an, als ob es total nebensächlich wäre. Das plötzliche Lufteinziehen auf der anderen Seite des Hörers entging mir aber nicht.

»O wow, damit habe ich nicht gerechnet«, gab sie zu.

»Jap, ich auch nicht.«

»Und wie geht's jetzt weiter?«

Das war die Frage aller Fragen und ich hatte keine Antwort.

»Keine Ahnung. Ich weiß ja, dass du ihn um ein Date bitten willst.«

»Ja, aber Mila, das ist was ganz anderes. Mich hat er nicht gefragt, dich schon. Das heißt, dass er augenscheinlich mehr Interesse an dir hat als an mir.« Die Enttäuschung in ihrer Stimme war nicht überhörbar. Das schlechte Gewissen meldete sich sofort in meiner Magengegend zurück.

»Aber wenn es dir nicht gut damit geht, dann sage ich das ab. Du bist mir wichtiger.«

Beryll lachte leise. »Ach Babe, das ist schon okay. Ich verkrafte das. Schwer, aber ich tu's.«

»Sicher?«

»Ganz sicher.«

Ich wünschte mir, dass sich die Erleichterung, die ich erwartet hatte, einstellte. Sie tat es nicht. Ich überlegte, ob ich ihr auch erzählen sollte, dass wir morgen zusammen Möbel kaufen fuhren, entschied mich aber dagegen. Ich konnte nicht mal genau sagen weshalb. Vielleicht hoffte mein Unterbewusstsein ja, dass ich merken würde, dass er besser zu ihr passte als zu mir. Dann konnte ich ihm sagen, dass er sie unbedingt nach einem Date fragen sollte. In meinem Kopf klang das wie ein ausgefeilter Plan und nicht wie eine Rechtfertigung, obwohl es sicher eine war.

Kapitel 6

Mila

Ich fühlte mich überraschend motiviert, als mein Wecker an diesem Morgen klingelte und mich aus den Federn riss.

Normalerweise snoozte ich noch drei Runden, bevor ich überhaupt in der Lage war, mich von meiner warmen Decke zu verabschieden und mich wie jeden Morgen auf den Weg ins Carsons zu machen.

Heute war es anders. Ausnahmsweise war ich bereits vor dem Wecker aufgestanden und hatte keine Probleme gehabt, mich aus meinem karierten Pyjama zu schälen. Nun stand ich bereits zwanzig Minuten vor meiner eigentlichen Zeit im Bad und starrte mein ausgeschlafenes Spiegelbild an. Auch wenn mich meine dunkelbraunen Augen wacher ansahen als sonst, glichen meine Haare eher einem Unfall.

Meine Wellen standen in alle Richtungen ab und mussten dringend von Föhn und Bürste behandelt werden.

Also zog ich die Schublade auf, die ich im Schlaf hätte finden können. Sie gehörte zu einem kleinen hölzernen Schrank, der neben dem Waschbecken stand. Marcy hatte ihn mit Filzstiften bemalt, als sie noch klein war. Er war rustikal und alles andere als ansprechend und doch war er ein Teil meines Lebens. Ein Teil, den ich niemals missen wollte. Außerdem hatte der Schrank Mom gehört. Er war einer ihrer ersten Kreationen gewesen. Sie war eine tolle Tischlerin und hatte viele Möbel in unserem Haus selbst gebaut.

Meine suchenden Finger tasten nach dem giftgrünen Föhn, den meine Schwester ebenfalls mit bunten Pferdestickern neugestaltet hatte. Marcy hatte vorgehabt, ihn so aufzuhübschen, aber es hatte nicht funktioniert. Genauso wenig wie das Bändigen meiner widerspenstigen Haarpracht in diesem Augenblick.

Meine vollen Locken wollten sich einfach nicht glattföhnen lassen. Sie wollten nicht, wie ich es wollte. Dabei hatte ich heute wirklich das Bedürfnis gut auszusehen. Ich konnte nicht einmal genau sagen weshalb, aber für einen Moment ließ ich den Gedanken zu, dass Arden der ausschlaggebende Grund dafür sein könnte. Ich wollte einen guten Eindruck machen.

Das war verrückt, weil wir uns bis gestern nicht besonders gut verstanden hatten. Aber das Gefühl, dass alles besser werden würde, war da. Es klopfte von innen an mein Herz, als wollte es einen Blick durch den Türspalt werfen.

Und das Verrückteste daran war, dass ich mich bei dem Gedanken daran nicht einmal unwohl fühlte.

Der Abend war schön gewesen und ich hatte sowohl vor dem Einschlafen als auch nach dem Aufstehen direkt daran denken müssen, wie die Nudelpampe auf Ardens T-Shirt gelandet war.

Das Schmunzeln, das sich unweigerlich auf meine Lippen legte, wenn ich an sein lautes und unbeschwertes Lachen dachte, fühlte sich gut an. Es kribbelte förmlich in mir. Arden schien einiges mit sich herumzutragen, aber es war einer dieser Momente gewesen, in denen man einfach nur im Hier und Jetzt lebte.

Mir gefiel die Vorstellung, dass wir heute neu anfingen und dass ich das, was ich verbockt, hatte wiedergutmachen konnte. Ich hatte Arden falsch eingeschätzt. Natürlich konnte er ein arroganter Arsch sein, aber das wusste er selbst. Ein Umstand, der ihn sympathischer machte, als es mir im ersten Moment lieb gewesen war. Es war nicht so, dass wir seit gestern Freunde waren. Nein, ich hatte mich entschuldigt, wir hatten zusammen gegessen und danach hatte er mich nach Hause gefahren. Aber vielleicht konnten wir jetzt zu welchen werden.

Als er mich fragte, ob ich ihm dabei helfen könnte, seine Wohnung heute mit ihm einzurichten, hatte ich zugesagt. Das war es doch, was gute Vermieterinnen taten, oder?

Aber nun freute ich mich auf den Tag, was nicht nur daran lag, dass ich das schwedische Möbelhaus, was wir gleich unsicher machen würden, abgöttisch liebte, obwohl das sicher seinen Teil dazu beitrug.

Seitdem ich das letzte Mal jemanden kennengelernt hatte, der nicht von hier kam, war einige Zeit vergangen. Da war es doch nur natürlich, gut aussehen zu wollen. Immerhin würde ich in weniger als zwei Stunden mit Arden durch mein Lieblingsmöbelgeschäft spazieren. Und den schönen Blumenmusterkissen würde ich die Bühne ganz sicher nicht alleine überlassen.

Zumindest redete ich meinem Unterbewusstsein ein, dass das der Grund dafür war, meine schwarzen Wimpern ein zweites Mal zu tuschen. Der orange glänzende Lippenstift, den ich auftrug, ließ meine braune Haut noch wärmer aussehen. Ich mochte diese Farbe: Sie war frisch, fröhlich und sommerlich. Das wollte ich ausstrahlen, wenn ich Arden von einer roten Samtcouch abriet. Keine Ahnung, wie ich auf den roten Samt gekommen war, aber irgendwie hatte ich es im Gefühl.

Als ich nun einen Blick in den holzumrahmten Spiegel warf, der über meinem Waschbecken hing, fühlte ich mich schön. Ein Gefühl, dem ich in letzter Zeit viel zu wenig Beachtung geschenkt hatte.

Das Einzige, was mich störte, war meine chaotische Frisur. Mir wurde langsam klar, dass mir nur eine Wahl blieb. Ich musste mein altes Glätteisen finden. Normalerweise befand es sich immer an derselben Stelle, aber gestern musste ich es irgendwo anders abgelegt haben. In der Krimskrams-Schublade neben der freistehenden Badewanne fand ich es nicht.

Wie oft hatten Marcy und ich Dad gebeten, die alten Schränke auszutauschen, die bei jedem Öffnen so laut knarzten, als würden sie jede Sekunde auseinanderfallen. Wir hatten uns das kleine Bad mit den weißen Holzmöbeln und den unverkleideten Rohren an der Decke so schön ausgemalt, aber daraus war nichts mehr geworden.

Das Einzige, was wir geändert hatten, war die Dekoration. Das ganze Bad war voll mit Pflanzen, sodass man für eine Sekunde das Gefühl bekam, mitten in einem Dschungel zu duschen.

Es war schön, hatte aber einen entscheidenden Nachteil: Man fand nichts wieder, weil sich überall Blätter und Stiele aus Töpfen und Blumenampeln herumschlängelten. Deshalb fand ich mein Glätteisen nicht sofort. Das war unglücklich, denn langsam holte mich die Zeit wieder ein. Und dieses eine Mal wollte ich wirklich nicht zu spät kommen.

Schnell durchsuchte ich Spiegelschrank, das Regal über der Toilette und den Schrank unter dem Waschbecken. Aber es schien wie vom Erdboden verschluckt zu sein.

Der letzte Ort, wo ich es vermuten konnte, befand sich auf dem Boden. Vielleicht war es unter einen Schrank gerutscht.

Als ich mich hinunterbückte, fiel mir der schwarze Stecker unter der Badewanne direkt ins Auge.

»Bingo!«

Ich schob meinen Arm unter den dicken Porzellankoloss und tastete nach dem Kabel. Als ich die gummiartige Oberfläche erreichte und es schaffte, es hervorzuziehen, steckte ich es leider sofort in die Steckdose.

»Wursch!«, knallte es. Und plötzlich umhüllte mich Dunkelheit.

»Mist!« Ich hätte vorher überprüfen sollen, ob sich noch Tropfen am Stecker befanden. Aber der kurze Moment, indem ich sauer darüber war, dass ich einen Fehler gemacht hatte, verflog schnell. Er wurde durch tiefe Dankbarkeit darüber ersetzt, dass mich das alte Ding nicht gegrillt hatte.

Ein Hoch auf das Plastikgehäuse!

Ich zog den gummierten Stecker wieder aus der Dose und schmiss das Glätteisen in die leere Badewanne. Dass ich traf, verriet mir das dumpfe Geräusch, das dabei entstand.

Das war's mit meiner Frisur, aber hey. Ich lebte noch.

Das Fertigmachen hatte mich so dermaßen viel Zeit gekostet, dass ich mich einfach nur noch beeilen musste. Also band ich meine Locken zu einem messy Dutt zusammen. Mit ausgestreckten Armen tastete ich meine Umgebung ab, bis ich das raue Holz des kleinen rustikalen Schränkchens unter meinen Fingerkuppen spürte. Ich war mir ziemlich sicher, dass ich mein Smartphone genau hier abgelegt hatte. Die glatte Oberfläche des Displays bestätigte meine Erinnerung. Es scannte meinen Fingerabdruck und entsperrte sich damit.

Als der Bildschirm hell aufleuchtete, blinzelte ich ein paar Mal, bevor ich etwas darauf erkennen konnte. Die fröhliche Melodie eines älteren Taylor Swift Songs trällerte mir entgegen. Ich schaltete die Musik aus und die Taschenlampe ein.

Der breite Lichtkegel führte mich die schmale Landhaustreppe hinunter in den offenen Wohnbereich. Nur durch das kleine Bullauge in der Haustür fiel etwas Tageslicht. Der Rest des Hauses lag im Dunkeln, weil mein Dad die Außenrollos geschlossen hielt. Manchmal redete ich mir ein, dass er sich bei gedämmtem Licht selbst weniger dunkel fühlte. Den wahren Grund dafür kannte ich aber nicht. Ich hatte mich nie getraut danach zu fragen.

Der Sicherungskasten befand sich in der kleinen Abstellkammer hinter der Küche.

Meine Schritte knarzten auf den Bohlen. Sie kamen mir lauter vor als im Hellen.

Beim Öffnen der Abstellkammer fielen mir direkt ein Wischmopp und ein Besen entgegen, die ich gerade noch auffangen konnte.

Ich schob den ganzen Krimskrams zur Seite und kämpfte mich

zum Verteilerkasten. Das Licht meiner Taschenlampe beleuchtete eine Menge schlecht beschrifteter Sicherungshebel.

Mein Dad hatte es vor einigen Jahren für eine gute Idee gehalten, sie mit Bleistift zu kennzeichnen. So konnte man sie später wieder wegradieren, wenn sich etwas veränderte, nur dass sich Stromleitungen in einem Einfamilienhaus in der Regel nicht so stark veränderten.

Dad war ein richtiger Pragmatiker gewesen.

Leider waren mittlerweile viele der Beschriftungen verwischt und unlesbar. Aber ich kannte unser Haus wie meine Westentasche. Die herausgesprungenen Sicherungen gaben ein lautes Klicken von sich, als ich sie wieder umlegte. Die kleine Glühbirne über meinem Kopf begannen zu flackern, bevor sie dazu überging, wieder normal vor sich hin zu leuchten.

Ein Blick über die Schulter in die offene Wohnküche, zeigte, dass der Strom nun auch im Rest des Hauses wieder funktionieren sollte.

Langsam schob ich mich rückwärts aus der Abstellkammer und sortierte den Krempel, der darin stand, so an die Seiten, dass er einen das nächste Mal nicht fast erschlug, wenn man den Raum öffnete.

Als ich mich dann umdrehte, prallte ich mit meinem Gesicht an etwas Hartem ab. Etwas überrascht rieb ich mir über den geraden Nasenrücken und meine Augen schauten in das fahle Gesicht meines Vaters.

»Dad, ist alles okay?«

Er nickte nur und gab ein leises Brummen von sich, bevor er sich kommentarlos umdrehte und in Richtung der Couch zurück schlürfte.

Ich erinnerte mich nicht daran, wann ich meinen Dad das letzte Mal in etwas anderem als seinem Schlafanzug gesehen hatte. Aber wahrscheinlich war es schon einige Zeit her.

In den letzten Monaten hatte sich mein Vater mehr als nur einmal verändert. Und mit jedem Mal hatte er ein wenig mehr von sich verloren.

Am Anfang hatte mein Vater Tag und Nacht im Carsons geschuftet und renoviert, so wie Marcy und ich es geplant hatten. Doch nach ein paar Wochen war er zum ersten Mal zusammengebrochen. Irgendwann hatte die Ablenkung einfach nicht mehr geholfen. Der Verlust seiner jüngeren Tochter erfasste ihn wie ein rasender LKW und riss ihn mit sich.

Als mich das Krankenhaus anrief, um mir zu sagen, dass mein Dad versucht hatte, sich das Leben zu nehmen, steckte ich gerade in einem Hörsaal an der Washington University. Es war, als wäre die Unisekretärin erst gestern in meine Wirtschaftsprüfung gestürmt, um mir zu sagen, dass es Probleme in meiner Familie gab.

Ohne eine Sekunde darüber nachzudenken, hatte ich meinen Namen auf die unfertigen Prüfungsunterlagen gekritzelt und abgegeben. Ich hatte geahnt, was passiert war.

Ich hatte es im Gefühl.

Nach Marcys Beerdigung dachte ich, dass mein Herz nicht noch einmal brechen konnte. Und doch war genau das passiert. In dem Moment, als ich im Krankenhaus ankam und meinen Vater an einer Herz-Lungen-Maschine hängen sah.

Seitdem war ich für das Carsons verantwortlich und hatte die Uni nicht einmal mehr von außen gesehen. Und jeden Tag, wenn ich nach der Arbeit nach Hause kam, sah ich in das Gesicht meines Vaters und hoffte, betete, dass ein Teil seiner Lebensenergie zurückkam. Jedes Mal wurde ich wieder enttäuscht.

Es gab Tage, an denen ich mir nicht sicher war, ob ich überhaupt noch etwas anderes als Enttäuschung spüren konnte. Mein Tag, der heute so gut angefangen hatte, verwandelte sich gerade wieder in so einen.

Mein Dad legte sich auf die graue Couch im Wohnbereich und starrte auf den ausgeschalteten Fernseher. Ohne es zu bemerken, hatte ich mich in Bewegung gesetzt und war ihm hinterhergelaufen. Lautlos ließ ich mich auf die Armlehne des Sofas sinken.

Über der Rückenlehne hing eine orange Kuscheldecke. Ich griff nach ihr, nur um sie dann über meinem Dad auszubreiten. Er zog sie um sich, als hätten wir Dezember und nicht Ende April.

Danach angelte er sich die Fernbedienung vom Couchtisch und startete eine dieser Naturdokus über die Wildnis Alaskas. Die Polarfuchsfamilie, die gerade dabei war, über den Bildschirm zu huschen, gab mir nun endgültig das Gefühl, in der falschen Jahreszeit zu stecken.

»Wie geht es dir heute, Dad?«, versuchte ich noch einmal eine Konversation zu beginnen. Meine Stimme glich einem Flüstern, zerbrechlich, wie eine Schicht dünnes Glas, bevor sie ausgekühlt war.

Dad hob seinen Kopf ein Stück und blickte mir direkt in die Augen. Zum ersten Mal seit langem wirkten sie nicht vollkommen farblos.

»Nicht gut, kleiner Otter. Nicht gut.«

Mein Herz zog sich zusammen, als er mich bei dem Spitznamen nannte, den er mir als Kind gegeben hatte.

Früher gehörten Schwimmen und Surfen zu unseren Sonntagen wie Schokosoße zu Vanilleeis. Meine Schwester und ich waren richtige Wasserratten gewesen. Es gab nichts, was wir mehr geliebt haben als die Familienausflüge zum Strand. Dad hatte Marcy und mich deshalb immer mit Schnabeltier und Otter gerufen. Später hatte er uns sogar eigene Surfbretter geschenkt, auf denen unsere Lieblingstiere zu sehen waren. Meins hing unter der Decke über meinem Bett, Marcys verstaubte auf dem Dachboden.

Dad wollte, dass wir mindestens so gut wurden wie er. Er war mal Profi gewesen, aber das war noch länger her als diese Erinnerungen.

Mein Blick wanderte zu meinem linken Unterarm. Ich schob meinen sonnengelben Pullover ein Stück nach oben, sodass ich mit meinen Fingern über die schwarze Tinte fahren konnte.

Ich hatte mir ein Schnabeltier tätowieren lassen, aus Angst, dass sonst auch diese Erinnerung an meine Schwester verblasste, wie die an unsere Mutter.

Eine Träne bahnte sich den Weg an die Oberfläche, nur um dann im weichen Stoff meines Oberteils zu versiegen.

»Hast du deine Therapeutin schon angerufen?«

Dad nickte stumm.

»Und was hat sie gesagt?«

Mein Vater schluckte deutlich hörbar.

»Sie möchte, dass ich mich in eine Klinik einweisen lasse.«

»Aber du möchtest das nicht?«, fragte ich, obwohl ich mir ziemlich sicher war, die Antwort bereits zu kennen. Dad hatte ernste Schwierigkeiten, sein Schneckenhaus zu verlassen. Genau genommen konnte er nicht einmal mehr unser echtes Haus verlassen.

»Doch, ich glaube, ich muss.«

Eine Mischung aus Überraschung und Angst überkam mich.

Es war das erste Mal, dass mein Vater wirklich in Erwägung zog, sich helfen zu lassen. Entweder er hatte gemerkt, dass sein Herz bereit war zu verheilen, oder es stand wirklich schlecht um ihn.

»Das ist gut, denke ich.«

Mein Vater nickte zustimmend. Er schien wirklich erleichtert zu sein.

»Ja. Ich denke, mit der richtigen Behandlung könnte ich vielleicht irgendwann wieder ganz der Alte sein. Ich sehe, was du alles tust für uns und für mich. Und das kann nicht so weitergehen. Ich sollte für dich da sein und nicht nur du für mich.«

Jedes seiner Worte traf mich. Ich hatte so lange darauf gewartet, dass er aufwachte und sich sich selbst stellte.

»Das ist schon okay, Dad. Sie war deine Tochter.«

»Und sie war deine Schwester, deine beste Freundin. Es gab niemanden, den Marcy mehr geliebt hat als dich.«

Schmerz breitete sich in meinem Herzen aus und meine Brust fühlte sich an, als hätte man sie mit Blei vollgepumpt.

»Dann sollten wir vielleicht gegenseitig füreinander da sein«, schlug ich vor.

»Ja, das sollten wir. Und damit das auch funktioniert, sollte ich mich jetzt endlich behandeln lassen. Ich bin so weit. Außerdem habe ich diese Tierdoku jetzt schon dreimal gesehen. Es gibt nichts, was einem mehr die Augen öffnet als sich paarende Eisbären, glaub mir.«

Eine Mischung aus Schluchzen und Lachen entwich aus meiner Kehle.

Trotzdem konnte ich die Tränen, die mir über mein Gesicht liefen, nicht zurückhalten. Und das wollte ich auch gar nicht.

»Das ist toll, Dad. Soll ich in Greenville für dich anrufen? Sie haben ein großartiges Therapieprogramm«, schluchzte ich.

Mein Dad schüttelte den Kopf.

»Danke für das Angebot, kleiner Otter. Aber ich denke, dass ich das selbst machen muss. Vielleicht fühl ich mich dann nicht mehr so schwach.«

Ich nahm seine Hand in meine und wischte mir mit dem Ärmel die Tränen ab. Dann schüttelte ich den Kopf.

»Sag sowas nicht. Du bist nicht schwach. Du bist traurig, aber du bist nicht schwach.«

»Wieso glaubst du das?«

»Weil man nie schwach ist, wenn man um Hilfe bittet. Das hast du mir beigebracht.«

Mein Vater lächelte mich friedlich an. Er lächelte wirklich und echt. Ich hatte das Gefühl, geradewegs in ein Wunder zu stolpern.

»Danke, dass du mich daran erinnerst.«

»Gern geschehen. Ich muss gleich ins Carsons, aber ich lege dir die Broschüre hin. Ich bin schon mehr als spät dran. Meldest du dich bei mir, wenn du mit Greenville gesprochen hast?«

Mein Dad setzte sich auf und holte sich das Haustelefon, das immer auf dem Couchtisch lag, falls es ihm so schlecht ging, dass er bei seiner Therapeutin anrufen musste.

»Könntest du ein paar Minuten zu spät kommen und mir beim Packen helfen, kleiner Otter? Ich rufe jetzt direkt an.«

»Natürlich. Ich hab dich lieb, Papa Bär.«

»Und ich hab dich lieber.«

Kapitel 7

Arden

Punkt neun Uhr morgens stand ich vor dem Bistro. Menschen betraten die Läden auf der gegenüberliegenden Straßenseite und andere verließen sie wieder.

Mütter mit Kinderwagen und Rentner liefen auf dem Weg zum Wocheneinkauf an mir vorbei und grüßten mich, obwohl ich sie überhaupt nicht kannte. Aber von mir schien jeder gehört zu haben. So war das in Kleinstädten. Daran musste ich mich wohl gewöhnen.

Die Sonne warf ihre vereinzelten Strahlen durch die dichten Wolken direkt auf die Straße. Ich konnte ihre Wärme auf meinem Gesicht spüren. Gott, wie hatte ich dieses Gefühl vermisst. So fühlte sich Freiheit an.

Für einen Moment überlegte ich, mich auf den Bürgersteig zu legen, aber ich wollte nicht riskieren, dass jemand einen Krankenwagen rief, nur weil ich die Sonne viel zu lange nicht gesehen hatte.

In meinen Gedanken ging ich durch, was ich alles im Sommer machen konnte. Die Antwort darauf war einfach. Zum ersten Mal in meinem Leben war sie so kurz und gleichzeitig so bedeutsam. Alles. Ich konnte alles tun.

Als Erstes kamen mir Camping und Surfen in den Sinn. Beides hatte ich noch nie ausprobiert. Vielleicht wurde es endlich Zeit dafür. Über den Dächern von Hills Ferry konnte ich die Berge erkennen, deren Spitzen in den tiefen Wolken untergingen. Das Fernweh packte mich und das Verrückte dabei war, dass ich wirklich überlegte, unter dem Sternenhimmel in den Bergen zu schlafen.

Es gab niemanden mehr, der mich davon abhalten konnte. Niemanden, der sich darüber sorgte, dass mein Image dadurch verletzt wurde. Arden war frei. Ich war frei.

Ich breitete kurz die Arme aus, um möglichst viele Sonnenstrahlen einzufangen. Es gab nur eine Sache, die ich dabei nicht einkalkuliert hatte und das war mein Mantel.

Auch wenn er mir die letzte Zeit gute Dienste erwiesen hatte. Heute war es einfach zu warm. Also pellte ich mich aus dem dunklen Stück Stoff und warf ihn über meine Schulter.

Ich drehte mich zur Seite und ließ meinen Blick nach oben gleiten, zu den Fenstern meiner Wohnung. Zeitlich würde ich es bestimmt noch schaffen, ihn nach oben zu bringen. Aber das konnte ich auch immer noch tun, wenn Mila da war.

Ich wollte nicht, dass ich nicht da war, wenn sie kam. Nachher dachte sie, ich hätte sie vergessen und wäre wieder sauer auf mich. Und wenn ich etwas in den letzten Tagen gelernt hatte, dann, dass es sich nicht gut anfühlte, wenn Mila Carson sauer auf einen war. Das wollte ich besonders seit dem gestrigen Abend einfach nicht riskieren. Nicht seit dem gestrigen Abend.

Sie glaubte, dass sie mich falsch eingeschätzt hatte und das konnte jedem passieren. Aber sie hatte einen ganz entscheidenden Vorteil. Mila war stark genug gewesen, sich das einzugestehen und sich bei mir zu entschuldigen, was in meiner Welt von ungeheurer Größe zeugte.

In meiner Welt, die nicht mehr meine war.

Mich selbst belächelnd schob ich den Gedanken zurück in die tiefsten Tiefen meines Kopfes. Stattdessen begann ich mich zu fragen, wann ich das letzte Mal mit jemandem zu tun gehabt hatte, der so stark war. Und wieder wusste mein Unterbewusstsein, wie es mich am besten verletzen konnte. Es versuchte mir mit Gewalt ein

Bild zu schicken, das ich mit aller Kraft unterdrückte. Es war wie verhext. Seit ich in Hills Ferry war, schien sich meine Vergangenheit noch viel schlechter verdrängen zu lassen als zuvor.

Ich wollte nie wieder an sie denken, an ihre kastanienbraunen Haare, ihr Lächeln oder ihren lieblichen Duft und doch schwirrte mir ihr Gesicht selbst in meinen hellsten Momenten durch den Kopf. Und jedes Mal fiel es mir schwerer, mich nicht für das zu hassen, was ich getan hatte. Ich hatte gebüßt. Nein, ich ...

»Buongiorno, Sie müssen der neue Mieter von Miss Mila sein.«

Perplex senkte ich den Kopf aus der Sonne und sah dem schlanken Italiener vor mir in die Augen. Es dauerte einen Moment, bis der strahlend weiße Punkt aus meinem Sichtfeld verschwunden war. Er trug eine beige Jacke über seiner weißen Kochjacke und lächelte freundlich.

»Ja genau. Arden. Kingsley. Sehr erfreut und Sie sind ...?«

Er griff nach meiner Hand und schüttelte sie aufgeregt. Seinen festen Händedruck erwiderte ich für einen Moment, bevor ich meinen Arm sinken ließ.

»Luigi von *Luigi's*. Meine Pizza ist die beste in die ganze Stadt«, stellte er sich stolz vor. Ich erinnerte mich daran, dass Mila gesagt hatte, dass sie die Pasta auch aus seinem Restaurant geholt hatte. Aber das *Luigi's* war ja auch nicht für die beste Pasta bekannt.

»Ah ja, Mila hat das schon erwähnt, als sie mir die Spaghetti vorbeigebracht hat.« Dass sie uns nicht geschmeckt hatte, verschwieg ich an dieser Stelle. Immerhin lernte ich ihn gerade erst kennen und ich konnte mir nicht vorstellen, dass man sich mit dem Bäcker der besten Pizza der Stadt anlegen sollte. Außerdem hatte ich in meinem Leben schon genug Menschen mit meinen Worten verletzt.

Seine Augen weiteten sich und begannen im hellen Licht der Sonne in einem warmen Braun zu funkeln.

»Ah! Sie sind der Mercutio!«

Ich warf ihm einen verwirrten Blick zu. Mercutio war eine der

Figuren aus Romeo und Julia, für die es nicht so gut ausging. Das wusste ich noch, aber ich hatte keine Ahnung, weshalb er mich so bezeichnete.

»Eigentlich heiße ich Arden, wie gesagt.«

»Ja, das sagten Sie schon«, entgegnete Luigi galant.

»Stimmt. Genau.«

Eine unangenehme Stille entstand zwischen Luigi und mir. Wie die zwei Fremden, die wir waren, standen wir schweigend nebeneinander und warteten, dass der andere etwas sagte. Doch das passierte nicht. Stattdessen blickten wir über die mäßig befahrene Main Street, als würden wir dort nach einem Schatz suchen.

Mir fiel auf, wie viele Leute sich in ihren Geschäften gegenüber tummelten. Eine Frau auf der anderen Seite der Straße schob einen blauen Kinderwagen vor sich her, während sie über den Bürgersteig joggte. Eine andere warf Briefe in einen roten Postkasten, der schon bessere Zeiten gesehen hatte. Ein Mann ging mit seinem Dackel spazieren, der gegen eben diesen Postkasten pinkelte.

Und wie in einem dieser cringe Horrorfilme, auf die ich früher so gestanden hatte, sahen alle diese Menschen gleichzeitig in unsere Richtung.

Ein Schauer lief mir trotz der warmen Temperaturen über den Rücken. Als die zwei Frauen, der Mann und der Dackel Luigi entdeckten, strahlten sie in unsere Richtung. Sie hoben ihre Hände, um ihm zu winken. In Hills Ferry schien sich wirklich jeder zu kennen.

Die Angst, dass es schwieriger als gedacht sein könnte anonym zu bleiben, flüchtete sich in mein Inneres. Denn wenn mich hier jemand erkannte, wäre mein Neustart ein absoluter Griff ins Klo. Ich würde mich regelmäßig daran erinnern müssen, mich nicht zu sehr auf das Kleinstadtleben einzulassen. Denn in einem war ich sicher: Hier kam früher oder später jedes Geheimnis ans Licht.

»Sehen Sie Miss Mila heute noch?«, unterbrach Luigi unser

Schweigen. Augenblicklich ließ die Anspannung in meinen Schultern nach. Ich hatte gar nicht gemerkt, dass ich mich so versteift hatte.

»Ja, ich bin mit ihr verabredet. Sie müsste jeden Moment kommen.«

»Würden Sie ihr diesen Brief von mir geben? Es ist äußerst wichtig und es geht um einen Auftrag. Leider habe ich jetzt einen Termin beim Bürgermeister. Wir planen unser Sportfest.«

Der schlaksige Italiener zog einen roten Umschlag aus der Hosentasche und hielt ihn mir hin. Ein leichter Windstoß verfing sich im Papier und ließ es schnalzen. Nickend nahm ich ihnen entgegen.

»Natürlich, sehr gern.«

»Es freut mich sehr, dass wir haben uns getroffen. Kommen Sie gern mit Miss Mila zum Abendessen vorbei. Geht natürlich auf die Haus.«

Mir fiel auf, dass Luigis Dialekt besonders rauskam, wenn er beim Sprechen lächelte. Eine sehr sympathische Eigenschaft, wie ich fand.

Noch bevor ich mich bei ihm für die freundliche Einladung bedanken konnte, lief er schnurstracks über die Straße in seinen Laden. Das *Luigi's* befand sich im roten Backsteingebäude gegenüber und sah schon von außen sehr italienisch aus. Die grün-weiß-rote Markise vor dem Eingang unterstrich diesen Eindruck.

Ich schob den Ärmel meines Hemdes ein Stück nach oben, um einen Blick auf meine Armbanduhr zu werfen. Neun Uhr dreiundzwanzig. Nun war Mila schon fast eine halbe Stunde zu spät.

Vielleicht wartete sie im Carsons und hatte die Zeit vergessen? Doch als ich durch die gläserne Fensterfront sah, entdeckte ich nur Beryll, wie sie ein paar Gäste bediente. Vielleicht wusste sie ja mehr.

Das Glöckchen der Tür klingelte nur leise zwischen den Gesprächen der Gäste, als ich den Laden betrat. Und trotzdem überkam mich das Gefühl, augenblicklich die gesamte Aufmerksamkeit auf mich zu ziehen. Das war natürlich nicht so. Bis auf Beryll schaute mich keiner an. Ich musste dringend aufhören, so paranoid zu sein.

Beryll strich sich schüchtern eine Locke hinters Ohr, was auf den ersten Blick gar nicht zu ihr passte. Ich nickte ihr freundlich zu und schwang mich auf einen der Barhocker hinter den Tresen.

Ein groß gewachsener Mann mit Brille und einem old-school Karohemd unter der Schürze schoss wie eine Blume aus dem Boden. Wahrscheinlich hatte er unter der Theke etwas zu tun gehabt oder sich vor den Gästen versteckt, wobei Variante Nummer eins mir deutlich logischer vorkam. Aber man wusste ja nie.

»Herzlich willkommen im Carsons. Kann ich dich für einen Kaffee Latte erwärmen?«, fragte er gut gelaunt. Ich fragte mich, ob er diesen Wortwitz jedes Mal brachte, wenn er jemanden im Laden begrüßte.

»Lawrence, das ist Arden, der Neue von oben. Er trinkt seinen Kaffee schwarz«, rief Beryll ihm zu, bevor sie sich zu mir gesellte.

»Genaugenommen möchte ich keinen Kaffee, aber danke. Ich warte auf Mila.«

In Berylls Augen spiegelte sich pure Überraschung, was nicht verwunderlich war, wenn man bedachte, dass wir uns gestern noch gegenseitig die Hölle heiß gemacht hatten.

»Du wartest auf Mila? Sie ist heute noch gar nicht hier gewesen.«

»Ist sie nicht?«, fragte ich verwundert.

Lawrence griff sich eine Kaffeetasse und spülte sie unter dem Wasserhahn ab.

»Ich glaube, sie nimmt sich heute einen Tag frei. Vor einer halben Stunde hat sie angerufen und mir die Leitung für heute übertragen. Ich glaube, irgendwas ist mit ihrem Dad.«

Beryll warf ihrem Kollegen einen dieser vielsagenden Blicke zu, die man nur verstand, wenn man eingeweiht war. Ich gehörte nicht zu diesem erlesenen Kreis, weshalb ich ihn nicht deuten konnte.

Trotzdem breitete sich Sorge um Mila in mir aus. Ich spürte sie deutlich, obwohl mir die meisten Menschen das wahrscheinlich gar nicht zutrauten. Für sie war ich ein herzloses Monster und die meiste Zeit glaubte ich ihnen das sogar. Nur nicht in diesem Moment.

»Dann sollte am besten jemand bei den Carsons vorbeischauen. Kannst du mich kurz vertreten, Lawrence?«

Auch Beryll klang besorgt um ihre Freundin, aber Lawrence schüttelte den Kopf.

»Sieh dich um, wir sind voll. Das schaff ich nicht allein. Vielleicht kommt sie gleich noch. Mila ist niemand, der eine Verabredung einfach sausen lässt. Zumindest nicht, ohne sich zu melden.«

»Ich könnte sonst auch nach ihr sehen. Wie du schon sagst, sind wir sowieso verabredet. Ich bräuchte nur ihre genaue Adresse für mein Navi«, bot ich an.

Statt mir zu sagen, dass meine Idee gut war und mir einfach Milas Adresse zu geben, lachte Lawrence laut auf.

»Mit einem Navi brauchst du es hier gar nicht zu versuchen. Die meisten Navigationsgeräte haben Hills Ferry nicht richtig im Programm. In den Bergen kommt es durch die Gletscherschmelze häufig zu Erdrutschen. Ich weiß nicht, wie oft die Straßen schon umgelegt werden mussten. Aber Mila …«

Lawrence wurde durch das Klingeln des Telefons unterbrochen. Eilig hastete er durch die Schwingtüren in die Küche. Gut zu erkennen an der Tafel darüber, auf der in schnuckeliger Schrift das Wort »Küche« stand. Ich konnte mir gut vorstellen, dass Mila es aufgeschrieben hatte. Die Schnörkel passten irgendwie zu ihr.

Ich warf einen Blick über die rechte Schulter, wo mir bereits die glasklaren Augen von Beryll entgegensahen.

»Also erklärst du mir jetzt, wie ich zu Mila komme?«

Widerwillig nickte sie. Beryll schien sich wirklich daran zu stören, dass ich mich mit ihrer Chefin und Freundin treffen wollte. Dabei ging es um die Einrichtung meiner mehr oder weniger möblierten Wohnung und nicht um ein Date. Nicht jede Verabredung von zwei Menschen musste ein Date sein.

»Tue ich, aber ich wollte dich vorher noch etwas fragen«, setzte sie an. Ihr tiefes Einatmen war nicht zu überhören. Ich ahnte, worauf das gerade hinauslief und war nicht sicher, wie ich am besten reagierte.

Sie verschränkte ihre Arme vor der schwarzen Carsons Schürze.

»Also Arden, ich wollte dich fragen, ob du und ich, also ob du mit mir ausgehen würdest, auf ein Date.« Ihre Worte waren ihr augenscheinlich schwergefallen.

Nachdenklich fuhr ich mir durch meine dunklen Haare. Das schimpfte sich wohl Zwickmühle.

Wenn ich Nein sagte, wäre Mila wahrscheinlich sauer. Immerhin hatte sie mir schon einmal vorgeworfen, ihre Freundin gekorbt zu haben. Wenn ich zusagte, musste ich mit einem tollen Mädchen ausgehen, obwohl ich dafür nicht bereit war. *Was für ein Scheiß.*

Das letzte Mädchen, mit dem ich ausgegangen war, war eine Betrügerin gewesen und die davor hätte es fast umgebracht. Und das im wahrsten Sinne des Wortes. Sie war meinetwegen fast gestorben. In Sachen Liebe verfolgte mich das Pech. Ich trug eine dicke, fette, rote Zielscheibe auf meiner Stirn.

»Das geht leider nicht Beryll. Ich habe meine letzte Trennung noch nicht überwunden und das wäre dir gegenüber nicht fair. Es tut mir leid.«

Jedes meiner Worte fühlte sich schwer an. Die Quittung dafür bekam ich sofort. Sie senkte ihren Blick und das Strahlen wich aus ihren Augen.

Ich wollte niemanden verletzen und doch konnte ich nicht damit aufhören. Ich fragte mich mittlerweile, ob es allen so ging wie mir. Ob jeder jemanden mit allem, was er tat, verletzte, oder ob es einfach an mir lag. Und Beryll hatte das wirklich nicht verdient. Sie brauchte jemanden, der alles für sie tun würde und leider war dieser Jemand nicht ich. Ich hatte nicht vorgehabt, ihr das Herz zu brechen und doch war ein kurzer Schmerz besser, als einer, der einen umbrachte.

Beryll nickte kurz.

»Natürlich. Sowas ist hart. Ich verstehe das. Meine letzte Trennung war ein Desaster.«

»So schlimm?«

»Schlimmer. Er hat mich mit meiner College Mitbewohnerin betrogen. In meinem Bett. Auf meiner Geburtstagsparty. Du kannst Mila fragen, wie schlimm das war.« In Berylls Stimme lag eine verletzte Bitterkeit.

»Wow, das ist hart«, war das Einzige, was ich rausbekam. Dieser Typ ließ mich gerade daran glauben, dass es doch noch größere Arschlöcher als mich gab. Eine wirklich unschöne Hoffnung.

»Und wie war's bei dir?«, fragte Beryll mit einer unüberhörbaren Neugier in ihren Worten.

Intuitiv schluckte ich meine Erinnerungen hinunter, bevor auch nur ein Hauch von ihnen an die Oberfläche trat.

»Wir kamen aus verschiedenen Welten und ich habe mich wie ein ziemlicher Idiot benommen. Ich hatte sie nicht verdient und daran sind wir zerbrochen.« Es war die Wahrheit, wenn auch nur ungefähr ein Prozent davon.

Berylls pink geschminkte Lippen formten ein Lächeln.

»Dass du das weißt, macht dich zu einem Guten.«

»Es fällt mir manchmal schwer das zu glauben«, gab ich ehrlich zu.

»Mach dir nichts draus. So geht es uns allen manchmal.«

Mir war klar, dass ihre Worte nett gemeint waren, aber sie hatte keine Ahnung, wen sie da vor sich hatte, dass ich nicht einfach nur Arden war. Aber damit das erst mal so blieb, schenkte ich ihr ein gezwungenes Lächeln. Es war eins von der Sorte, bei dem zwar die Mundwinkel nach oben zeigten, die Augen aber leer blieben. Wie rückradlose Fische.

»Und wie komme ich zu Mila?«, kam ich auf das eigentliche Thema zurück.

»Du musst die Stadt Richtung der Berge verlassen. Ein paar

hundert Meter. Hinter der ehemaligen Eisenbahnbrücke steht auf der rechten Straßenseite ein rotes Holzhaus. Da lebt Mila mit ihrem Vater.«

Ich rutschte vom Barhocker, klemmte mir den Mantel, den ich beim Hinsetzen auf den Tresen gelegt hatte, unter den Arm und wandte mich zum Gehen.

»Warte«, hörte ich Beryll hinter mir fast flehend sagen. Ich drehte mich zu ihr um. Sie hielt eine weiße Serviette zwischen ihren schmalen Fingern und streckte sie mir entgegen.

»Das ist meine Nummer. Schreib mir bitte, wie es ihr geht«, befahl sie mehr, als dass sie darum bat. Das Mila nicht im Carsons auftauchte, schien wirklich ungewöhnlich zu sein.

»Klar, mache ich.«

***

Der Weg zu den Carsons war nicht weit. Es dauerte mit meinem Pick-up keine zehn Minuten. Je weiter man sich von der Kleinstadt entfernte, desto dichter wurde der Wald um einen herum. Die Abstände zwischen den Häusern am Straßenrand schienen immer größer zu werden. Ich passierte drei Flussbrücken, bis ich da ankam, wo ich hinwollte. Hills Ferry war wirklich die Stadt umgeben von Flüssen.

Das rote Holzhaus stand etwas abgelegen, umgeben von Nadelbäumen in einem satten Grün, die im Gegensatz zu den anderen Waldbäumen um einiges gepflegter aussahen.

Die ganze Szenerie hätte ein super Postkartenmotiv abgegeben.

Ich parkte meinen Wagen in der Auffahrt, vor einem Auto, das alles andere als fahrtüchtig aussah. Ein Reifen fehlte, die Motorhaube war eingedrückt und auch an den Seiten befanden sich an diesem blauen Kleinwagen ein Haufen Beulen. Auch die Beifahrertür schien nicht mehr zu schließen. Dieses Auto war definitiv in einen Unfall verwickelt gewesen. Bei dem Anblick hoffte ich inständig, dass alle Beteiligten mit einem Schrecken davongekommen waren. Auf jeden Fall war das der Grund, weshalb Mila zur Arbeit lief. Eine andere Möglichkeit war weit und breit nicht zu entdecken.

Meine Schritte klapperten über den grauen Pflastersteinboden der Auffahrt.

Über der Klingel klebte ein Stück Pappe, auf dem in dicken Druckbuchstaben »Defekt« zu lesen war. Auf mein dumpfes Klopfen öffnete mir jemand die Tür.

Mila schlug sich die Hand vor den Mund, als sie mich in der Tür stehen sah. Einen Moment lang hatte ich das Gefühl, dass ihr selbst ein Einbrecher lieber gewesen wäre als ich, aber ihr Lächeln dementierte das.

»Ich habe vergessen dich anzurufen.«

Ich nickte grinsend. Milas Hand gab den Blick auf ihre schönen Lippen nur frei, damit sie sich an die Stirn fassen konnte.

»Es tut mir so leid, Arden. Mein Dad ... ich ...«

»Alles gut. Lawrence hatte schon erwähnt, dass was mit deiner Familie ist. Ich bin hergekommen, um nach dir zu sehen, und nicht, um dir einen Vorwurf zu machen«, winkte ich ab. Ich hatte das Gefühl, dass Mila etwas mentale Unterstützung gerade gut gebrauchen konnte.

Mila seufzte. »Danke. Dad und ich wollten uns gerade ein Taxi nach Washington DC rufen. Er kommt ins Krankenhaus. Ich erkläre es dir später, okay? Es tut mir so leid, dass ich es verplant habe. Aber es ging so schnell vorhin. Ich habe wirklich die ganze Zeit an dich gedacht«, versuchte sich Mila zu erklären. Als ihr ihre Wortwahl bewusst wurde, weiteten sich ihre Augen. Ich konnte es mir nicht verkneifen, etwas darauf zu erwidern. Für eine Sekunde hatte ich daran gedacht es zu versuchen, aber dafür war ich einfach nicht der Typ.

»Du hast die ganze Zeit an mich gedacht? Bin ich etwa doch nicht so ein großer Idiot?«

Milas schüchternes Grinsen lenkte kein bisschen von ihren geröteten Wangen ab.

»Das wollte ich nicht sagen. Ich meinte, ich habe an unsere Verabredung gedacht.«

Nachdenklich kratzte ich mich am Hinterkopf.

»Aber hast du damit nicht automatisch auch an mich gedacht?«

»Weißt du was? Du bist doch ein Idiot.« Milas Lachen klang heute freier als gestern. Gestern hätte sie bei meinem Spruch hundertprozentig mit den Augen gerollt, aber jetzt?

»Nicht so schlimm. Vielleicht schaffe ich es ja, dass du deine Meinung noch mal über mich änderst«, sagte ich.

Sie hob zweifelnd ihre Augenbrauen.

»Ach ja, und wie?«

»Na ja, ich bin hier und habe ein Auto dabei. Es ist schön und es fährt im Gegensatz zu dem Metallhaufen in eurer Auffahrt. Ich kann euch nach Washington DC fahren. Ich bin günstiger als ein Taxifahrer. Wir wollten doch sowieso in die Richtung.«

»Was heißt ›günstiger‹«?, fragte sie mich, als hätte ich eine perverse Gegenleistung verlangt.

»Ich möchte nur deine fachkundige Meinung in Sachen Interior.«

»Hmm, eigentlich ist das ein fairer Preis, aber du weißt doch gar nicht, wie ich einrichte. Vielleicht habe ich einen total schlimmen Stil. Rosa Zuckerhutlampen und Glitzerteppiche etwa.«

»Stimmt, aber du könntest mich hineinbitten, dann könnte ich mich umsehen. Außerdem hast du die Glitzerteppiche und die Zuckerwattelampen gerade selbst als ›schlimm‹ betitelt. Etwas Geschmack ist offensichtlich vorhanden.«

»Wer bist du? Sherlock Holmes?«

Einen kurzen Moment sog ich die Luft scharf ein, bevor ich es mit einem Achselzucken überspielen konnte.

»Manchmal«, antwortete ich so lässig, wie ich konnte.

»Na dann, kommen Sie mal rein, Mr Holmes«, forderte sie mich auf und gab mit einer ausladenden Armbewegung die Sicht auf den Flur frei. Gut, Flur war vielleicht etwas übertrieben. Mein Blick fiel direkt auf die schmale, nach oben führende Treppe. Sie fungierte als einzige Raumtrennung. Der Rest des Untergeschosses war offengehalten und wurde lediglich hin und wieder von ein paar Pfeilern unterbrochen. Auf der linken Seite befand sich ein gemütlicher Wohnbereich, an den die große Küche anschloss. Die hölzerne Kücheninsel war soweit ich das sehen konnte dieselbe wie in meiner Wohnung.

Die Wände waren in einem warmen Braun gehalten und die Vintage Landhausmöbel sorgten für ein uriges Flair. Überall hingen Fotos in schwarzen Rahmen mit weißen Passepartouts und zeigten Momente aus glücklichen Tagen. Die Bilder zeigten vier Personen, wohnen taten hier aber nur zwei, wenn ich Beryll richtig verstanden hatte.

Unweigerlich fragte ich mich, ob Milas Mutter auch gestorben war und ob sie das Carsons oder das Haus eingerichtet hatte. Denn eines war sicher, hier fühlte man sich wohl. Ich tat es jedenfalls ab der Sekunde, in der meine Schuhe die Fußmatte passiert hatten.

Es war heimisch, gemütlich, ganz anders als der unpersönliche Wohnzeitschriftenstil, den ich von Zuhause gewohnt gewesen war.

Bei genauerem Hinsehen fielen mir Kerben im Treppenpfeiler auf. Sie waren in ungleichmäßigen Abständen übereinander eingeritzt worden. Mit meinen Fingerkuppen fuhr ich über die ausgesparten Buchstaben, die neben den Linien standen.

Otter und Schnabeltier.

»So hat mein Dad uns früher genannt. Ich war der Otter«, erklärte Mila, deren Hand nun neben meiner auf dem Pfosten ruhte. Mit ihren zarten Fingern begann sie die Linien und Buchstaben nachzufahren, bis ihre Hand auf meiner liegen blieb. Ihre Haut fühlte sich warm und weich an, aber ich hätte schwören können, dass sich Tränen in ihren Augen sammelten.

»Und das Schnabeltier?«

Seufzend zog Mila ihre Hand zurück und verschränkte die Arme vor ihrer Brust.

»Meine kleine Schwester. Marcy.«

Der gelbe Pullover, den sie trug, warf dadurch Falten. Aber ihr war das sichtlich egal. Mein Vater hätte mich früher dafür gerügt.

Für ein, zwei, drei Sekunden schloss ich meine Augen, um die sich neuerdings immer öfter ankündigenden Erinnerungsflashbacks so zu verdunkeln, dass ich sie gar nicht erst sah.

»Ich schaue mal, wie weit mein Dad mit dem Packen ist. Setz dich ruhig irgendwo hin. Ich bin gleich wieder da.

Ich sah Mila hinterher, wie sie die Treppe hinaufsprang. So hatte ich noch nie jemanden eine Treppe hochlaufen sehen. Ein amüsiertes Lächeln breitete sich nicht nur auf meinen Lippen, sondern auch in meiner Brust aus. Diese Frau musste Superkräfte haben, so wie sie es schaffte, mein vereistes Herz zu schmelzen.

***

Ein paar Minuten später saßen Mila und ihr Dad bei mir im Auto. Keiner von beiden sagte etwas, weshalb ich mich genötigt fühlte, das Radio anzuschalten, damit es nicht so unerträglich still blieb. Eine Dreiviertelstunde saßen wir nur da, lauschten den Liedern im Radio und starrten schweigend auf die Straße vor uns. Ein Schild tauchte am Rand des Highways auf und gab an, dass es bis zur Greenville Klinik nicht mehr weit war. In weniger als drei Meilen musste ich links abbiegen und das tat ich auch. Eine lange Auffahrt mit akkurat gestutzten Buchsbäumen führte uns direkt zu einem großen Gebäude, was optisch mit seinen weißen Säulen und den hohen Bogenfenstern ein wenig an das Weiße Haus erinnerte. Als wir das gravierte »Welcome to Greenville« Schild passierten und ich den Wagen in die Richtung des angrenzenden Parkplatzes manövrierte, schallte die fröhliche Melodie von Rupert Holmes Song *Escape* durch das Radio in die Kabine. Der Song ließ mich sofort an *Guardians of the Galaxy* denken und sorgte dafür, dass ich mitwippte.

Ich spürte Mila belustigten Blick auf mir.

»Ich mag den Song«, sagte ich.

»Das ist nicht zu übersehen.«

»Ich mag das Lied auch. Irgendwie passt es in die Situation«, sagte Milas Vater mit seiner dunklen Stimme.

Im Seitenspiegel konnte ich sehen, wie Mila ihn stirnrunzelnd betrachtete.

»Ach ja? Wie kommst du darauf?«

»Es geht um einen Neustart. Deine Mutter hat das Lied auch geliebt. Früher, als sie noch jung war.«

Mila antwortete ihrem Vater nicht, sondern starrte nur durch die Frontscheibe, als würde sie nach einem freien Parkplatz Ausschau halten.

»Sie haben einen guten Musikgeschmack, Mr Kingsley. Wo kommen Sie her?«, wandte sich Milas Dad nun an mich.

Ich entdeckte eine Parklücke, die wie für meinen Pick-up gemacht zu sein schien.

»Ich komme aus Europa, aber habe bis vor kurzem noch in New York gelebt. Dort habe ich gemerkt, dass ich meine Ruhe brauche. Als ich Ihre Wohnung im Internet gefunden hab, erschien mir ein Neuanfang in Hills Ferry nicht schlecht.«

»Da sind Sie aber schon weit herumgekommen. Aber es freut mich, dass Sie sich für Hills Ferry entschieden haben. Es ist wirklich schön hier und trotzdem ziehen selten neue Leute her.«

»Es war wirklich keine schwierige Entscheidung. Ihre Wohnung ist sehr schön«, sagte ich ehrlich und schlug das Lenkrad ein.

»Da müssen Sie sich bei Mila bedanken. Sie kümmert sich um alles. Ich habe ein richtig schlechtes Gewissen, wenn ich daran denke, was ich ihr alles aufgebürdet habe. Aber das ändert sich jetzt«, versprach er. Mit einem lauten Ruck zog ich die Handbremse an. Aus dem Augenwinkel konnte ich erkennen, wie Mila nach der Hand ihres Vaters griff und sie liebevoll drückte. Eine kleine Geste, die so viel mehr aussagte, als sie einem zeigte.

»Dad, das brauchst du nicht. Es war eine schwere Zeit.«

»Doch, Mila, und das ist in Ordnung. Ich sehe, dass ich dich mit allem allein gelassen habe und das war nicht richtig von mir. Es war auch für dich eine schwere Zeit und ich habe das für mich allein beansprucht. Das ist nicht fair gewesen. Aber bald, kleiner Otter, bald werde ich wieder ganz der Alte sein.«

Seine Stimme war freundlich, aber etwas belegt. Man hörte ihm an, dass es ihm nicht gut ging. Von seinem Aussehen ganz zu schweigen. Er konnte nicht älter als fünfzig sein und doch wirkte er eingefallen und blass. Hoffentlich konnten die Ärzte in der Klinik ihm helfen.

Bevor wir abgefahren waren, hatte ich sie gegoogelt, um die Adresse in meine Navi eingeben zu können. Im Gegensatz zu Hills Ferry hatte es dabei keine Probleme gegeben.

Greenville war eine Reha Klinik für Menschen mit Depressionen, Suchtproblemen, Phobien und anderen Ängsten. Sie hatte sehr gute Bewertungen und auf den Fotos echt gut ausgesehen. Ich hoffte, dass sich Mr Carson hier wohlfühlte. Jemanden zu verlieren war nie einfach. Ich kannte mich damit aus, aber ich wusste auch, dass man sich mit einer guten Behandlung zurück ins Leben kämpfen konnte. Etwas, das ich Mr Carson wünschte. Das würde es für Mila und ihn etwas erleichtern.

Mila half ihrem Dad beim Aussteigen und bat mich im Auto zu warten, während sie ihren Vater in die Klinik brachte. Also verabschiedete ich mich kurz von ihrem Dad und wünschte ihm alles Gute. Dann tat ich, was sie von mir wollte, zumindest fast. Ich griff in das Handschuhfach und zerrte die völlig zerfledderte Ausgabe eines Klassikers heraus, den ich schon mindestens eine Millionen Mal gelesen hatte. Na ja, plus minus. Mit dem Buch in der Hand legte ich mich auf die violett glänzende Motorhaube und genoss die warmen Sonnenstrahlen auf meiner Haut. Auch die Aussicht konnte sich durchaus sehen lassen. Um das Anwesen war ein riesiger Garten angelegt worden, der von einem Wald begrenzt wurde. Es gab viele Beete, in denen die verschiedensten Blumen blühten und darauf warteten, dass die nächste Biene vorbeiflog.

Ganz vertieft in eine Szene, die ich im Schlaf hätte aufsagen können, genoss ich jedes einzelne Wort. Bis mich Milas Stimme aus dem schmutzigen London des neunzehnten Jahrhunderts zurück in die Realität holte.

»Oliver Twist?«

»Die Sonne – die helle Sonne, die nicht nur Licht zurückbringt, sondern neues Leben und Hoffnung und Frische für den Menschen«, las ich den Satz vor, den ich gerade vor mir hatte.

»Ich hatte dich nicht für jemanden gehalten, der klassische Literatur liest«, gab Mila zu, als sie sich neben mich stellte und einen Blick ins Buch warf.

Ich drückte meinen Oberkörper hoch und sah in ihre Augen. Sie waren nicht einfach nur braun. Nein, sie versprachen heiße Schokolade im Winter, prickelnde Lagerfeuer im Sommer und Nächte voller Sterne.

»Jeder ist für eine Überraschung gut. Was ist deine?«, fragte ich sie, ohne meinen Blick von ihrem zu lösen.

»Meine was?«

»Deine Überraschung. Das, womit nie jemand rechnet, wenn du es erzählst.«

Mila verschränkte die Arme und sah in den Himmel, als würde die Antwort einfach herabfallen.

»Ich weiß es nicht. Ich glaube die Dinge, die einen überraschen würden, erzähle ich einfach nie jemandem.«

»Das ist auf jeden Fall überraschend. Ich hatte dich für den Typ

›offenes Buch‹ gehalten«, sagte ich und rutschte von der Motorhaube auf den Boden.

Mila grinste etwas verlegen. »Früher war ich das auch.«

»Was ist passiert?«

»Eine Menge.«

Bevor ich weiter nachfragen konnte, war sie um den Wagen herumgegangen und öffnete die Beifahrertür. Ich stieg auf den Fahrersitz und startete den brummenden Motor meines Pick-ups.

»Weißt du, wie wir von hier aus ins Möbelparadies kommen?«, fragte ich sie. Nickend drehte Mila die Radiomusik auf.

»Aber natürlich. Verbinde mir die Augen, verschlepp mich und drehe mich dreimal im Kreis und trotzdem würde ich immer zu Ikea finden.«

»Das ist ja wie mit einem Hund und einer Wurst.«

Sie lachte. »Im Grunde schon. Nur eben mit schwedischen Möbeln. Du wirst schon sehen.«

Mila lotste mich zurück auf den Highway und ließ mich weiter Richtung Washington DC fahren. In North Bethesda verpasste ich beinahe die Ausfahrt Silver Spring, weil mich ein riesiges Hundefutter-Werbeschild abgelenkt hatte. Das Motiv, ein Hund, der in einem Kochtopf saß und einen Daumen hoch zeigte, verstörte mich etwas. Was war nur los mit diesen Amerikanern?

Auf der Baltimore Avenue blinkte uns bereits die blaugelbe Leuchtreklame des Möbelhauses entgegen. Milas Blick strahlte aus, wie zufrieden sie mit sich war.

»Du hast es ja gesagt. Du bist wirklich ein Hund und das hier ist ein ziemlich überdimensioniertes Würstchen«, stellte ich beim Einparken fest.

»Wuufff, wuufff«, bellte Mila mich an.

»Das kannst du besser. Es klang, als wäre dir jemand auf die Rute gestiegen.«

Sie sprang aus dem Wagen und schlug die Tür hinter sich zu.

»Also mir ist noch nie jemand auf meinen Schwanz getreten, aber du scheinst dich da auszukennen«, höhnte sie mehr als zweideutig.

»Man, ist das ein schönes Wetter heute«, lenkte ich so offensichtlich ab, dass wir beide lachen mussten.

***

Drinnen angekommen kämpften wir uns durch den überfüllten Laden. Ich erinnerte mich nicht daran, jemals in einem Möbelhaus gewesen zu sein.

Schnell stellte ich fest, dass das Einkaufen hier etwas anders funktionierte als in anderen Läden. Nirgends standen Einkaufswagen oder Tüten. Stattdessen reihte sich ein fertig eingerichtetes Wohnzimmer an das nächste. Viele waren sehr verspielt eingerichtet. Die Sofas mit Blumenmustern und seltsamen Lampenschirmen entsprachen nicht gerade meinem Geschmack. Allgemein gefielen mir viele der eingerichteten Wohnzimmer nur teilweise und die meisten hatten auch ganz andere Raumaufteilungen als meine Wohnung.

Zumindest bis ich Raum Nummer dreiundsiebzig entdeckte. Alles darin schien zu passen: der Stil, die Farben und der Schnitt des Raumes.

Eine dunkelgraue Couchgarnitur, dazu passende Sessel und blau weiß gemusterte Kissen bildeten das gemütliche Zentrum des Zimmers. Ein schwarzes Bücherregal aus Glas und Metall, ein dazu passender Couchtisch und ein TV-Schrank namens Fjällbo rundeten es noch mal ab.

»Das mag ich«, stellte ich fest und lief schnurstracks auf eine Mitarbeiterin zu, die gerade dabei war, ein paar Sofakissen auszuschütteln.

»Was magst du?«, fragte Mila, die schnellen Schrittes versuchte, mich wieder einzuholen.

»Das Wohnzimmer auf der rechten Seite.«

Vor der Mitarbeiterin hielt ich an und räusperte mich. Sie sah mich an und richtete sich augenblicklich auf. Sie trug einen blonden Pferdeschwanz und musterte mich mit ihren blauen Augen. Ich kannte diesen Blick. Er ließ mir das Blut in den Adern gefrieren. *Bitte, erkenne mich nicht,* flehte ich innerlich.

Sie setzte ein freundliches Lächeln auf.

»Wie kann ich Ihnen helfen? Haben Sie etwas gefunden, das Ihnen gefällt?«

Erleichtert atmete ich aus. Meine kurze Bitte an den Himmel war offenbar erhört worden. Oder wenn sie mich erkannt hatte, dann ließ sie sich jedenfalls nichts anmerken. Ich hatte mir Amerika ausgesucht in der Hoffnung, dass meine Geschichte hier nicht so bekannt war wie in Europa. Bisher hatte ich die meiste Zeit Glück gehabt und konnte das Privileg auskosten, mich frei bewegen zu können.

»Ja, ich habe mich für Wohnzimmer dreiundsiebzig entschieden. Wo kann ich es abholen?«, fragte ich freundlich.

Sowohl Mila als auch die Mitarbeiterin sahen mich perplex an.

»Sie möchten das Wohnzimmer dreiundsiebzig kaufen? So wie es ist? Alles?«, fragte die blonde Frau, als wollte sie wirklich sicher gehen, dass ich es ernst meinte.

»Ja, genau.«

»Mit der Dekoration, der Tischdecke, Kissen und Bezügen, den Vasen, Vorhängen, dem Papierkorb, den Lampen und Couchfüßen? Mit wirklich allem, was hier steht?«, fragte sie noch mal ungläubig.

»Ja. Sie bieten doch fertige Wohnzimmer an. Sie haben ja eine ganze Menge davon da.« Mit gerunzelter Stirn sah ich sie an.

»Na ja …«, setzte die Frau an, wurde aber von Mila unterbrochen.

»Einen Moment, wir sind gleich wieder da«, sagte sie lächelnd und zerrte mich zur Seite in einen schmalen, fertig eingerichteten Flur.

»Sag mal, warst du noch nie in einem Ikea?«, fragte sie mich verdattert.

»Ehrlich gesagt nicht. Wieso? Ist das so auffällig?«

»Ja, ja ist es. Okay, die Räume hier sind Beispielräume. Sie zeigen, wie ein Zimmer mit bestimmten Möbeln aussehen könnte. An den Pfeilern sind Blöcke und Bleistifte wie diese«, erklärte sie und zeigte mir ihren Handflächeninhalt.

»Da schreibt man die Artikelnummern der Möbel auf, die einem gefallen und wo sie im Lager stehen. Die Dekoration, Zubehör und Krimskrams befinden sich im untersten Geschoss. Das muss man sich selbst zusammensuchen, wie man es am liebsten mag.«

»Also kauft man keine fertigen Räume«, murmelte ich verlegen. Ich fühlte mich gleichermaßen idiotisch wie ertappt. Wahrscheinlich gingen normale Menschen regelmäßig in irgendwelche Möbelhäuser. Ich hatte das Gefühl, dass ich mir dringend eine Ausrede für diese Erfahrungslücke ausdenken musste, sonst bekam meine Fassade Risse. Und wenn das passierte, würde sie früher oder später beginnen zu bröckeln. Und das war etwas, das ich mir nicht leisten konnte.

»Nein, aber wir können die ganzen Nummern der Möbel hier gerne aufschreiben und sie später aus dem Lager holen, wenn dir der Stil hier so gut gefällt. Ich finde es auch echt schön, würde aber andere Kissen aussuchen.«

Mila lächelte mich an. Ich war mir sicher, dass ihr der Moment meiner Unsicherheit nicht entgangen war. Aber sie kaute nicht darauf herum, etwas, wofür ich ihr echt dankbar war.

Wir begannen, die Nummern rauszusuchen und aufzuschreiben. Wenn ein Möbelstück nicht vorhanden war, schauten wir uns in den anderen Wohnzimmern nach ähnlichen Stücken um. Mila hatte ein echtes Gespür dafür, welche Dinge zusammenpassten und was man besser nicht kombinieren sollte. Mit ihr an meiner Seite hatte ich keine Bedenken, dass meine Wohnung kitschig oder zu klein wirken würde. Es würde stimmig werden, das hatte ich im Gefühl.

Als wir mit den Möbeln durch waren, machten wir einen Abstecher in die Dekoabteilung und da ließ ich Mila komplett freie Hand. Zum Schluss besuchten wir die Pflanzenabteilung, in die es so ziemlich jede Zimmerpflanze geschafft hatte, die es auf dem Markt gab.

Mila drückte mir eine Hängepflanze in die Hand, die aussah, als bestände sie aus einer Menge kleiner Herzen.

»Das ist eine *String of Hearts*. Die sind recht pflegeleicht und bringen etwas mehr Liebe in deine Wohnung.«

Ich drehte den Topf in meiner Hand und begutachtete die fein gemusterten Blätter, die an dünnen grünen Stielen hingen.

»Die sieht aber alles andere als pflegeleicht aus.«

»Gut, das ist eine Sache, wie gut du dich um sie kümmerst. Du musst da einfach nur die Anleitung lesen und auf dein Herz hören. Das hilft sowieso in den meisten Fällen.«

»Das Herz scheint dir ziemlich wichtig zu sein«, stellte ich fest.

Ihr Lächeln wurde leise, fast stumm.

»Unsere Mom hat uns beigebracht, dass das Herz der wichtigste Teil des Körpers ist. Es speichert alle guten Dinge.«

»Aber tut das nicht das Gehirn?«

Mila schüttelte den Kopf.

»Nein, also biologisch gesehen schon, aber das ist nicht das, was ich damit meine«, versuchte sie zu erklären. Etwas nervös schob sie den Einkaufswagen mit unseren Dekosachen vor und zurück.

»Wie meinst du es dann?«

Mila kratzte sich am Hinterkopf, wobei sich eine Locke aus ihrem sowieso schon unordentlichen Dutt löste. Am liebsten hätte ich sie ihr wieder hinters Ohr gestrichen, aber das tat sie gerade selbst.

»Der Kopf speichert die Erinnerung an das Gefühl, aber das Herz lässt sie einen erleben. Es ist wie die Batterie, die alles antreibt. Oder warum schlagen Herzen schneller, wenn wir verliebt sind? Oder wenn wir uns freuen und aufgeregt sind?«

»Und was ist mit den negativen Empfindungen? Speichert die das Gehirn? Also ich glaube, deine Theorie ist so löchrig wie ein Schweizer Käse«, zog ich sie auf, aber Mila blieb überzeugt.

»Die meisten schlechten Erinnerungen bleiben im Kopf, um unser Herz zu schützen. Der Nachteil dabei ist, dass dadurch der Weg zwischen Erinnerung und Gedanken kürzer ist. Deshalb denken wir häufiger an die schlechten Dinge in unserem Leben. Ich kann mir zumindest vorstellen, dass das so funktioniert. Es klingt auf jeden Fall logisch.«

Sie fuchtelte leicht mit den Armen, während sie ihre Gedanken mit mir teilte. Und auch wenn wir in der Pflanzenabteilung eines Möbelhauses standen, fühlte sich dieser Moment ganz und gar intim an. Meine Lippen verzogen sich zu einem breiten Grinsen, was Mila nicht unbemerkt blieb.

»Du kannst denken, was du willst und mich für verrückt halten, aber dann denk mal kurz drüber nach.«

Und genau das tat ich. Ich war mir ziemlich sicher, dass das so normalerweise nicht funktionierte, aber wenn sie daran glaubte? Wieso nicht? Mila trug ihr Herz auf der Zunge, auch wenn sie es nur selten jemandem zu zeigen schien.

»Du bist ein Herzmensch«, erkannte ich.

»Und du bist ein Kopfmensch.«

Sie hatte recht. Ich war ein Kopfmensch, weil ich zu einem erzogen worden war. Für das Herz war in meiner Familie nie viel Platz gewesen. Ich hatte genau deshalb schon einmal den Fehler gemacht, mein Herz und meine Gefühle runterzuschlucken und auf den Verstand eines anderen zu hören. Etwas, das ich nie wieder tun wollte. Herzen heilten langsamer als der Kopf oder der Körper. Wahrscheinlich heilten sie niemals komplett.

Also ja, ich war ein Kopfmensch, weil ich nicht wusste, wie man zu einem Herzmensch wurde.

Mila wippte immer noch von einem Fuß auf den anderen und

starrte mir ins Gesicht. Ich machte einen Schritt auf sie zu und legte ihr meine Hände auf die Schultern. Nur ganz leicht. Augenblicklich erstarrte sie unter meinen Fingern. Sie war angespannt und ich war der Grund dafür. Ich machte sie nervös. Nicht nur meine Berührung, sondern meine komplette Anwesenheit. Der Gedanke, dass auch sie Angst vor mir haben könnte, bahnte sich den Weg in meinen Kopf. Ich ließ meine Arme sinken und konnte zusehen, wie Mila sich wieder entspannte.

»Und was sagt dir dein Herz jetzt gerade?«, fragte ich sie.

»Dass ich für etwas zu essen sterben würde. Einen Hotdog zum Beispiel«, lockerte Mila die ungewollt angespannte Situation wieder.

»Es wäre nicht gut, wenn du stirbst. Dann müsste ich schon wieder umziehen und ich habe gerade erst neue Möbel ausgesucht. Was hältst du davon, dass wir uns einen Fahrthotdog kaufen und ich zuhause vernünftige Spaghetti koche, die nicht völlig versalzen sind?«

»Carbonara?«, fragte sie.

Ich hatte ewig keine Carbonara mehr gekocht. Es war fast schon peinlich, wie viele Erinnerungen an einer Nudelsoße hängen konnten. Und doch hatte ich es vermieden sie zu kochen. Aber vielleicht wurde es langsam Zeit für eine neue Erinnerung.

»Klar. Ich mache gute Carbonara.«

Nun verwandelten sich Milas gestraffte Gesichtszüge in ein leichtes, angenehmes Lächeln.

»Wenn ich währenddessen Fjällbo aufbauen darf, haben wir einen Deal.«

»Klar, dagegen habe ich rein gar nichts. Ich stehe drauf, wenn hübsche Frauen sich für mich die Hände schmutzig machen«, rutschte es mir raus. Am liebsten hätte ich mir noch im selben Moment mit der flachen Hand ins Gesicht geschlagen. Was für ein dummer Kommentar. Ich sollte mir wirklich angewöhnen nachzudenken, bevor ich etwas sagte.

Mila zog die Augenbrauen hoch. »Hübsche Frauen?«

»Das war ein Kompliment«, versuchte ich zu retten, was ich verbockt hatte. Aber Milas Lachen sagte mir, dass ich das Casanova Image jetzt nicht mehr so schnell wegbekam. Immerhin nahm sie es mit Humor.

»Du bist so ein Idiot.«

»Ich weiß, man lernt mit sich zu leben.«

Kapitel 8

Arden

Die Couch hochzutragen war der schwerste Akt gewesen, weil sie genauso breit wie die Treppe war, aber mit etwas Schieben und Drücken hatten wir auch das hinbekommen. Der Rest bestand aus Einzelteilen, die sich größtenteils gut tragen ließen.

Als wir den Pick-up auf dem Parkplatz gepackt hatten, sah es kurz nach Regen aus, weshalb wir letztendlich doch ohne Hotdog losgefahren waren. Milas Magen hatte sich recht schnell darüber beschwert, aber uns beiden war es lieber gewesen, unser Abendessen nicht auf einer durchnässten Ikea-Couch einnehmen zu müssen.

Mila war so frei gewesen, mir endlich das WLAN-Passwort zu speichern. Auf meinem Laptop lief deshalb nun *White Collar,* eine Serie, in der es um einen charmanten Betrüger ging, der für das FBI arbeitete. Abgesehen von der Sache mit dem FBI konnte ich mich wirklich gut mit der Hauptperson identifizieren, was mir gleichzeitig ein wenig Angst einjagte. Aber da Mila die Serie nicht kannte und ich kein Fan von Stille war, hatte ich sie angestellt, damit etwas im Hintergrund lief. Fast bekam ich das Gefühl, ein normaler Teil der Gesellschaft werden zu können. Das war etwas, worüber ich früher so gut wie nie nachgedacht hatte, einfach weil es so absurd gewesen war, mir etwas vorzustellen, das für mich nicht vorgesehen war. Und doch stand ich hier und war gerade dabei, die Dinge für meine Spaghetti Carbonara vorzubereiten, als Mila mich mit einem Sofakissen bewarf.

»Hey, willst du, dass ich mich so erschrecke, dass ich heißes Nudelwasser über meinen attraktiven Körper gieße?«, scherzte ich. Ein zweites Kissen kam als Antwort direkt hinterhergeflogen. Galant wehrte ich es mit dem großen Aluminiumdeckel meines Spaghettitopfes ab.

»Okay, okay! Ich gebe Ihnen alles, alles, was Sie wollen, aber bitte hören Sie auf mich zu attackieren!«, rief ich und duckte mich hinter der Arbeitsfläche. Ich konnte Mila lachen hören. Warm und unbeschwert.

»Rücken Sie sofort einen Bleistift raus oder Ihrem Fjällbo passiert etwas Schreckliches!«, lachte sie mehr, als dass sie es wirklich aussprach.

»Nein, nicht dem Fjällbo!«

Ich kam hinter der Arbeitsfläche hervor und hob die Hände, um zu zeigen, dass ich im Gegensatz zu ihr unbewaff … unbekissent war. Mit dem Rücken zur Wand schob ich mich zur Treppe, die ich hastig und lachend hinauflief. Die Situation war so bescheuert. Wir verhielten uns wie Kinder und nicht wie die beinahe Mittzwanziger, die wir waren. Aber vielleicht war das der Grund dafür, dass ich so viel Spaß hatte wie schon seit Jahren nicht mehr.

Ich durchwühlte die Stiftebox neben meiner Staffelei. In weiser Voraussicht war ich morgens eine Stunde früher aufgestanden und hatte alle meine Malsachen nach oben geschafft. Die fertigen Bilder stapelten sich nun am Fußende meines Bettes. Das Porträt von Mila hatte ich hinter einem Landschaftsgemälde versteckt, das die Aussicht aus meiner Wohnung zeigte.

Ein abgekauter Bleistift fiel mir in die Hände. Keine Ahnung, woher ich den hatte, aber das war das Beste, was ich ihr anbieten konnte.

Also lehnte ich mich über das Geländer und warf ihn ihr zu, bevor ich wieder nach unten ging.

»Fang!«

Mila streckte sich nach dem kurzen Stück Holz, wobei ihr Pullover ein kurzes Stück hochrutschte und den Blick auf ihren Bauch frei gab. Eine helle Narbe zog sich seitlich über ihre braune Haut. Ich fragte mich, woher sie die wohl hatte.

»Danke«, rief sie und streckte ihre neuste Errungenschaft in die Höhe. Einen angekauten Bleistift, den ich wahrscheinlich versehentlich aus dem Gefängnis hatte mitgehen lassen.

Sie schob sich den Bleistift, den ich ihr gegeben hatte, zwischen die Zähne und band sich ihre wilden Wellen wieder hoch. Dieses Mal zu einem Pferdeschwanz. Mir fiel auf, dass einer ihrer äußeren Schneidezähne etwas vorgeschoben und spitzer war als die anderen. Es ließ sie besonders aussehen, es machte sie schön.

»Was starrst du mich so an, Kingsley?«, nuschelte sie fragend.

»Nichts.«

Sie zog ihren Zopf fest und spuckte sich den Bleistift gekonnt in die Hand. Bei allen anderen hätte das dämlich ausgesehen, aber bei ihr war es irgendwie ... cool.

»Klar, nichts. Habe ich Schmutz im Gesicht?«

»Auch.«

»Auch? Was denn noch?«, fragte sie lachend. Automatisch rieb sich Mila über die Wange und verwischte so einen Bleistiftstrich zu einem gräulichen Fleck.

Als sich unsere Blicke dann trafen, grinste ich wie ein Schimpanse, ohne dass ich etwas dagegen tun konnte. Nun war sie diejenige, die ihre Augenbrauen hochzog.

»Weißt du was, es ist mir egal. Sag's mir nicht. Wenn ich mich jetzt anstrenge und mich ganz doll hübsch fühle, dann funktioniert das auch«, beschloss sie und begann die Schrauben in die metallischen Türen des TV-Schranks zu drehen.

Ich schnitt den Bio-Bacon in feine Streifen und schmiss ihn mit einem lauten Zischen in die heiße Pfanne.

»Das brauchst du nicht.«

»Willst du mich schon wieder beleidigen? Ich dachte, da wären wir gerade drüber hinaus«, fragte Mila, als wäre sie sich nicht sicher, ob sie die Antwort wirklich wissen wollte.

»Nein, du könntest einen Kartoffelsack tragen und dich wie der hässlichste Mensch der Welt fühlen. Aber schön wärst du trotzdem, Mila Carson.« Jedes meiner Worte begleitete eine gewisse Ernsthaftigkeit, ein Unterton, der selbst die Stimmen um uns herum ausblenden konnte. Ich sah ihre geweiteten Augen und einen zarten Rotstich, der sich auf ihren braunen Wangen ausbreitete. Und auch wenn ich es nicht wollte, spürte ich einen Anflug von Reue. Unser Verhältnis hatte bis gestern auf wackeligen Beinen gestanden und musste sich erst festigen. Ich wollte nichts ruinieren, indem ich zu schnell wurde. Darin war ich wirklich gut. Aber Mila hatte zu viel durchgemacht. Ich musste vorsichtiger sein, wenn ich sie nicht auch zerbrechen wollte. Und auch wenn langsam durchschimmerte, dass sie seit Jahren die erste Frau war, die mein Herz auch nur ansatzweise zum Stolpern brachte, so war sie trotzdem nicht die Richtige. Das durfte sie nicht sein. Sie war meine Vermieterin und sie konnte eine Freundin werden, aber zu mehr dürfte es nicht kommen. Nicht, weil ich nie wieder vorhatte eine Beziehung zu führen, sondern weil ich dann von Beginn an ehrlich zu ihr sein müsste und das konnte ich nicht. Nicht bei ihr. Fuck. Worüber dachte ich da gerade nach?

Mila starrte mich immer noch an. Sie hatte sich keinen Zentimeter bewegt. Wie versteinert saß sie da, den Schraubenzieher fest umschlossen in der Hand. Offensichtlich lag ihr letztes Kompliment einige Zeit zurück. Es tat richtig weh, es entkräften zu müssen, aber ich bekam das Gefühl, dass es sonst komisch wurde.

»Aber wenn du es genau wissen möchtest, dann hast du da Bleistiftschmiere im Gesicht«, sagte ich und deutete auf meine Wange.

Bei dem Versuch es mit ihrem Ärmel abzuwischen, wurde der

Fleck allerdings nur noch größer. Ich legte meinen Löffel zur Seite und ließ das schon leicht köchelnde Wasser stehen. Dann schnappte ich nach meinem aktuell einzigen Geschirrtuch und hielt es kurz unter den Wasserhahn.

»Ich denke, ich kann Abhilfe schaffen.«

Ich kniete mich vor sie auf den Boden und überlegte einen Moment lang, ihr den Dreck von der Wange zu tupfen. Mila hielt ganz still, als würde sie genau darauf warten. Ich hob die Hand, dachte kurz darüber nach und entschied mich dagegen. Den ganzen Tag waren wir uns nähergekommen und es war schön gewesen. Ich hatte mich glücklich gefühlt. Aber wenn sie herausfand, wer ich war und was ich getan hatte, dann würde sie mir das nicht verzeihen. Dafür hatte Mila schon zu viel verloren.

Also drückte ich ihr das Geschirrhandtuch in die Hand und klopfte ihr zweimal auf den Handrücken, wie nur ein Idiot es tun würde. Etwas verwirrt sah sie mich an.

Super Arden, richtig, richtig gut.

»Ich muss kurz wohin. Kannst du kurz den Bacon im Blick behalten?«, fragte ich. Mila nickte kurz, als sie sich das Gesicht abwusch.

Ich lief die Treppe nach oben ins Bad.

Okay, Arden. Runterkommen. Was ist dein Problem?

Ich drehte den Wasserhahn auf und ließ das kühle Nass in meine Hände laufen, bevor ich es mir ins Gesicht spritzte.

Jetzt, wo der Bart weg war, sah ich mich im Spiegel und es wurde schwieriger, Arden zu sein. Ich redete mir ein, dass es am Bart lag, aber das stimmte nicht. Es war Mila, die Seiten an mir zum Vorschein brachte, die ich wegsperrte. Sie erinnerte mich an Sachen, die ich längst vergessen geglaubt hatte: Spaghetti Carbonara, glücklich sein, oder das Gefühl, man selbst sein zu können.

»Wenn du das Problem kennst, kannst du etwas dagegen unternehmen … Wenn du das Problem kennst, kannst du etwas dagegen unternehmen … Wenn du das Problem kennst, dann …«, flüsterte ich mir selbst das Mantra zu, das meine Therapeutin mir im Gefängnis so oft gepredigt hatte.

Aber es überwältigte mich. Gedanken kreisten durch meinen Kopf und Bilder manifestierten sich, nur um kurz darauf wieder zu zerbersten.

Ich sah sie alle: meine Mutter, meinen Vater, meinen Halbbruder, meine besten Freunde und das Mädchen, dem ich beinahe alles genommen hätte.

Als ich die Tränen in meinen Augen, auf meiner Haut und in meinem Herzen spürte, lehnte ich mich gegen die Wand und ließ mich an ihr herunterrutschen.

Warum kam mir gerade jetzt ein Zitat von Charles Dickens in den Kopf? »Der Himmel weiß, dass wir uns niemals unserer Tränen schämen müssen, denn sie sind der Regen auf den blind machenden Staub der Erde, der über unserem harten Herzen liegt«, murmelte ich, als ich beschloss, den Schmerz zu akzeptieren, der gerade dabei war, mich zu Boden zu ringen. Phantomschmerz breitete sich in meiner Brust aus und versuchte mir die Luft zum Atmen zu rauben. Und ehe ich mich versah, spürte ich die kalten Fliesen unter meinem Körper und starrte an die Decke.

»Atme Arden, atme«, mahnte ich mich selbst.

Ich wusste nicht, was passiert war oder welchen Stein Mila heute losgetreten hatte, aber er rollte und rollte, unaufhörlich. Genau wie meine Tränen.

Ich hatte so viel durchgemacht, aber ich hatte auch dafür gesorgt, dass andere viel durchgemacht hatten. Und all das stürzte in dieser Sekunde auf mich hinab. Eine unsichtbare Last so groß wie der Mount Everest erbrach sich auf mir und der Platz in meiner Brust schien immer weiter zu schrumpfen.

Konzentrier dich, Arden. Du bekommst eine Panikattacke. Das ist okay, das ist nicht das erste Mal. Damit kannst du umgehen.

Ich erlaubte mir die Augen von der auf mich zufahrenden Decke zu lösen und sie zu schließen. Ich musste schleunigst zu mir zurückfinden.

Also wendete ich eine Technik an, die ich während meiner Therapie gelernt habe. Mal half sie gut, mal mäßig.

Ich atmete ein: ... *zwei* ... *drei* ... *vier,* hielt sie ... *fünf* ... *sechs* und atmete aussss ... *sieben* ... *acht.*

Immer wieder.

Und dann hörte ich das Quietschen einer Tür und sah das von meinen Tränen verschwommene Gesicht eines Engels vor mir.

»O mein Gott, Arden, was ist los? Ist alles okay? Geht es dir gut? Soll ich einen Krankenwagen rufen?«

Ich schaffte es nur, den Kopf ablehnend zu schütteln. Milas Augen sahen mich besorgt an. Dann konnte ich ihre warmen Hände auf meiner Haut wahrnehmen. Erst zögerlich, aber dann. Dann voll und ganz.

»Du bist ja eiskalt.«

Die Sekunden, in denen sie meine Decke aus dem Schlafzimmer holte, nutzte ich dazu mich aufzurichten.

Das weiße Hemd, das ich anhatte, war völlig durchgeschwitzt. Man konnte sogar meine Brustwarzen und das Tattoo dadurch erkennen. Mir war schwindelig und auch die Erschöpfung ließ nicht lange auf sich warten.

Als Mila zurückkam, setzte sie sich gegenüber von mir auf den Boden. Ihre Hände umklammerten nun nicht mehr den Schraubenzieher, sondern das dünne Laken, an dem bestimmt noch ein paar Sandwichkrümel hafteten.

Wir sahen uns einfach in die Augen und schwiegen. Aber es war kein unangenehmes Schweigen, wie im Auto mit ihrem Vater oder heute Morgen mit Luigi ...

»Luigi«, flüsterte ich, als mir klar wurde, dass ich vergessen hatte, Mila seinen Brief zu geben.

Mila begann damit mein vollgeschwitztes Hemd aufzuknöpfen.

Kurz dachte ich darüber nach sie davon abzuhalten, aber ich selbst war gerade nicht in der Lage dazu. Also ließ ich es zu.

»Was ist mit ihm?«, fragte sie sanft, als sie mir das Hemd von den Schultern streifte.

»Er hat mir einen Brief für dich gegeben. Ich hatte es vergessen. Es tut mir leid.«

Mila schüttelte den Kopf.

»Das muss es nicht. Du kannst ihn mir später geben. Erst mal müssen wir dich in trockene Sachen bekommen«, sagte sie bestimmt.

Ihre Worte erweckten den Eindruck, dass sie Erfahrungen darin hatte, sich um Menschen mit Panikattacken zu kümmern. Das Bild von ihrem Vater und wie sie ihn heute nach Greenville gebracht hatte, durchquerte meine Gedanken und erinnerte mich daran, dass sie aus einer vorbelasteten Familie stammte. Und trotzdem war sie ruhig und freundlich. Es schien, als würde ihr meine Angst keine Angst einjagen. Meine Panik ließ sie nicht panisch werden. Ich begriff, dass ich ihr nichts anhaben konnte. Ein kleines Stückchen Last brach ab und ließ mich wieder Luft bekommen. Mila war nicht aus Glas, sie war das reinste Carbon.

Sie lehnte sich zu mir herüber, um mir das Hemd nun vollständig auszuziehen. Die aufgeschlagenen Ärmel rutschten über meine Handgelenke und ließen zu, dass ich mich, von einer Sekunde auf die nächste, nackt fühlte.

»Normalerweise mache ich sowas nicht beim ersten Date«, witzelte ich leise, in der Hoffnung, die Situation etwas aufzulockern. Dabei war nicht sie es, die lockerer werden musste. Ich war es.

»Ich wusste gar nicht, dass das hier ein Date war. Falls ja, bin ich etwas enttäuscht und möchte es umtauschen«, konterte sie. Ihre Stimme war genau so ruhig wie ihre Hände, die gerade dabei waren, das Laken um mich zu wickeln.

»Gegen was?«, fragte ich erschöpft.

Mila lies meine Frage unbeantwortet. Stattdessen sagte sie etwas, worüber ich mir selbst Gedanken machte.

»Es wundert mich, dass du nach einer Panikattacke dazu in der Lage bist, Späße zu treiben.«

»Mir geht es da nicht anders. Aber ich schätze, es liegt daran, dass das nicht meine erste Panikattacke ist.«

»Meine auch nicht«, antwortete sie.

Ich hätte sie gerne gefragt, wie sie das meinte, aber dazu kam es nicht.

»Glaubst du, wir können dich ins Bett schaffen?«, fragte sie.

»Ja, alles gut. Meine Gummiknie verhärten schon wieder und der Schwindel wird auch weniger«, antwortete ich ihr ehrlich. Vor jeder anderen Frau wäre es mir wahrscheinlich peinlich gewesen. Wer zeigte schon gerne Schwäche vor anderen? Aber bei Mila war es irgendwie in Ordnung.

Sie griff mir unter die Arme und half mir, mich auf die Beine zu stemmen. Auch wenn ich etwas anderes behauptet hatte, fühlten sich meine Beine an wie Götterspeise. Gott, war ich froh, dass das Bett nicht weit weg stand. Die Treppe hätte ich gerade nicht geschafft.

Mila stütze mich, Schritt für Schritt, bis ich mich auf die weiche Matratze fallen lassen konnte. Wie ein Sack Mehl blieb ich liegen. Ich drehte meinen Blick zu den großen Fenstern des halbfertigen Wohnzimmers, indem eine Menge Möbelpappe verteilt herumlag. Draußen war es dunkel. Das Einzige, was ich sehen konnte, war das Leuchten von ein paar Straßenlaternen. Licht spiegelte sich in den Scheiben und sorgte dafür, dass ich mich selbst sah, wie ich auf dem Bett lag und versuchte aus dem Fenster zu starren, damit ich Mila nicht ansehen musste. Und doch spiegelte ihr Gesicht mir leicht verzerrt entgegen. Ich erwartete Mitleid oder Fremdscham, aber beides fand ich darin nicht.

»Tja, ich fürchte, dass wir das mit der Carbonara verschieben müssen«, sagte sie mit einem Lächeln in der Stimme.

»Wir haben gekochte Nudeln und Bacon. Den könnten wir darüber krümeln, dann ist das so eine Art Vorgeschmack«, überlegte ich laut.

Das Fenster zeigte mir Milas Lächeln. Es war einfach schön. Nicht mehr und nicht weniger.

»Gute Idee, ich hole uns mal was.«

Meine Augen folgten ihren Bewegungen, die Treppe hinunter, bis zu der Kücheninsel. Bodentiefe Fenster waren wirklich ideal fürs Stalking. Ich war froh, wenn wir die schwarzen Vorhänge anbringen konnten, die Mila heute Nachmittag ausgesucht hatte.

Es fiel mir schwer, sie machen zu lassen und ich fühlte mich mies, weil ich nicht mit ihr gegangen war, um ihr zu helfen. Ich fühlte mich schlecht, weil der Abend gerade so verlief, wie er es tat. Und doch lag ich hier, unfähig irgendetwas zu tun.

Als Mila mit zwei dampfenden Tellern Spaghetti und Gabeln zurückkam, richtete ich mich auf und überwand mich, ihr in die dunklen Augen zu sehen. Keine Spur von Mitleid oder Sorge.

Sie reichte mir einen der Teller und ließ sich neben mich aufs Bett sinken. Ich beobachtete, wie ungeschickt sie versuchte ihre Spaghetti aufzudrehen, ohne dass der Bacon die ganz Zeit herunterrieselte. Was das anging, war sie wenig erfolgreich.

»Die Soße fehlt. Es schmeckt ein wenig ... trocken«, kommentierte sie das Essen. »Und das Raucharoma des angekokelten Specks ... vorzüglich!«

Ich musste grinsen. »Stimmt, und ich glaube, ich habe Salz vergessen.«

»Was Luigi zu viel hat, nimmst du zu wenig. Ist doch ausgeglichen.«

Wir schoben uns noch ein paar Nudeln in den Mund, bevor wir das Essen für ungenießbar befanden.

Mila Griff nach ihrem Telefon und tippte hastig eine Nummer ein. Ich hörte das leise Freizeichen, bis jemand abnahm.

»Hallihallo, Mila hier. Ich bin in der Wohnung über dem Carsons und würde gerne zwei Salamipizzen bestellen. Würdet ihr sie mir ausnahmsweise rüberbringen? Ich komme hier gerade nicht weg und es ist quasi ein Food-Notfall.«

Was die Person auf der anderen Seite antwortete, verstand ich nicht, aber Milas zufriedenes Lächeln ließ mich vermuten, dass demnächst ein freundlicher Pizzabote vor meiner Wohnungstür stand.

Und so kam es dann auch. Wenig später saßen wir mit dampfender Salamipizza in meinem Bett. Mila hatte meine DVD von *E-Mail für dich gefunden* und eingeschoben, sodass ich ihn mir jetzt zum gefühlt tausendsten Mal ansah. Und je öfter ich es tat, desto mehr mochte ich den Film.

»Sag mal, wieso ist eine Liebeskomödie mit Meg Ryan und Tom Hanks, die einzige DVD, die du besitzt?«, fragte sie, als sie sich gerade ein weiteres Stück Pizza nahm und zum Mund führte.

»Frauen stehen drauf«, antwortete ich knapp. Mit einem Boxer in den Oberarm quittierte Mila meine Behauptung.

»Und jetzt die Wahrheit.«

»Na gut, aber nur weil du es bist. Die gab's gratis zum Fernseher.«

Mila lachte. »Und den hast du bei Tom gekauft?«

»Ja, woher weißt du das?«

»Weil sonst niemand so alte DVDS zu einem nagelneuen LED-Fernseher dazugeben würde. Du kannst froh sein, dass du keine Videokassette bekommen hast.«

»Stimmt, sonst hätte ich noch ein Gerät bei ihm kaufen müssen. Einen Videorekorder besitze ich nämlich nicht.«

»Tja, dann werde ich Tom das wohl mal stecken, für den Fall, dass du demnächst noch mal bei ihm einkaufen musst. Er schreibt sich das sicher auf.«

»Das wagst du nicht«, erwiderte ich gespielt.

Mit jeder Minute, die wir nur so dasaßen, unsere Pizza aßen und

Meg Ryans zu diesem Zeitpunkt noch vorhandene Mimik bewunderten, fühlte ich mich besser. In den letzten Monaten waren meine Panikattacken weniger geworden, sodass ich nur noch selten darunter zu leiden hatte. Aber wenn ich spürte, dass sich eine anbahnte, bekam ich Angst. Angst vor der Angst selbst. Es war so paradox. Aber Mila beruhigte mich, obwohl sie gleichzeitig dafür sorgte, dass ich mein Herz mehr als deutlich in meiner Brust spürte. Ich erinnerte mich an das, was sie heute Nachmittag gesagt hatte.

Der Kopf speichert die Erinnerung an das Gefühl, aber das Herz lässt sie einen erleben.

Vielleicht hatte sie doch recht mit dem, was sie gesagt hatte. Vielleicht lagen alle anderen falsch und nur sie richtig. Weil sie klug war und in sich hörte.

»... Hey, hast du mir überhaupt zugehört?«, riss mich Milas Stimme aus den Gedanken.

»Tut mir leid. Ich glaube ich bin einfach müde. Was hast du gesagt?«, entschuldigte ich mich.

»Ich habe spekuliert, dass ich an Meg Ryans Stelle wahrscheinlich ziemlich sauer darüber wäre, wenn mir ein Typ, den ich mag, verschweigt, wer er wirklich ist.«

Augenblicklich bildete sich ein Kloß in meinem Hals.

»Und wenn er einen guten Grund dafür hat? Ich meine, Tom Hanks hat doch einen. Er und sie sind Konkurrenten und sie hasst ihn.«

»Und trotzdem verliebt sie sich ihn«, konterte Mila.

»Schon, aber würde sie das auch noch, wenn sie am Anfang erfährt, dass er derjenige ist, der dafür sorgt, dass ihre Buchhandlung schließen muss?«

Mila runzelte die Stirn. »Wahrscheinlich nicht.«

»Manchmal schweigt man, um jemanden nicht den Teil von sich zeigen zu müssen, den man selbst am wenigsten mag.«

Mila lehnte sich neben mich ans Kopfende des Bettes und starrte auf die aufgereihten Namen des Abspanns. Dann drehte sie ihr Gesicht zu mir. Ich spürte, wie ihr Kinn meine Schulter berührte, weil sie mir so nah war.

»Und welchen Teil von dir magst zu am wenigsten, Arden Kingsley? Was ist deine Geschichte?«

Meine Muskeln spannten sich an.

»Was, wenn ich es dir nicht sagen möchte?«, antwortete ich ausweichend.

»Das musst du nicht. Ich versuche nur gerade zu verhindern, dass uns dasselbe passiert wie den beiden im Film.«

Ein raues Lachen verließ meine Kehle.

»Was, du glaubst, wir könnten uns ineinander verlieben?«

Mila zuckte die Schultern. »Ich weiß nicht. So was weiß man vorher nie. Ausgeschlossen ist es nicht.«

»Stimmt. Ich hatte meine unwiderstehliche Wirkung auf Frauen vergessen.« Das übertriebene Zwinkern sorgte dafür, dass sie mit den Augen rollte. Aber Mila ließ sich von meinen Worten nicht ablenken.

»Ist deine Arroganz etwa der Teil, den du an dir nicht leiden kannst?«

»Nein, die passt irgendwie zu mir.«

»Was ist es dann?«

»Du solltest dir besser schon mal Mantel und Schuhe anziehen. Und dann solltest du dich in die Tür stellen, wenn ich es dir sage.«

»Wieso?«, fragte sie vorsichtig. Ich spürte, wie sie ihre Hand auf meine Schulter legte und sich vorlehnte, um mir in die Augen sehen zu können, obwohl ich meinen Kopf gesenkt hatte.

»Weil du Angst bekommen könntest vor dem Monster, das ich bin. Dann kannst du weglaufen. Deshalb.« Diese Worte fielen mir so unglaublich schwer. Ich hatte seit meiner Therapie mit niemandem über meine Vergangenheit gesprochen. Und bis jetzt hatte ich es nicht mal angedeutet. Aber das Gefühl, dass ich Mila zumindest einen Teil meiner Geschichte erzählen konnte, war da. Genau wie die Angst, dass sie mich dann ansah wie all die anderen, die davon wussten. Aber vielleicht war sie anders.

»Ich glaube nicht, dass ich weglaufen werde«, flüsterte sie.

»Ich war im Gefängnis, Mila.«

Ihre Augen weiteten sich. Entgeistert sah sie mich an. Ich kannte diesen Ausdruck nur zu gut.

Schon allein das Wort Gefängnis sorgte dafür, dass man regelmäßig für einen Mörder gehalten wurde. Die Menschen begannen, das Schlimmste in einem zu sehen und man konnte überhaupt nichts dagegen tun. Und nun gehörte Mila auch dazu.

Ich erwartete, dass sie aufsprang, mir vorwarf, dass ich ihr das hätte sagen müssen, als ich den Mietvertrag unterschrieben hatte, und ging. Aber das tat sie nicht.

Sie rutschte nicht von mir weg, sie bewegte sich auch nicht. Sie saß einfach nur da.

»Vielleicht solltest du jetzt besser gehen«, sagte ich. Meine Stimme klang hart. Härter als beabsichtigt. Ich wollte ihr keine Angst machen und doch sah sie aus, als wäre ihre Angst gerade dabei, sie zu lähmen.

»Ich gehe auch ins Bad und schließe die Tür ab. Dann musst du keine Angst haben, dass dir ein Irrer hinterherläuft«, sagte ich, als ich meine Beine auf den Boden stellte und mich hochdrückte. Noch immer fühlten sie sich ein wenig wie Gummi an. Es war demütigend.

Bei meinem ersten Schritt schaffte ich es dann auch noch, die Bilder, die am Fußende meines Bettes lehnten, umzureißen. Alle fielen, bis auf das eine, was Mila niemals zu Gesicht bekommen sollte. Sie zog es auf ihren Schoß und

starrte ihr Abbild an … Die braune Haut, vollen Lippen, welligen schwarzen Haare und ihre glänzenden Augen. Sie begutachtete es, Zentimeter für Zentimeter, Pinselstrich für Pinselstrich.

»Jetzt wirke ich wohl endgültig wie ein verrückter Stalker.«

»Wann hast du es gemalt?«

»Nachdem wir uns das erste Mal begegnet sind. Das Malen ist mein Ventil«, erklärte ich in der Hoffnung, dass sie mich nicht für völlig geisteskrank hielt.

Ich bemerkte das leise Quietschen des metallischen Bettpfostens, als sie sich vom Bett erhob, und erwartete als nächstes, die Treppenstufen zu hören. Ich presste eine Hand gegen die Wand, um mich zu halten, bis sie weg war.

»Ich habe keine Angst vor dir, Arden, und ich werde auch nicht gehen.«

»Wieso nicht?«

»Weil es dir offensichtlich nicht gut geht«, sagte sie ruhig.

Ich lachte hämisch. »Ich meinte, weshalb du keine Angst vor mir hast? Alle haben Angst vor mir.«

»Aber ich weiß ja gar nicht, was du so Schlimmes getan hast.«

Ich schnaubte. »Das hat noch nie jemanden davon abgehalten, mich zu verurteilen.«

Mila kam zu mir rüber und schob sich an mir vorbei, um sich an die Wand zu lehnen, an der meine Hand lag. Keine fünf Zentimeter daneben befand sie sich jetzt und sah mir in die Augen.

»Wer bist du, Arden Kingsley?«, flüsterte sie.

Ich warf meinen Kopf in den Nacken, damit ich ihr nicht in die Augen sehen musste.

»Es gibt Tage, an denen ich das selbst nicht mehr weiß. Heute ist so ein Tag.«

Statt zu antworten tat sie etwas, mit dem ich nicht gerechnet hatte. Sie schlang ihre Arme um mich. Ihre Hände strichen sanft über meinen muskulösen Rücken und hielten mich.

»Das ist okay, jeder von uns hat Schatten, die kommen und gehen, wie es ihnen passt und versuchen, uns in die Knie zu zwingen. Aber weißt du, warum sie es so selten schaffen?«

Ich vergrub die Hand, mit der ich mich nicht abstützte, in ihrem sich auflösenden Pferdeschwanz und atmete den süßen Duft ihres Shampoos ein.

»Warum?«, flüsterte ich.

»Weil Licht immer gegen die Dunkelheit gewinnt. Und jeder von uns trägt Licht in sich.«

Sie löste sich aus der Umarmung und legte ihre Hand auf meine nackte Brust. Genau auf die Stelle, die mein Leben verändert hatte.

Die feinen Linien meines Tattoos wurden von ihren schönen Fingern verdeckt. Nur hier und da waren ein paar auslaufende Linien zu erkennen.

»Ich bin mir nicht sicher, ob mein Herz noch leuchtet.«

»Es glüht, das spüre ich, und wo Glut ist, ist auch Feuer. Mein Dad hat seins heute wiedergefunden. Wenn er das schafft, dann tust du das auch.«

»Und was, wenn es nicht funktioniert?«

»Dann müssen wir uns etwas anderes überlegen.«

Kapitel 9

Mila

Die hellen Strahlen der Frühlingssonne kitzelten meine Nasenspitze, als ich aufwachte. Die Bettseite, auf der Arden gestern Nacht eingeschlafen war, war leer. Nur ein unordentliches Laken erinnerte noch daran, dass ich die Nacht hier nicht allein verbracht hatte.

Überrascht schlug ich die Decke zurück und schob mich aus dem Bett. Ich hatte noch dieselben Sachen wie am Vortag an. Nur meinen gelben Pullover hatte ich ausgezogen und neben das Bett geworfen. Ardens Verfassung war nicht gut gewesen. Er hatte gelitten. Da hatte ich ihn nicht allein lassen wollen.

Ich wusste, wie schlimm Panikattacken werden konnten. Nach Marcys Tod hatte mein Dad regelmäßig Angstzustände bekommen, besonders wenn er sich allein gefühlt hatte. Ich war da gewesen, hatte seine Hand gehalten, bis es vorbeiging, und mich dann weinend in meinem Zimmer eingeschlossen.

Aber Ardens Schmerz schien ein anderer zu sein als der meines Dads. Bei ihm war es nicht der Verlust eines geliebten Menschen, zumindest nicht direkt, bei ihm war es eher der Verlust seiner selbst.

Natürlich war er anfangs ein Idiot gewesen. Hätte er mir an unserem ersten Tag erzählt, dass er im Gefängnis gesessen hatte und dass er sich für ein Monster hielt, hätte ich ihm vermutlich geglaubt und ihn direkt wieder vor die Tür gesetzt, aber jetzt war es anders.

Ich durfte einen Blick auf den fröhlichen, unbeschwerten Arden werfen, der zwar etwas seltsam sein konnte, aber liebenswert war. Egal, was er getan hatte.

Es war ein Fehler gewesen, er hatte seine Strafe verbüßt und es schien ihn fertig zu machen. Früher oder später würde er mir bestimmt erzählen, was vorgefallen war. Aber er brauchte Zeit und die würde ich ihm geben. Arden war es wert, das hatte ich im Gefühl. Und trotzdem fragte ich mich, wo er gerade war.

Ich hob meinen Pullover vom Boden auf und lief die Treppe hinab. Der deftige Geruch von gebratenem Speck und Knoblauch verteilte sich in der Wohnung und das Klappern von Pfannen und Töpfen war nicht zu überhören.

Kocht er etwa gerade?

Als er mich entdeckte, lächelte er fröhlich und vielleicht auch ein wenig verlegen. »Guten Morgen.«

»Guten Morgen. Wie spät ist es? Seit wann bist du wach?«, fragte ich, als ich meine Haare ausschüttelte und zusammenband.

Ein lautes Zischen kam aus der Pfanne, die Arden gerade mit der linken Hand schwenkte. Er trug ein dunkelblaues Hemd und sah im Gegensatz zu mir frisch und erholt aus.

»Es ist kurz nach neun. Ich bin vor einer Stunde aufgewacht und konnte nicht mehr schlafen. Dein Schnarchen war einfach zu laut. Da hab ich beschlossen, Frühstück zu machen.«

Ich lies mich auf sein neues Sofa fallen und stützte meinen Arm auf der Lehne ab.

»Haha, du bist ein Blödgesicht«, sagte ich, weil mir gerade keine gescheitere Beleidigung einfiel. Idiot und Arschloch hatte ich für ihn einfach schon zu häufig verwendet.

Arden grinste. »Und du schnarchst wie ein Rudel Bären im Winterschlaf.«

Ich nahm eines der Kissen neben mir in die Hand und hielt es hoch.

»Willst du etwa wieder mit Kissen beworfen werden?«

Abwehrend hob er den Pfannenwender vor sich. »Nein, bitte! Ich nehme es zurück«, rief er.

»Geht doch«, sagte ich zufrieden. »Außerdem sind Bären keine Rudeltiere.«

»Du Schlaubär. Da hat wohl jemand im Biologieunterricht aufgepasst.«

»Erdkunde, wenn ich bitten darf. Aber die viel wichtigere Frage ist: Was gibt es eigentlich?«, fragte ich neugierig.

»Spaghetti Carbonara. Dieses Mal wirklich. Sie sind fast fertig.«

Überrascht reckte ich den Hals und sah Dampf aus dem länglichen Spaghettikochtopf aufsteigen.

»Es ist neun Uhr morgens. Wer kocht um diese Uhrzeit Spaghetti?«, fragte ich überrascht.

Arden hob die Augenbrauen.

»Willst du darauf wirklich eine Antwort?«

»Ich glaube nicht, aber ich bin gespannt. Wie geht es dir heute?«, fragte ich interessiert. Arden hielt für einen Moment inne und hörte auf in der Soße herumzurühren.

»Besser. Danke. Es ist mir ehrlich gesagt etwas unangenehm, dass du mich so gesehen hast«, gab er zu. Es schien ihm wirklich schwer zu fallen das anzusprechen. Niemand zeigte gerne Schwäche, selbst wenn es nur natürlich war. Arden war niemand, der sein Herz auf der Zunge trug und allen erzählte, wie es ihm gerade ging. Er fraß es in sich hinein, bis kein Platz mehr da war. Ich fragte mich, woher das kam und wer ihm das beigebracht hatte.

»Das muss es nicht, aber ich verstehe es. Und ich schwöre, dass ich es nicht herumerzählen werde. Das bleibt unser Geheimnis.«

»Danke«, sagte er zufrieden und begann weiter zu rühren. »Willst du mich nicht fragen?«

»Was fragen?«

»Warum ich im Gefängnis war«, sagte er. Seine Stimme war ruhig und trotzdem war ich mir nicht sicher, ob er auch entspannt war.

»Würdest du mir die Frage denn ehrlich beantworten?«, stellte ich die einzige Gegenfrage, die mir eine kluge Antwort zu sein schien.

Arden lachte kopfschüttelnd.

»Wahrscheinlich nicht.«

»Dann werde ich warten, bis du soweit bist. Irgendwann.«

»Und wenn es dreißig Jahre dauert?«

»Dann schreibst du mir eben eine Postkarte, wenn es so weit ist.«

»Wieso eine Postkarte? Und wohin?«, fragte Arden neugierig.

»Auf die Bahamas. Bis dahin hat das Carsons bestimmt expandiert.«

Unser Lachen schallte durch die offene Wohnung wie durch einen Konzertsaal.

Arden holte zwei ungleiche Teller aus einem Schrank und drapierte die Nudeln auf beiden, als aßen wir in einem Sternerestaurant und nicht in seiner unfertigen Wohnung. Langsam goss er die herrlich duftende Soße über die Spaghetti, die viel gelber aussahen als die, die ich aus dem Supermarkt kannte.

Mit den zwei dampfenden Tellern in der Hand setzte er sich zu mir auf das Sofa und reichte mir das Besteck, das er sich zum Transport in die Gesäßtasche gesteckt hatte. Etwas, wofür ich ihn im Carsons echt getadelt hätte.

»Guten Appetit!«, wünschte er. Geschickt rollte er die Spaghetti mit einem Löffel um die Gabel und schob sie sich in den Mund. Beim Kauen traten seine scharfen Wangenknochen etwas hervor und betonten die Grübchen, die sich um seine Lippen sammelten.

Ich konnte nicht anders als mir einzugestehen, dass er dabei schon ein wenig sexy aussah.

Natürlich war mir seine Attraktivität schon von vornherein aufgefallen, aber wieso diese in den letzten Tagen anfangen musste auf mich zu wirken, war mir ein Rätsel. Warum nicht morgen, oder nächste Woche, oder … nie?

Lag das an meinem Helfersyndrom, oder daran, dass ich gestern mehr von ihm erfahren hatte als von all meinen Ex-Freunden zusammen?

Mir wurde recht schnell klar, dass es keine eindeutige Antwort auf das Kribbeln auf meiner Haut gab. Es war einfach da, weil es da war.

Passte mir das? So gar nicht. Wollte ich das? Auch nicht. Fühlte es sich gut an? Leider ja.

Vielleicht war es aber auch einfach nur eine körperliche Reaktion darauf, dass wir uns so nah gekommen waren. Da konnte das schon mal passieren, oder?

»Es ist nicht vergiftet, keine Angst«, durchschlug Arden das Geflecht aus Fragen, das mich davon abgelenkt hatte, sein Essen zu probieren.

»Versprochen?«, sprang ich auf den Zug auf.

»Natürlich. Wie gesagt. Ich möchte noch etwas in dieser Wohnung wohnen bleiben und du gefällst mir als Vermieterin ehrlich gesagt schon ganz gut.«

Ich spürte, wie mir die Röte in die Wangen schoss und mich in eine Tomate verwandelte. Marcy oder Mom hatte man es selten angesehen, wenn sie verlegen waren, aber das Braun meiner Haut war etwas heller als ihres. Danke dafür, Dad.

Bei dem Gedanken an meinen Vater nahm ich mir vor, ihn später anzurufen und nachzufragen, wie es in Greenville so lief. Aber jetzt wollte ich erst mal Ardens Essen kosten.

Die Spaghetti dufteten herrlich würzig und die Soße sah aus wie auf einem Kochbuchfoto.

Vorfreudig schob ich mir einen Löffel in den Mund. Eine Explosion aus Gewürzen, Parmesan, Bacon und Kräutern umhüllte meine Zunge wie ein Seidentuch.

»O. Mein. Gott. Das ist so gut!«, stöhnte ich nach dem dritten, vierten und fünften Bissen.

Ardens Grinsen spiegelte seine Zufriedenheit.

»Du wiederholst dich.«

»Ja und? Ich habe gerade mein neues Lieblingsessen gefunden«, keuchte ich. »Was ist da drinnen?«

»Kräuter, Gewürze, Bacon, Eier und ganz wichtig: keine Sahne. Dadurch muss man zwar etwas aufpassen, dass das Ei nicht stockt und lehmig bleibt, aber wenn man den Herd nicht zu heiß macht, klappt das. Das Verhältnis bleibt aber mein Geheimnis.«

»Wenn du es mir nicht verrätst, wirst du es wohl jetzt mindestens einmal die Woche für mich kochen müssen«, forderte ich.

Jede Gabelvoll schmeckte herrlich. Ich hatte zugegebenermaßen nicht damit gerechnet, dass Arden so gut kochen konnte. Er wirkte eher wie einer der Menschen, die andere für sich kochen ließen, wenn sie das Budget dafür hatten. Und den Verdacht, dass er Geld besaß, hatte er bei Ikea bestätigt. Niemand shoppte dort, ohne auch nur einmal auf die Preisschilder zu schauen. Ich fragte mich, ob er vielleicht wegen einem Bankraub im Gefängnis gesessen hatte.

»Bekomme ich dafür gratis Sandwiches?«, fragte er.

»Deal!« Ich hielt ihm meine Hand zum Einschlagen hin. Aber Arden lachte nur und stocherte in seinen Nudeln herum.

»Was ist so komisch? Das sind die besten Nudeln, die ich je in unserer verkorksten Kleinstadt gegessen habe. Ungelogen.«

»Es ist schön, wie begeistert du bist. Ich weiß nicht, wann ich das letzte Mal jemanden so begeistern konnte«, gab er ehrlich zu. Das zu hören tat fast schon weh.

»Ich bin jedenfalls begeistert. Wenn du Luigi das vorkochst, stellt er dich bestimmt ein und verheiratet dich mit einer seiner Töchter«, erklärte ich lachend.

»Wieso sollte er das tun?«

»Weil es ein Familienunternehmen ist.«

»Ah, okay. Interessant. Dann werde ich ihm lieber nichts vorkochen. Ich suche mir meine Partnerinnen gern selbst aus.«

»Apropos Luigi, du hast gestern von einem Brief geredet, den er dir für mich gegeben hat. Kann ich den sehen?«, erinnerte ich mich an das Gespräch nach seiner Panikattacke am Abend zuvor. Arden stellte seinen Teller zur Seite, stand auf und hastete zu dem blauen Mantel, den er achtlos über den Treppenpfeiler geworfen hatte. Er tastete die Taschen ab, bis er fand, wonach er suchte.

Er gab mir den Umschlag, den ich neugierig aufriss.

Eine Einladung kam zum Vorschein. Sie war mit gestanzten goldenen Ginkoblättern umrahmt und lud zu dem fünfundzwanzigsten Geburtstag von Brittany Hayworth.

Die Hayworths waren die reichsten Menschen in Hills Ferry. Sie bewohnten ein riesiges Anwesen in den Bergen hinter unserer Kleinstadt und stellten fast jedes Jahr den Bürgermeister oder die Bürgermeisterin. Gerade war es Arlo Hayworth, der Onkel von Brittany. Ein freundlicher kleiner Mann mit grauen Haaren und einer modischen Ray-Ban-Brille.

Jeder hier kannte sie und jeder mochte sie. Es war eine wahnsinnige Ehre, von den Hayworths eingeladen zu werden und ich fragte mich, weshalb gerade ich eine Einladung bekam.

Dann fiel mir ein kleiner gelber Post-it auf, der noch im Umschlag klebte. Ich zog ihn ab und las ihn, drei … vier … fünf Mal, bis ich glauben konnte, was darauf stand.

»Was ist los, Mila? Ist alles in Ordnung?«, fragte Arden, der mich etwas beunruhigt ansah. Wahrscheinlich hatte ich vergessen, zwischendurch zu atmen. Das passierte mir hin und wieder, wenn ich aufgeregt war. Und wenn ich in diesem Moment etwas war, dann aufgeregt.

»Ja, alles ist bestens! Wirklich! Ich soll das Catering für die Hayworths machen. Brittany feiert in zwei Wochen ihren Geburtstag und Luigi hat an dem Tag schon einen Auftrag und schafft das nicht. Er hat mich empfohlen. Sie wollen Freitag um dreizehn Uhr zu einem Probeessen kommen.«

Arden runzelte die Stirn, statt in meine Euphorie einzusteigen. »Welchen Freitag?«

»Diesen, wieso?«, fragte ich etwas verwirrt.

»Heute ist ›diesen Freitag‹«, stellte Arden fest.

Mein Herz setzte geschockt einen Schlag aus. Er hatte recht. Wer wusste, wie viele Tage Luigi diese Einladung schon hatte, aber Fakt war, dass er sie Arden erst gestern gegeben hatte. Und heute war Freitag.

Etwas panisch sah ich mich zu der Uhr um, die in Ardens Küche hing.

»Ich bin ungeduscht, trage dieselben Sachen wie gestern und soll den Hayworths in drei Stunden ein Buffet inklusive Appetithäppchen und Desserts präsentieren. Das schaffe ich nicht. So schnell bekomme ich keine Karte zusammen. Und anrufen muss ich sie auch noch.«

»Ganz ruhig, Mila, alles wird gut. Du gehst dich kurz duschen und ich suche dir ein Hemd von mir raus, das du als Kleid tragen kannst. Das sieht bestimmt gut aus zu deinen Stiefeln. Und dann gehen wir runter, du rufst bei den Hayworths an und bestätigst den Termin und dann überlegen wir uns, was wir schnell kochen können. Okay?«

Ardens Worte beruhigten mich ein wenig. Genau wie sein Plan. Ich gehörte selten zu der spontanen Sorte Mensch und damit war ich bisher gut gefahren. Aber jetzt musste ich etwas aus dem Ärmel schütteln, denn Ardens Überlegung enthielt ein gewisses Maß an Spontanität. Trotzdem hielt ich mich so lange wie möglich an seine Vorschläge.

Nur dass ich über das Hemd, das ich aufgrund des Größenunterschieds gut als Kleid tragen konnte, noch meinen gelben Pullover zog, um mich nicht komplett nackt zu fühlen. Und er hatte recht gehabt. Es stand mir wirklich gut. Wer hätte das gedacht.

Als wir im Carsons ankamen, trommelte ich das Team zusammen

und erklärte allen die außergewöhnliche Situation. Beryll hastete zum Biomarkt eine Straße weiter, um Sachen für Canapés einzukaufen, während unsere Köchin Malory Miniburger und Bruschetta zubereitete. Lawrence schnippelte unterdessen drei verschiedene Arten von Salaten zurecht und richtete alles hübsch an. Selbst die Burger von Malory konnte er ansprechend präsentieren, was an ein Wunder grenzte, weil sie dazu neigte, eher mit dem Geschmack zu punkten, als mit der Optik.

Es herrschte ein riesiger Tumult in unserer Küche, was die Gäste hingenommen hatten. Keiner hatte sich beschwert, als wir ihnen erklärt hatten, dass wir die nächste Stunde nur Kaffee oder Tee servieren konnten. Als sie den Grund dafür erfahren hatten, waren sie Feuer und Flamme gewesen und drückten uns alle ihre Daumen. Das gab uns die Möglichkeit, unsere ganze Konzentration auf das Menü zu lenken. Manchmal liebte ich das Kleinstadtleben.

Als mein Blick das nächste Mal das Zifferblatt der Uhr streifte, war es bereits kurz nach elf. Und wir hatten noch kein Dessert und auch das Buffet wirkte noch etwas ungenügend.

»Lawrence, kannst du unsere schönsten Fleischstücke raussuchen und um kurz vor dreizehn Uhr auf den Grill werfen? Dein Garpunkt ist so gut wie immer perfekt«, wies ich den schlaksigen Ein-Meter-neunzig-Mann an. Er nickte und machte sich auf den Weg in den Kühlraum.

»Darf ich Carbonara machen? Ihr habt alles dafür hier, wenn ich das richtig sehe. Und sie haben dir doch gut geschmeckt, also schmecken sie den Hayworths bestimmt auch. Also?«, fragte mich Arden plötzlich aus dem Nichts. Heute hatte er uns beim Kaffeeausschenken und beim Tomatenschneiden unterstützt.

»Ich weiß nicht, Arden. Eigentlich ist Malory unsere Köchin und ich möchte ihr nicht auf die Füße treten«, sprach ich meine Bedenken offen aus. Ich mochte Malory, sie war so was wie eine Tante für mich, aber deshalb wusste ich auch, dass sie, was ihre Kochkunst betraf, schnell eingeschnappt sein konnte. Und eine im Stolz verletzte Köchin konnte ich gerade so gar nicht gebrauchen.

Aber bevor Arden etwas erwidern konnte, hörte ich auch schon Malorys rauchige Stimme dazwischenrufen.

»Kann er kochen?«

Ein leises Lachen konnte ich mir in Anbetracht der Situation nicht verkneifen. »Ja, kann er.«

»Dann stell ihn ein. Wir können einen zweiten Koch im Team gut gebrauchen«, rief sie zwischen dem Zischen der brutzelnden Buletten hindurch.

»Okay, du hast den Job«, sagte ich und schob Arden in die schmale Vorratskammer.

Er zog an dem kleinen Seil, das unter der Decke hing und so das Licht einschaltete.

»Was, unterschreiben wir hier den Arbeitsvertrag für das Catering? Oder wird das hier ein kleines Stelldichein zum Stressabbau? Auf beides bin ich nicht vorbereitet, obwohl ich gegen Stressabbau generell nichts habe«, scherzte Arden, obwohl mir gerade nicht zum Witzemachen zumute war.

»Ich habe ein Problem, Arden«, sagte ich ernst. Von einer auf die andere Sekunde änderte sich auch sein Ausdruck.

»Was kann ich tun?«

»Kannst du auch backen?«, fragte ich ihn fast schon flehend. Mir schwante, dass Beryll nicht rechtzeitig zurückkam, um sich um die Canapés und das Dessert zu kümmern. Und schon allein bei dem bloßen Gedanken daran, etwas zu backen, stiegen mir die Tränen in die Augen.

»Nicht besonders. Wieso? Kannst du nichts backen?«, fragte mich Arden, der keine Ahnung hatte, welche Abgründe sich hinter meiner Frage verbargen. Aber ich hatte gestern Abend in seine gesehen, also war es nur fair, ihm auch meine zu zeigen.

Scharf sog ich die Luft ein. In Ardens Augen lag dieselbe Besorgnis wie in meinen.

»Ich konnte mal richtig gut backen. Früher sind die Leute deshalb ins Carsons gekommen, um unsere Desserts zu essen und Kaffee zu trinken. Marcy war gut darin, sich Rezepte auszudenken und ich habe sie dann umgesetzt. Aber jetzt ist sie tot und ich bin alleine. Ich glaube, ich kann das nicht, Arden«, schluchzte ich.

Arden sagte nichts. Er legte mir nur die Hände auf die Schultern, um mich dann an seine Brust zu ziehen.

»Ich habe Angst, dass ich es allein einfach nicht kann.«

»Doch, das schaffst du. Weißt du auch, woher ich das weiß?«

Ich legte mein Kinn auf seine Brust und sah zu ihm auf. Seine grünen Augen leuchteten im fahlen Licht der Glühbirne.

»Weil du es mir gestern gesagt hast. Licht besiegt die Schatten, erinnerst du dich?«

Zögerlich nickte ich, aber eine richtige Ahnung, worauf er hinauswollte, hatte ich nicht.

»Lass deine Erinnerungen an Marcy dein Leuchten sein. Mach sie nicht zu deinen Schatten«, flüsterte er sanft.

Als ich realisierte, wie recht er damit hatte, liefen mir die Tränen fast wie Rinnsale die Wangen hinab. Mit seinem Daumen strich er sie mir aus dem Gesicht und schenkte mir ein Lächeln, das nicht wärmer hätte sein können.

»Welches Rezept hatte sie am liebsten?«, fragte er.

Ich überlegte einen Moment und ging die einzelnen Szenen mit meiner Schwester im Kopf durch wie Karteikarten. Eine blieb mir dabei besonders hängen.

Kurz vor der Pumpkin-Party, die jedes Jahr im Herbst vom Bürgermeister im Rathaus veranstaltet wurde, hatten wir eine Pyjama-Party gemacht. Das war schon ein paar Jahre her. Ich hatte mich gerade fürs College beworben und sie hatte ihre ersten Dates auf der High School.

Mitten in der Nacht hatten wir eine tierische Lust auf Erdbeercupcakes bekommen und uns in die Küche geschlichen, um ein Rezept auszuprobieren, was wir im Internet gefunden hatten. Nur leider fehlte uns die Hälfte der Zutaten, weshalb Marcy es umgeschrieben hatte. So wurden daraus Marcys Strawberry Cupcakes ohne Erdbeeren. Eines unserer ältesten eigenen Rezepte.

Mit einem schüchternen Nicken antwortete ich Arden.

»Gut, hast du alles dafür da?«

Ich ging das Rezept im Kopf durch.

250g Mehl, etwas Backpulver und Natron, eine Prise Salz, 150g weiche Butter, dazu 200g Zucker und etwas Vanillezucker, zwei große Eier, eine Vanilleschote, Buttermilch und irgendein Obst, was gerade da war.

»Ja, ich denke schon«, antwortete ich zögerlich.

»Gut, dann gehen wir jetzt da raus und zeigen den Hayworths, dass Mila Carson keine Angst hat.«

Arden löste die Umarmung und drückte die Tür der Vorratskammer auf.

»Bereit?«

»Wenn du es bist«, antwortete ich grinsend.

***

Das Backen ging mir leichter von der Hand, als ich gedacht hatte. Sobald ich die Sachen aus dem kleinen Schränkchen befreit hatte, waren zwar wieder Tränen geflossen, aber es hatte sich gut angefühlt.

Immer wieder strich ich über das karierte Blatt Papier, auf dem Marcy unser Rezept verewigt hatte und bekam so das Gefühl, zumindest einen Teil von ihr hier zu haben. Sie war mein Licht, nicht mein Schatten, so wollte ich sie in meinen Erinnerungen behalten. Und nicht als dunklen Schleier, der mir eine Heidenangst einjagte, wenn nur die Chance bestand, an das, was ich verloren hatte, erinnert zu werden. Und immer, wenn ich einen Arbeitsschritt beendet hatte, warf ich einen Blick zu Arden. Ich hatte seine Spaghetti gekostet. Darüber, dass sie nicht schmeckten, machte ich mir keine Sorgen. Es war eher andersrum. Seine Blicke gaben mir den Halt, den ich brauchte. Wenn ich den Teig in die Förmchen goss, wenn ich ihn aufbackte und wenn ich die Buttercreme aufspritzte. Seine smaragdgrünen Augen waren da. Er hatte mich im Blick, um mich aufzufangen, wenn ich fiel. Und unabhängig davon, ob er es wirklich tun würde, gab es mir Sicherheit.

***

Kurz vor zwölf begannen wir alles so schön wie möglich anzurichten, um die Familie Hayworth zu beeindrucken. Ich wollte diesen Auftrag und gebrauchen konnten wir ihn auch. Greenville war nicht gerade günstig, auch wenn Dads Krankenversicherung den Großteil der Behandlung bezahlte.

Voller Stolz spritzte ich das Vanille-Topping auf die Cupcakes und verteilte kleine Apfelstückchen auf den Kronen. Ich hatte sie vorher karamellisiert, damit sie besonders süß schmeckten und die Vanille so ausbalancierten. Marcy wäre stolz auf mich.

Schnell räumten wir die Küche auf, womit Beryll Gott sei Dank direkt angefangen hatte, nachdem ihre Canapés fertig geworden waren. So hatten wir nur noch Kleinigkeiten zu tun. Lawrence und Arden richteten unsere Ergebnisse auf den Arbeitsflächen an, während ich die letzten Krümel in den Abfalleimer wischte.

Als das Glöckchen der Ladentür dann klingelte, hielten wir alle für einen kurzen Moment die Luft an und sahen in die Runde. Jeder schien zufrieden mit der eigenen Arbeit, was die beste Voraussetzung war für das, was folgte.

Zwei Personen, die schon Autorität ausstrahlten, betraten das Carsons: Brittany und ihr Vater Gulliver Hayworth. Brittany war wunderschön und wie immer gut gekleidet. Der blonde Pferdeschwanz wirkte durch das blaue Rüschenminikleid nur noch blonder. Alles an ihr schrie nach Sommer, weshalb ich froh war, dass die Sonnenstunden und Temperaturen jeden Tag etwas weiter auf der Wetterleiter emporkletterten. Bei so sommerlichen Temperaturen Mitte Mai konnte es nur eine tolle Party werden.

Brittanys Arm hing an dem Arm ihres bulligen Vaters. So wie seine Tochter auch war der stattliche Gulliver immer am Lächeln. Beide begrüßten freundlich die Gäste und ließen sich dann von Lawrence und mir in die Küche führen.

Aufgeregt wippte ich von einem Bein auf das andere, während Malory den Gästen von allem ein wenig auftat. Plötzliche Beruhigung konnte nur Ardens warme Hand verschaffen, die auf meiner linken Schulter ruhte.

»Entspann dich. Das Essen ist köstlich«, flüsterte Arden mir zu.

Der weiche Klang seiner Stimme floss wie prickelnder Zucker durch meinen Körper. Egal, wie sehr ich versuchte, ruhig zu atmen, ich scheiterte. Seitdem ich gestern bei ihm übernachtet hatte, war etwas zwischen uns anders. Näher irgendwie. Es war schwer zu beschreiben, aber für mich war es ehrlich gesagt noch schwerer damit umzugehen.

Dass gerade er es war, der versuchte mich zu beruhigen, fühlte sich seltsam an. Nicht falsch. Nur seltsam.

Ich versuchte mich von meinen Gedanken abzulenken, indem ich die Hayworths beim Probieren unserer kleinen Köstlichkeiten beobachtete.

Alles schien bei ihnen gut anzukommen, denn jedes Pröbchen war am Ende der Verkostung rückstandslos verschwunden.

»Was sagen Sie, Brittany und Mr Hayworth? Konnte das Carsons-Team Sie zufriedenstellen?«, fragte ich freundlich, während ich den beiden ein paar Servietten reichte, mit denen sie sich den Mund abtupfen konnten.

»Großartig Mila, wirklich. Ich freue mich so, dass Sie wieder backen. Die Cupcakes waren ein Traum. Ich hätte gerne drei verschiedene Sorten für meine Party«, sagte Brittany. Sie straffte ihren blonden Pferdeschwanz und lächelte uns freundlich an.

»Dankeschön. Das freut mich sehr«, bedankte ich mich geschmeichelt.

»Und die Spaghetti, von denen könnte ich glatt fünf Teller essen. Ich wusste gar nicht, dass Sie so tolle Pasta machen, Malory. Passen Sie auf, so machen Sie unserem guten Luigi noch Konkurrenz«, merkte Gulliver lachend an.

»Ihr Lob ehrt mich, Mr Hayworth, aber leider muss ich es an unseren neuen Hilfskoch abtreten. Arden Kingsley hat sie zubereitet«, stellte Malory klar. Für einen Moment hatte ich Bedenken, ob sie das vielleicht kränkte, aber so wie sie Arden ansah, hatte sie kein Problem damit, dass er die Lorbeeren erntete.

»Oh, wirklich. Das ist toll. Dann wird direkt ein neues Gesicht in Hills Ferry Gast auf unserer Party sein. Das freut uns sehr. Das gilt übrigens für alle Mitglieder des Catering-Teams. Bringen Sie sich etwas Schickes mit. Nach der Arbeit feiern wir gemeinsam.« Jedes von Mr Hayworths Worten klang aufrichtig. So war das in Kleinstädten. Ich kannte es nicht anders, aber Ardens Blick nach zu urteilen überraschte ihn diese Einladung sehr.

»Also haben wir den Job?«, fragte ich mit einem zuversichtlichen Grinsen auf den Lippen.

»Aber natürlich. Wir sind sehr glücklich, dass Sie es so kurzfristig schaffen. Drei Wochen Vorbereitung und Planung für eine Party mit zweihundert Gästen ist nicht ohne«, sagte Mr Hayworth.

»Da haben Sie recht, aber das bekommen wir hin!«

Als ich meine zuversichtlichen Worte aussprach, begannen meine Mitarbeiter zustimmend zu nicken. Jeder hier freute sich über den Auftrag. Es war für alle eine Abwechslung vom Tagesgeschäft und die Hayworth Partys waren legendär. An eine Einladung zu kommen, grenzte normalerweise eher an eine Unmöglichkeit. Aber das Wichtigste war, wir hatten den Job.

Wenn wir es nicht vollkommen in den Sand setzten, könnte ich Dads Klinikaufenthalt gut abstottern. Allein durch diese Erkenntnis fiel mir eine Last von den Schultern. Letztendlich konnte es nur besser werden, oder?

KAPITEL 10

Mila

In den nächsten zwei Wochen beschäftigte mich hauptsächlich Ardens Einarbeitung. Dass er bei uns eingestiegen war, war ja eher eine spontane Entscheidung gewesen. Aber manchmal fragte ich mich wirklich, ob das eine so gute Idee gewesen war, meinen Mieter einzustellen. In manchen Momenten hatte ich das Gefühl, dass er keine Ahnung hatte, wie das Arbeitsleben funktionierte.

Die ersten zwei Tage war er direkt zu spät gekommen, am dritten Tag hatte er sich versehentlich im Kühlraum eingeschlossen. Nachdem er nach fünf Minuten noch immer nicht zurück in der Küche vor dem Herd stand, wo seine Spaghetti Napoli gerade verkochten, war Malory nachsehen gegangen. Das hatte ihm vermutlich das Leben gerettet. Als Ausgang konnte ich mir wirklich schlimme Szenarien ausmalen.

Am vierten Tag hatte sich offenbart, dass er noch mehr Sorten Pasta kochen konnte. Aber wirklich nur Pasta. Nichts anderes. Damit würden wir Luigi zwar weniger Konkurrenz machen, aber als Aushilfskoch war das doch recht dürftig. Dafür machte er wenigstens seinen Nudelteig selbst und der war richtig gut.

Wir hatten seine Pastagerichte in unser Mittagsangebot eingebaut. Das kam bei den Gästen wirklich gut an. Ardens Spaghetti Carbonara waren dabei unser absoluter Verkaufsschlager.

Wenn mittags die ersten Portionen bestellt wurden, war er dazu übergegangen, immer etwas mehr zu machen, um denen von uns, die an diesem Tag arbeiteten, eine kleine Pause einzuräumen.

Wir saßen dann zehn Minuten in der Küche und aßen gemeinsam zu Mittag, während Arden es kurz übernahm, die Gäste zu bedienen. Ich wusste nicht, wann ich zuletzt einfach so mit Lawrence, Beryll und Malory gesessen und gelacht hatte. Es war auf jeden Fall Gold für unser Arbeitsklima, auch wenn es schade war, dass er dadurch immer später Pause machte und nie dabei war.

Das Wochenende hatte er dann frei gehabt und seitdem lief es eigentlich gut im Carsons. Bei allen anderen. Nur nicht bei mir.

Ich war häufig abgelenkt, stand jeden Tag vor dem Backschrank und überlegte, was ich backen sollte, nur um es am Ende doch zu lassen, weil ich mein Herz und wie es sich dabei zusammenzog nicht ertragen konnte. Den anderen war auch schon aufgefallen, dass ich etwas neben der Spur lief. Besonders Arden schien das im Blick zu behalten. Er beobachtete mich häufig sorgenvoll, was mich regelmäßig aus dem Konzept brachte.

Seit dem Tag mit ihm hatte es sich zwischen uns verändert. Dieser Abend hatte das Eis gebrochenen. Nun trieb ich im kalten Wasser und wusste nicht, wohin ich schwimmen sollte.

Seit Marcys Tod fragten mich ständig alle Leute, ob es mir gut ging, aber eigentlich wollte niemand eine ehrliche Antwort darauf haben. Sie wollten nur ein einfaches »Danke, es geht mir gut« hören, um dann »Das freut mich. Die Zeit heilt alle Wunden« oder ähnlichen Mist antworten zu können.

So bestätigten sie sich, dass sie ein Herz hatten und für andere da waren. Ganz am Anfang, als ich noch dachte, dass die Menschen für mich da waren und sich wirklich dafür interessierten, wie es mir ging, hatte ich noch versucht ehrlich zu sein. Aber niemand konnte das bewältigen. Die meisten suchten nach Ausreden, warum sie schnell wegmussten oder das Gespräch nicht vertiefen konnten. Dabei gab es so viele Gefühle, die in mir tobten.

Ich fühlte mich leer.

Ich fühlte mich zu viel.

Ich war wütend, traurig, verletzt.

Aber am schlimmsten war das Alleinsein.

Als mir auffiel, dass es beinahe niemanden gab, der sich für das interessierte, was in mir vorging, hatte ich es bereits so oft versucht. Mein Herz sei ein offenes Buch, hatte Arden gesagt und es stimmte. Ich zeigte jedem das, was er von mir sehen wollte. Ich gab ihnen einzelne Teile des Mila-Rodriguez-Carson-Puzzles, damit sie zufrieden waren. Diese konnten sie zusammensetzen, um sich selbst besser zu fühlen.

Bei Arden war es anders. Bei ihm hatte ich das Gefühl, dass er wirklich alles sah, auch wenn er selten etwas sagte. Wie ich darauf kam? Keine Ahnung. Vielleicht war es der Ausdruck in seinen strahlend grünen Augen, oder wie er zwischendurch über meinen Arm strich, oder wie er mich ansah. Und am Ende war es alles nur Einbildung, weil ich wollte, dass er mich sah.

***

»Guten Morgen!«, hallte es fröhlich durch das leere Carsons, als ich gerade dabei war, unsere Kasse einzuzählen, damit der Tagesbetrieb starten konnte.

Das Licht der warmen Morgensonne schien durch die Fenster und tauchte unser kleines Bistro in ein sattes Orange. Es war herrlich.

»Guten Morgen«, rief ich zurück.

Wie viel Geld war jetzt in der Kasse?

Mist, ich hatte mich verzählt. Schon wieder.

Frustriert räumte ich das Geld, das ich in den Händen hielt, wieder in die Kasse, um noch mal von vorn anzufangen.

Ich hörte die Küchentüren hinter mir aufschwingen und wie Arden um den Tresen ging. Er schob sich auf den Barhocker hinter der Kasse.

Arden musterte mich über den stählernen Vintagekoloss hinweg. Seine Mundwinkel verzogen sich zu einem schiefen Grinsen.

Er schob mir ein Päckchen über die Holzplatte zu. »Happy Birthday.«

Ich erstarrte in der Bewegung, die Fünfzig-Dollar-Scheine in die Kasse zu schieben. Woher …?

»Lawrence hat uns gestern dran erinnert«, antwortete Arden, als könnte er meine Gedanken lesen. Obwohl es wahrscheinlich mein Blick gewesen war, der mich verraten hatte.

»Dankeschön.« Völlig perplex stand ich einfach nur da und starrte ihn an, als hätte er mir gerade eine Eigentumswohnung geschenkt.

»Willst du es nicht aufmachen?«, fragte er gespannt. Mein Blick wanderte von dem attraktiven Mann vor mir zu dem kleinen, unsauber eingepackten Geschenk. Auf dem roten Papier waren kleine bunte Luftballons zu sehen und die Schleife klebte schief auf der Vorderseite. Er hatte entweder Bastel-, Heiß- oder Sekundenkleber verwendet, um sie anzubringen. Das verrieten die feinen Klebefäden, die sich wie Spinnweben an dem Geschenkpapier entlangzogen.

Vorsichtig strich ich mit einer Hand über das Papier und schüttelte den Kopf. Es hatte einen Grund, weshalb ich meinen Geburtstag seit dem letzten Jahr ignorierte. Ich wollte nicht feiern, dass ich lebte, während meine kleine Schwester in einem Sarg auf dem örtlichen Friedhof ruhte. Auch wenn ich begriffen hatte, dass sie mein Licht war, schaffte ich es einfach nicht.

Tränen brannten wie Pfeffer in meinen Augen. Eine starke Traurigkeit durchflutete mich. Sie packte mich und wollte mich in einen tiefen Abgrund zerren.

Ich zog eine Serviette aus dem Ständer hinter dem Tresen und wischte sie direkt wieder ab. Seit Arden da war schienen alle Emotionen, die ich so lange zurückgehalten hatte, aus mir herauszubrechen. In der Schule hätte man mich wahrscheinlich als Heulsuse betitelt.

»Weißt du, Geburtstage sind nicht so mein Ding«, murmelte ich traurig.

Arden runzelte die Stirn.

»Ist das, was deiner Schwester passiert ist, der Grund dafür?«, fragte er vorsichtig.

Augenblicklich bildete sich ein Kloß um meine Stimmbänder. Ein kalter Schauer lief mir über den Rücken. Und mit den Tränen kamen die ersten Worte.

»Marcy war sechzehn und wollte mit ein paar Freundinnen ihren Highschool-Abschluss feiern. Deshalb hat Dad ihr erlaubt, zu einem Konzert ihrer Lieblingsband nach L.A. zu fliegen. Es war das letzte, für das es noch Karten gab. Sie hat sich so wahnsinnig darauf gefreut. Aber dann ... dann ist das Flugzeug in ein Unwetter geraten und der Pilot hat die Kontrolle verloren. Alle Passagiere sind gestorben«, schluchzte ich aufgebracht und mein Herz fühlte sich wieder wie in der Nacht, in der wir es erfahren hatten. Zersplittert.

»Es war kein technischer Fehler, sondern menschliches Versagen«, stellte Arden bestürzt fest.

Ich nickte stumm.

»Was war mit ihren Freundinnen?«

»Die waren schon einen Tag früher geflogen, weil sie noch jemanden besuchen wollten«, antwortete ich kurz.

»O Gott. Es hätte ihr das Leben gerettet, wenn sie mit ihnen geflogen wäre. Wenn sie ausnahmsweise mal nicht auf mich gehört hätte. Aber ich habe ihr gesagt, dass sie den Mathetest nicht schwänzen sollte, weil sie ein Stipendium für die NYU wollte«, schluchzte ich. Eine Schnodderblase blies sich auf, nur um dann mit einem leisen Plopp wieder zu zerplatzen.

Arden kommentierte es nicht, er riet mir nichts, er reichte mir einfach nur eine weitere Serviette und streichelte beruhigend über meine Hand.

Die ganze Schuld, die ich seit Marcys Tod auf meinen Schultern balancierte, drohte hinabzustürzen und mich unter ihrer Last zu zertrümmern.

»Weißt du, was wir heute machen?«, fragte er mich plötzlich.

Ich wischte den Rest meiner Tränen in meinen Pullover und sah ihm in die leuchtend grünen Augen.

»Ich weiß, dass dir das im ersten Moment Angst einjagen könnte, aber vielleicht hilft es auch. Ich möchte, dass du mir zeigst, wie man backt.«

»Wie man backt?«

Arden nickte. »Ich habe noch nie in meinem Leben etwas gebacken.«

Überrascht starrte ich ihn an. »Nicht mal Weihnachtsplätzchen?«

»Nicht mal Weihnachtsplätzchen.«

»Oh, wow«, antwortete ich verblüfft, weil ich nicht wusste, was ich anderes darauf antworten sollte.

»Und so wie du über deine Schwester sprichst, fände sie es bestimmt toll, wenn du mir zeigen würdest, wie das geht.«

Wahrscheinlich hatte er recht, mit dem was er sagte. Marcy hatte ihre Rezepte geschrieben, damit die Menschen sie probieren konnten und nicht damit sie im Schrank einstaubten. Aber was, wenn ich es nicht schaffte? Wenn ich scheiterte und Marcy wieder zu meinem Schatten wurde?

Konnte ich das riskieren? Wollte ich das? Andererseits hatte ich es schon einmal geschafft: Auch wenn ich einen Großteil des Teiges vollgeheult hatte, war er gut angekommen.

»Wir müssen ja nicht sofort anfangen. Du könntest auch erst mal dein Geschenk öffnen. Ich habe gehört, dass es ziemlich cool und einzigartig sein soll«, sagte er selbstüberzeugt.

»Das beste Geschenk meines Lebens?«, fragte ich ihn. Arden zuckte nur mit den Schultern.

»Gut möglich.«

Vorsichtig löste ich das billige Papier an den Klebestreifen. Das, was darunter zum Vorschein kam, überraschte mich. Ich wusste zwar nicht, was ich von Arden erwartet hatte, aber das hier definitiv nicht.

Es war ein kleiner Ordner, auf den er mit Acrylfarbe Marcy und mich gemalt hatte. Über unseren Köpfen stand in verschiedenen Sprachen das Wort »Rezepte«.

»Es ist wunderschön, Arden. Du hast so ein unfassbares Talent. Woher wusstest du das?«

Arden grinste. »Ich habe super Kontakte zum Weihnachtsmann. Bevor ich ein Bad Boy wurde, stand ich am Nordpol hoch im Kurs.«

»Und das ist die Wahrheit?«, fragte ich grinsend.

»Nicht ganz. Lawrence hat mir erzählt, dass du und Marcy auch viel mit seiner Tochter gebacken habt. Von ihm habe ich auch das Bild. Ihr wart wohl ganz schön backwarenverliebt. Aber ich schwöre, dass der Bad Boy Teil nicht gelogen ist«, erklärte Arden und hob dabei den kleinen Finger.

»Und wann hast du dich entschieden, ein Bad Boy zu werden?«, fragte ich grinsend.

Arden überlegte einen Moment, bevor er antwortete.

»Das muss kurz bevor ich ins Koma versetzt wurde, passiert sein.«

Entgeistert sah ich ihn an. Den trainierten, fitten jungen Mann vor mir. Doch dann fiel mir die Narbe auf seiner Brust ein.

»Kommt die Narbe davon?«, fragte ich.

Arden nickte.

»Ich war nach einem Unfall ziemlich schwer verletzt. Dann gab es noch eine Infektion und man hat mich ins künstliche Koma versetzt. Als ich aufgewacht bin, war ich ein Schatten meiner selbst. Eine wandelnde Leiche. Ich habe mich nicht wiedererkannt. Plötzlich hatte ich keine Muskeln mehr. Ich konnte nicht mal einen Stift vernünftig halten. Und dann musste ich auch das Laufen neu lernen. Dabei hat mir ein Exoskelett geholfen. Das ging gut, weil meine

Wirbelsäule nicht schwer verletzt worden war. Aber sieh mich an, ich habe mich zurück an die Spitze gekämpft.«

Beeindruckt sah ich ihn an.

»Und was bedeutet das Tattoo?«

Arden zögerte, bevor er zu reden begann, als müsste er seine Worte weise wählen.

»Das ist Anubis, der ägyptische Gott der Totenriten. Er erinnert mich jeden Tag daran, das Leben zu schätzen, auch wenn es hart sein kann.«

Ich verstand, was er meinte und auch, was er damit ausdrückte. Wir sollten unser Leben nicht damit verbringen, den Tod zu fürchten.

Also beschloss auch ich das jetzt einfach mal auszuprobieren. Dann konnte ich am Ende immer noch sagen, dass ich es wenigstens versucht hatte.

Also ließ ich Lawrence die Kasse einzählen und verkrümelte mich mit Arden in der Küche.

Die ersten zwei seiner fünf Versuche, einfache Chocolate-Chunk-Muffins zuzubereiten, verbrannten im Ofen. Die anderen waren ganz okay.

Dann zeigte ich ihm, wie man eigene Buttercreme herstellte. Dafür hatte er leider kein richtiges Gefühl. Ich wusste nicht, wie er das schaffte, aber seine Creme blieb nie stehen. Marcy hätte sicher einen Weg gefunden, es ihm zu zeigen, aber mir fehlte dafür einfach die Geduld. Also ließ ich es bleiben und überlegte mir etwas ganz anderes.

»Weißt du was, Arden?«

»Nein, aber mein inneres Chi meinte gerade, dass du mir bestimmt gleich etwas verrätst«, scherzte er grinsend.

Es tat wirklich gut, das mit ihm gemeinsam zu machen. Arden gab mir das Gefühl gebraucht zu werden. Und jeder Gedanke an Marcy, den ich in den letzten Stunden gehabt hatte, war ein schöner gewesen. Ich fühlte mich ihr näher und nicht weiter entfernt. Etwas, wofür ich ihm ewig dankbar sein würde.

»Wir werden jetzt Weihnachtsplätzchen backen«, erklärte ich stolz.

Arden hob eine Augenbraue.

»Es ist Mai? Draußen sind fünfundzwanzig Grad und du willst Weihnachtskekse backen?«

»Ganz genau.«

»Gut, dann lass uns Weihnachtsplätzchen backen.«

Es war keine Kunst, einen Mürbeteig zuzubereiten. Dabei konnte man nicht besonders viel falsch machen. Gute Voraussetzungen, wenn man bedachte, dass wir alle Cupcakes, die Arden heute produziert hatte, an die Gäste verschenken mussten. Ich hätte ein schlechtes Gewissen gehabt, wenn jemand auch nur einen Cent dafür gezahlt hätte.

Aber den Mürbeteig bekam er richtig gut hin.

Er war gerade dabei, ihn auf unserer Arbeitsplatte durchzukneten und auszurollen. Fasziniert beobachtete ich das Spiel seiner Armmuskulatur. Er musste super hart trainiert haben, um wieder so in Form zu kommen und dafür verdiente er meinen vollsten Respekt.

»Ich kann das Hemd für dich auch ausziehen, wenn du dann noch mehr Spaß hast. Du hast heute immerhin Geburtstag«, riss mich Arden aus den Gedanken. Peinlich berührt lenkte ich meinen Blick weg von ihm zu dem ausgerollten Teig hin.

Und obwohl ich nicht hinschaute, sah ich sein grinsendes Gesicht vor meinem inneren Auge. Und das schon seit Tagen. Seit wir uns ausgesprochen hatten, fühlte ich mich wohl in seiner Gegenwart.

»Ich fühle mich auch wohl in deiner Gegenwart«, sagte Arden plötzlich.

Irritiert sah ich zu ihm auf und musste feststellen, dass er nun direkt vor mir stand.

»Was hast du da gerade gesagt?«

»Dass ich mich in deiner Gegenwart auch wohlfühle.«

»Wieso auch …?«

Doch dann dämmerte es mir. Hatte ich meine Gedanken gerade laut ausgesprochen?

»Oh, das ist mir jetzt irgendwie peinlich«, rutschte es mir raus.

Arden lachte.

»Muss es nicht. Wir sind erwachsen. Es ist okay, jemandem so etwas zu sagen.«

»Du hast gut reden. Du hast ja auch nichts gesagt, was einem unangenehm sein könnte.«

»Ich denke, seitdem ich dich das erste Mal gesehen habe daran, dich zu küssen«, gestand er plötzlich.

Meine Augen weiteten sich und wieder war ich diejenige, die peinlich berührt dreinsah.

»Ist das wahr?«, fragte ich.

Arden nickte.

»Es ist manchmal wirklich verrückt, zu wem man sich hingezogen fühlt«, antwortete er ehrlich und mit einem breiten Grinsen auf den Lippen.

»Du fühlst dich also zu mir hingezogen? Von Anfang an?«

Arden nickte.

Ich spürte, wie sich ein Kribbeln in mir ausbreitete. Es begann in den Füßen, um höher und höher zu wandern und zwischen meinen Schenkeln zu verweilen. Mir wurde warm, nein, mir wurde heiß, weil Arden Kingsley mir sagte, dass es ihm auch so ging. Ich bildete mir die Chemie zwischen uns also nicht nur ein.

»Und du wolltest mich die ganze Zeit küssen?«

»Nicht die ganze Zeit, aber ich habe oft dran gedacht.«

»Und warum hast du es nicht gemacht?«, fragte ich neugierig.

»Es hat sich einfach nicht ergeben, denke ich.«

Noch bevor ich wusste, dass ich es tun würde, machte ich einen weiteren Schritt auf Arden zu. Zwischen uns war keine Handbreit Platz, sodass ich seinen Atem auf meiner Nasenspitze spüren konnte. Er war warm und roch nach Vanille-Buttercreme. Und unweigerlich begann ich mich zu fragen, ob er auch danach schmeckte.

»Denkst du jetzt gerade daran?«, flüsterte ich fragend.

»Ja, tue ich. Was ist mit dir?«

»Ich auch«, gab ich zu. »Vielleicht sollten wir es dann einfach tun.«

Keine Sekunde später spürte ich Ardens warme Finger, wie sie meine Wangen zu sich zogen. Ich schloss die Augen in voller Erwartung auf Vanille-Buttercreme. Doch sie kam nicht. Stattdessen schmeckte ich Arden. Seine Haut und das Mehl, das auf seinen Lippen klebte, und das war noch viel besser als Vanille-Buttercreme.

Und mir wurde klar, dass Beryll recht gehabt hatte.

Da war etwas zwischen uns. Ich wusste nicht was, aber es war da.

Kapitel 11

Arden

Nachdem ich Mila nach einer langen Schicht nach Hause gefahren hatte, parkte ich meinen Pick-up wie üblich auf einem der freien Parkplätze vor dem Carsons.

Brittany Hayworths Geburtstag rückte immer näher und es gab noch einiges vorzubereiten. Die nächsten zwei Tage würde ich damit verbringen, in der Küche des Carsons zu stehen und frischen Nudelteig für das Catering am Wochenende zuzubereiten. Ich fühlte mich geschmeichelt, wie gut meine Kochkünste hier ankamen, aber gleichzeitig setzte es mich auch unter Druck. Aber das war nichts, was eine heiße Dusche und eine Mütze Schlaf nicht regeln konnten.

Als ich die Handbremse anzog und durch das Fenster zu meinem Apartment hochsah, fiel mir auf, dass das Licht brannte.

Stirnrunzelnd dachte ich einen Moment darüber nach, was ich getan hatte, bevor ich gegangen war.

Ich war hochgesprintet, hatte innen links neben der Tür den Lichtschalter betätigt. Mir den Schlüssel vom Fjällbo geschnappt, das Licht ausgeschaltet, angezogen und abgeschlossen. Erinnerte ich mich vielleicht falsch? Hatte ich das Licht überhaupt nicht ausgeschaltet? Hatte ich es im Eifer des Gefechts brennen lassen? Hatte ich es überhaupt eingeschaltet?

Nachdem ich die Autotür hinter mir zugeschlagen hatte, ging ich dem Bedürfnis nach, zweimal zu kontrollieren, ob ich abgeschlossen hatte. Sicher war sicher, wenn ich nicht wollte, dass mir mein Verstand weiter Streiche spielte.

Im diesigen Licht lief ich durch die schmale Gasse neben dem Carsons, um zum Hintereingang zu gelangen. Meine Schritte hallten über den schlecht beleuchteten Asphalt. Kies knirschte kaum hörbar unter den Sohlen meiner Schuhe.

Aber da war noch etwas. Ein anderes Geräusch.

Leise surrte es in der Dunkelheit der Nacht.

Was zum Teufel war das? Das hier ist doch kein verdammter Horrorfilm.

Und trotzdem kam ich nicht umhin mir vorzustellen, wie ein maskierter Geisteskranker aus der nächsten Ecke hervorsprang, um mir meine Gliedmaßen abzutrennen.

Ein kaltes Schaudern fuhr durch meinen Körper und hinterließ Mitte Mai ein eisiges Gefühl.

Einen Moment lang versuchte ich die Luft anzuhalten und genau auf meine Umgebung zu hören.

Das surrende Geräusch war nicht zu hören, dafür aber das Schlagen eines einzelnen Flügels.

»Was zum?«, flüsterte ich in die Dunkelheit, die mich umgab.

Langsam zog ich mein Smartphone aus der Tasche und klickte auf das kleine Taschenlampensymbol im Menü.

Ein heller Lichtkegel erfüllte die Gasse, was sie nicht weniger gruseliger machte. Das Licht sorgte nur dafür, dass die Umgebung noch schwärzer wirkte.

Langsam fuhr ich mit dem Lichtkegel meine Umgebung ab. Nasse Pappkartons stapelten sich, daneben standen die Mülltonnen, die zu meiner Wohnung gehörten. Nichts Überraschendes oder Gruseliges.

Als ich gerade damit begann mir einzureden, dass ich immer paranoider wurde, zerriss ein lautes Knacken die Stille und aus dem Augenwinkel nahm ich eine Bewegung war.

Ruckartig drehte ich mich und richtete die Taschenlampe auf das, was die vermeintliche Ursache dafür war.

Ein Blatt Papier hatte sich zwischen Rand und Deckel eines Müllcontainers verfangen und flatterte in den unregelmäßigen Windstößen.

Ich lachte leise, ging hinüber und zog das Blatt heraus. Dabei blieben meine Augen an einem der Pappkartons hängen. Er war kleiner als die anderen, und hatte mal Dosenbohnen beinhaltet. Er bewegte sich ein wenig und gab ein leises Rascheln von sich.

Vorsichtig hockte ich mich vor den Karton und schlug eine der Klappen auf. Mit dem Licht der Taschenlampe leuchtete ich hinein. Eine verschreckte Katze kauerte sich zusammen und fauchte mich an.

»Tut mir leid, Tiger, ich wollte dich nicht blenden«, murmelte ich entschuldigend und schwenkte die Taschenlampe zur Seite, um ihr nicht weiter weh zu tun.

Ihr Fell war grau und so dreckig, dass ich mir einbildete, Flöhe mit bloßem Auge zu erkennen. Ihre Rippen traten deutlich hervor und ließen mich vermuten, dass sie länger als eine Ewigkeit kein vernünftiges Futter mehr zu Gesicht bekommen hatte. Ich überlegte einen Moment, ob ich noch etwas hatte, was ich ihr anbieten konnte. Doch das Einzige, was mir einfiel, war die Salami in meinem Kühlschrank, die eigentlich Teil meines Frühstücks war.

Die Katze musterte mich mit ihren großen schwarzen Augen. Ich würde nicht sagen, dass sie Angst vor mir hatte, aber Respekt war offenbar da. Für einen Moment überlegte ich, sie aus dem Karton zu holen, entschied mich aber dagegen, weil ich mal gehört hatte, dass so ein Kratzer oder ein Biss schlimme Entzündungen verursachen konnte.

»Hmm, was mache ich nur mit dir?«, fragte ich die Katze, die sich mit jeder Sekunde weniger von mir bedroht zu fühlen schien.

Sie miaute leise, als wollte sie mir wirklich eine Antwort auf meine Frage geben. Ein Lächeln konnte ich mir nicht verkneifen.

Als Kind hatte ich mir immer ein Haustier gewünscht, aber mein Vater hatte es nicht erlaubt. Die Begründung war, dass unsere Familie keine richtigen Freunde haben konnte. Nur Verbündete, und die wechselten je nach Interesse. Ich sollte mich nicht emotional an jemanden oder etwas binden, sondern stattdessen schauen, wer mir am meisten zu bieten hatte.

Aber so war ich nicht mehr. Dieses Leben war vorbei. Jetzt war ich Arden und entschied, dass es an der Zeit war, nicht mehr danach zu suchen, wer mir das meiste bieten konnte, sondern etwas zurückzugeben. In diesem Fall hatte die abgemagerte Katze in dem Karton gerade den Jackpot in Form einer Packung Salami gewonnen.

Morgen würde ich mit ihr zum örtlichen Tierarzt fahren für den Fall, dass jemand sie schon seit Längerem schrecklich vermisste.

»Ich entschuldige mich jetzt schon mal für die Entführung«, flüsterte ich dem Tier zu, dessen Blick mittlerweile nicht mehr ganz so ängstlich, sondern neugierig aussah.

Wieder gab die Katze ein leises Mauzen von sich.

»Das fasse ich jetzt mal als Zustimmung auf«, sagte ich und klappte den Deckel wieder zu, damit ich den Karton richtig fassen konnte. Das Tier hielt so still, dass ich zwischenzeitlich befürchtete, ich hätte Schrödingers Katze im Arm.

Einhändig schaffte ich es, die Eingangstür aufzuschließen, genau wie meine Wohnungstür. Abschließen würde ich sie, wenn ich die Katze in Ruhe abgesetzt hatte.

Mit meiner Rückseite stieß ich gegen die Wohnungstür, damit sie hinter mir ins Schloss fiel.

Vorsichtig stellte ich den Karton auf den Couchtisch und hob dieselbe Klappe an wie zuvor.

»Du hast es überlebt, kleiner Tiger. Ich werde dir jetzt eine Salami holen gehen«, erzählte ich der grauen Katze, die mich mit großen Augen anstarrte, aber keine Anstalten machte, aus dem Karton zu springen.

Als ich mich umwandte, erstarrte ich, als hätte ich gerade in das Gesicht der leibhaftigen Medusa geschaut. Nur dass die Person, die da in meinem Türrahmen stand, keine Frisur trug, die aus Schlangen bestand. In Sachen Heimtücke stand er Medusa aber in nichts nach.

»Schön dich wiederzusehen ... jetzt Arden, wenn ich mich richtig erinnere, oder?«

»Was willst du, Gerrick?«, fragte ich bissig. Es gab kaum einen Menschen, den ich weniger leiden konnte als diesen zwielichtigen Journalisten. Er gehörte zu der schlimmsten Sorte Abschaum.

Seinetwegen hatte ich New York verlassen und seinetwegen musste ich schon wieder neu anfangen. Aber irgendwie konnte ich ihm auch ein klein wenig dankbar sein. Sonst hätte es mich wahrscheinlich nie nach Hills Ferry verschlagen. Trotzdem war dieser Typ nach meinem Vater und meinem Bruder das wahrscheinlich größte Arschloch, das ich kannte.

Automatisch nahm ich eine Verteidigungshaltung ein, was den blonden Hünen nicht davon abhielt, meine Wohnung zu betreten und die Tür provokant hinter sich zufallen zu lassen.

Mit dunklen Augen funkelte er mich an. Langsam schritt er in seinem dunklen Mantel, für den es eigentlich schon seit Tagen zu warm war, auf mich zu. Er erinnerte mich ein wenig an Silas aus dem Film *Der DaVinci Code*. Der sah genauso blass und gestört aus wie Gerrick.

»Was, so feindselig zu einem alten Freund?«

»Wir sind keine Freunde.«

Gerrick lachte und ich musste mich beherrschen, ihm nicht einfach eine reinzuhauen. Er hatte meine Geheimnisse in New York verraten und mich dazu gezwungen, es zu verlassen. Mein Gesicht hatte tagelang die Titelseiten sämtlicher Zeitungen geziert, mit Überschriften, die aus einem das schlimmste Monster machten.

Seinetwegen hatten Menschen mein Auto angezündet, mir aufgelauert, um mich zu verprügeln und Schlimmeres. Und was hatte er getan? Er hatte auch noch Profit daraus geschlagen.

Gerrick zerstörte Menschen. Erst half er dir, damit du danach nur noch tiefer fallen würdest. Und dann ergötzte sich dieser elendige Sadist an deinem Leid.

»Arden, Arden, Arden. Ich hab dir deinen neuen Namen besorgt. Deinen Pass. Ist das denn gar nichts mehr wert?«

»Vergiss nicht, dass ich dir dafür einen Haufen Geld bezahlt habe. Doch das hat dir nicht gereicht. Du hast meinen Namen breitgetreten und verkauft. Leute wollten mich umbringen, wegen den Lügen, die du über mich verbreitet hast. Ist dir klar, dass ich am liebsten dasselbe mit dir tun würde?« Die Wut in meiner Stimme steigerte sich mit jedem weiteren Wort, das meine Lippen passierte.

Gerrick lief zu einem meiner neuen Sessel hinüber und ließ sich hineinfallen, als wäre er sein persönlicher Thron. Wer mich für arrogant hielt, sollte Gerrick erst mal kennenlernen.

»So wie du es sagst, klingt es übler, als es war«, sagte er und zog einen Flachmann aus der Innentasche seines Mantels. Genüsslich schraubte er mit zwei Fingern den ledernen Verschluss auf. Das quietschende Geräusch schickte einen Schauer durch meinen Körper und sorgte dafür, dass sich die feinen Härchen auf meinen Armen aufstellten.

»Ich finde, das trifft es ganz gut«, entgegnete ich bissig.

»Aber ein bisschen Dankbarkeit könntest du mir schon entgegenbringen. Findest du nicht?«

»Dankbarkeit?! Dankbarkeit?! Willst du mich eigentlich verarschen?«, knurrte ich aufgebracht. Was glaubte dieser Wichser, wo er hier war? Ich würde ihm ganz sicher nicht auch noch die Füße dafür küssen, dass er mein Leben ruiniert hatte.

Gerrick nahm einen Schluck aus seinem Flachmann und lehnte sich mit seinen Unterarmen auf die Knie.

»Du solltest aufpassen, wie du mit mir sprichst«, drohte er mit einem abartigen Grinsen auf den Lippen.

»Wieso, willst du mich auch hier vor allen bloßstellen? Nur zu. Mila weiß, dass ich im Gefängnis war. Du machst mir keine Angst, Arschloch.« Ich gab mich selbstbewusst und zynisch, auch wenn ich mich in keinster Weise so fühlte. Gerrick durfte nicht glauben, dass es auch nur die kleinste Chance dafür gab, dass mich sein Scheiß interessierte. Denn wenn er auch nur witterte, dass er jemanden erpressen konnte, tat er es.

»Die kleine Hübsche? Süß. Weiß sie auch, wofür du in den Knast gekommen bist?«

Mein Blick nach unten ließ Gerrick zufrieden grinsen.

»Dachte ich mir.«

Abweisend verschränkte ich die Arme vor der Brust. Ich war so angespannt, dass sich meine Fingernägel durch die blauen Hemdärmel in meine Unterarme gruben.

Der Schmerz erinnerte mich daran, dass ich noch lebte und körperlich durchaus in der Lage war, Gerrick die Stirn zu bieten. Aber solange ich ihn nicht totschlug, und das hatte ich nicht vor, würde er immer wieder aus seinen Verstecken kriechen wie eine dreckige Kakerlake.

»Was willst du, Gerrick?«, fragte ich ernst.

»Zweihundertfünfzig«, antwortete er kurz angebunden.

»Zweihundertfünfzig was? Wassermelonen, Kartoffelsäcke, Erstgeborene?«

Gerricks Blick verdunkelte sich schlagartig.

»Wir sind hier nicht im Matheunterricht, Kingsley. Zweihundertfünfzigtausend Dollar, Cash.«

»Das soll wohl ein Witz sein.« Ein sarkastisches Lachen bahnte sich seinen Weg aus meiner Kehle.

»Es ist keiner. Falls es dir nicht aufgefallen sein sollte, ich gehöre nicht zu der humorvollen Sorte Mann.«

»Stimmt. Du gehörst eher zu der amüsanten Sorte Bastard.«

Gerrick erhob sich ruckartig und ballte seine Hände zu Fäusten.

»Das hier kann auch ganz anders ausgehen.«

»Es gibt die eine Möglichkeit, die ich bevorzuge. Du verschwindest auf Nimmerwiedersehen und lässt nie wieder ein Wort von dir hören. Sonst werde ich die Polizei einschalten. Die stehen auf Drohungen und Stalking«, konterte ich. Mein Ton war fest und kalt.

»Du wirst ganz sicher nicht zur Polizei gehen«, prophezeite Gerrick, als er sich auf den Weg in Richtung der Tür machte. Er legte seine Pranke auf den Türgriff, machte aber keine Anstalten, sie zu öffnen.

»Es wäre so schade, wenn der Kleinen was passieren würde. Aber wer weiß, jeden Tag verschwinden Menschen auf der ganzen Welt, da ist das doch nicht unwahrscheinlich. Und wenn dann auch noch alles auf dich deuten würde, wäre das schon sehr ärgerlich, findest du nicht?«

Mit jedem seiner Worte beschleunigte sich mein Herzschlag.

Klopf Klopf Klopf Klopf Klopf Klopf Klopf.

Wut und blind machender Hass fraßen sich durch mein Innerstes.

»Das wagst du nicht!«, fauchte ich und steuerte geradewegs auf ihn zu. Meine Hände waren zu Fäusten geballt und ich spürte jeden Muskel meines Körpers. Wenn er seine Drohung wahrmachte, hatte ich nichts mehr zu verlieren. Es wäre nichts übrig. Schon wieder.

Kurz bevor ich ihn erreichte, bremste mich meine innere Stimme.

Wenn du diesen Kerl verprügelst, wirst du Mila am Wochenende nicht bei den Hayworths helfen können. Sie braucht dich. Reiß dich zusammen.

Das Bild ihrer braunen Augen, ihrer welligen Haare und ihrer seidigen Haut flimmerte wie ein Mantra durch meine Gedanken und sorgte dafür, dass sich mein Herz wieder beruhigte.

»Zweihundertfünfzigtausend. In Cash. Bis Montag. Ich weiß, dass du es hast«, verabschiedete sich Gerrick. Ohne sich noch einmal zu mir umzusehen, riss er die Tür auf und verließ meine Wohnung.

Ich folgte ihm ein paar Minuten später, um die Türen abzuschließen. Ob sie richtig verriegelt waren, kontrollierte ich mehrfach. Noch einen ungebetenen Gast würde ich heute Nacht nicht verkraften.

Als ich in meine Wohnung zurückkam, sah ich, wie sich der kleine Karton auf dem Tisch bewegte. Ich ging hinüber und klappte den Deckel auf. Die graue Katze sah mich mit geweiteten Augen und leisen Mauzern an, als wollte sie mich daran erinnern, dass ich ihr meine Salami versprochen hatte.

»Der war dir auch unsympathisch, oder?«, fragte ich sie, als könnte ich eine ganz normale Antwort erwarten. Als die Katze daraufhin ein leises Mauzen von sich gab, konnte ich mir ein Grinsen nicht verkneifen.

Früher hatte ich zu den Menschen gehört, die andere belächelten, wenn sie mit ihren Tieren gesprochen hatten. Im Nachhinein tat mir das leid, weil ich wirklich das Gefühl hatte, dass die graue Katze meine Nähe suchte und dass sie mir etwas sagen wollte.

»Na gut, dann hole ich dir deine Salami.«

Aufs Wort sprang die Katze aus dem Karton und tapste mir fröhlich zum Kühlschrank hinterher. Erwartungsvoll setzte sie sich neben den Kühlschrank und beobachtete, was ich trieb. Als ich die Salami aus dem Kühlschrank holte und auf die Kücheninsel stellte, hatte ich sie nur eine Sekunde aus den Augen gelassen, um die Tür wieder zu schließen.

Das rächte sich sofort. Flink sprang das Tier auf die Arbeitsfläche und riss die ganze Packung mit sich zu Boden. Aufgeregt begann sie die oberste Scheibe erst abzulecken und dann in Stücke zu zerbeißen. In einem unachtsamen Moment, den sie zum Kauen nutzte, schnappte ich ihr die Packung weg. Lediglich eine zweite Scheibe warf ich ihr hin, weil sie wirklich großen Hunger zu haben schien. Kein Wunder, wenn man bedachte, wie abgemagert sie war. Aber ich wollte auch nicht, dass sie sich überfraß und Bauchschmerzen bekam.

Also stellte ich den Rest zurück in den Kühlschrank. Ich würde von den zerfledderten Wurstscheiben zwar nichts mehr essen, aber dort waren sie erst mal sicher. Zumindest bis zum Frühstück.

Morgen früh würde ich Mila meine neue Mitbewohnerin vorstellen und sie beim Tierarzt durchchecken lassen.

***

Als Mila am nächsten Morgen bei mir klingelte, lief die Katze fröhlich zur Tür, als könnte sie diese selbst öffnen. Ich fuhr mir mit den Fingern durch die Haare, als ich zu der Wohnungstür lief. Die Katze kratzte bereits mauzend an dem Türrahmen. Sie wollte unbedingt raus, das verstand auch ein Mensch, der nie ein Haustier besessen hatte. Also ein Mensch wie ich.

Trotzdem nahm ich sie auf den Arm, damit ich Mila in Ruhe reinlassen konnte.

»Hey Arden, in ein paar Tagen geht es los. Wir haben einiges vorzu …«, unterbrach sich Mila, als sie das schnurrende Tier in meinen Armen bemerkte.

»Du hast ja Berry gefunden!«, sagte sie und begann der Katze über den Kopf zu streicheln.

»Ja, sie lag ganz verängstigt in einem Pappkarton. Draußen direkt vor meiner Wohnungstür. Du kennst die Katze?«, fragte ich überrascht.

»Ja, sie gehört Tom. Sie ist vor einem Monat abgehauen, kurz bevor du hergezogen bist. Er hat sie überall gesucht.«

»Super, dann werde ich ihm seine Süße mal zurückbringen«,

sagte ich und kraulte Berry hinter den Ohren, was sie mir mit einem tiefen Schnurren dankte.

»Dann darfst du dir bestimmt für immer gratis DVDs aussuchen«, scherzte Mila.

»Das wäre zwar eine großzügige Finderbelohnung, aber ich habe *E-Mail für dich* mittlerweile wirklich gern.«

Kapitel 12

Arden

Es war so weit. Der große Tag stand vor der Tür und ich konnte sehen, wie aufgeregt Mila war. Nervös wankte sie von einem Bein auf das andere, während sie Lawrence und mich beim Aufbau der Warmhalteplatten koordinierte.

Die Gäste waren noch nicht da und bis die kamen dauerte es noch. Theoretisch waren wir also in der Lage, entspannt aufzubauen. Aber dafür war Mila zu aufgeregt. Alles musste perfekt sein. So war sie eben. Spontanität war ihr Endgegner und das war okay. So sorgte sie wenigstens dafür, dass sich keiner von uns bis auf die Haut blamierte.

Das Anwesen der Hayworths war riesig und lag etwas außerhalb von Hills Ferry, auch wenn es noch dazuzugehören schien. Wir fuhren die steinige Kieseinfahrt ein Stück den Berg hoch.

Auf der Bergseite wuchsen wilde Beerensträucher, die ich aus meinen Naturkundebüchern von früher kannte. Auf der anderen Seite hatte man einen tollen Blick über die Wiesen und Felder, die zu dem Hayworth Anwesen gehören mussten. Zwischen ihnen liefen kleine Flüsse hindurch, die kurz vor der Stadtgrenze ineinanderliefen. Die Sonne schien warm und spiegelte sich im glitzernden Wasser der Flüsse.

Wir passierten das metallische Eingangstor des Anwesens und landeten in einer Einfahrt, die pompöser nicht hätte sein können.

Wir fuhren das kreisförmige Rondell bis zu der riesigen mit Gold verzierten Haustür. Das weiße Haus erinnerte mich an die Südstaatenanwesen, die ich aus sämtlichen Filmen kannte. Weiße Säulen auf der Mahagoniveranda, bodentiefe Rundbogenfenster und ein spitz zulaufendes Dach ließen das Bild perfekt aussehen.

In der Mitte der Einfahrt plätscherte ein Springbrunnen vor sich hin und begrüßte die ankommenden Gäste.

»Kommt ihr?«, fragte Mila motiviert, als sie die Beifahrertür meines Pick-ups öffnete und raussprang. Sie trug ein knielanges, ausgestelltes Kleid aus glänzendem schwarzem Stoff unter ihrer Carsons Schürze und sah einfach wow aus. Lawrence und ich hingegen sahen fast aus wie immer. Weißes Hemd, schwarze Hose, ganz leger.

Für später hatte ich mir aber noch eine schwarze Anzugjacke passend zur Hose über die Lehne meines Wagens gehängt, auch wenn ich mir sicher war, dass ich darin ziemlich schwitzen würde. Aber was tat man nicht alles, um angemessen auszusehen?

Während Lawrence die Tische fürs Buffet in dem großen Festsaal aufbauen durfte, führte Mila mich in die große Landhausküche des Anwesens, die eine Menge Platz bot.

Wir hatten bereits alles für das Essen im Carsons vorbereitet. Ein paar Gäste waren heute Morgen schon vorbeigekommen, um sich einen Kaffee zu holen und waren enttäuscht gewesen, dass wir heute aufgrund der Veranstaltung gar nicht öffneten. Mila hatte natürlich trotzdem ein paar Becher Frühstückkaffee nach draußen gestellt. Für den Fall, dass sich jemand einen mitnehmen wollte. Sowas ging auch nur in Hills Ferry.

Und jetzt standen wir in der großen Landhausküche der Hayworths und bereiteten unser Catering zu. Ich kümmerte mich, wie sollte es anders sein, um die Pasta, während Mila um die zwanzig Muffinförmchen mit Schokoladen-, Vanille- und Karamellteig befüllte.

»Wie kommst du voran?«, fragte sie.

»Gut, der Speck für Ladung eins ist angebraten und kommt gleich in den Heater. Das müsste so für zwanzig Personen reichen. Ich werde später so nach Bacon riechen«, antwortete ich, während ich die brutzelnden Fleischstreifen mit einem lauten Zischen auf der Grillplatte wendete.

Mila schob lachend die ersten fünf der zwanzig Zwölferbleche in den vorgeheizten Ofen. »Ich hoffe, du hast noch ein Wechselhemd dabei.«

Ich drehte mich zu ihr und zwinkerte charmant. »Keine Sorge, Boss, ich bin vorbereitet.«

»Sehr gut.«

»Schön.«

Und nun standen wir wieder vor unseren Öfen und schwiegen uns an. Seit unserem Kuss vor zwei Tagen hatten weder sie noch ich angesprochen, was da zwischen uns passiert war. Wahrscheinlich wusste sie es genauso wenig wie ich. Natürlich konnte ich mir nicht vorstellen, was in ihr vorgegangen war. Aber wenn sie auch nur ansatzweise so überwältigt gewesen war wie ich, dann sollten wir dringend reden. Das letzte Mal, als ich dabei gewesen war, mich in eine Frau zu verlieben, die so schön und klug und freundlich gewesen war wie Mila, hatte ich es gründlich versaut. Und ich wollte nicht, dass das noch mal passierte.

Als ob sie ahnte, woran ich gerade gedacht hatte, räusperte sich Mila und sprach genau das an, worum wir uns seit Tagen drückten.

»Bist du wegen dem Kuss so still?«

»Nein, aber ich hatte schon Angst, dass du es nie ansprechen würdest«, gab ich zu.

Mila kam zu mir herüber und lehnte sich an die Arbeitsplatte neben den fettspritzenden Herd. Mit meinem freien Arm schob ich sie schweren Herzens weiter weg von der Platte, weg von mir.

»Vorsicht. Spritzendes Fett ist gefährlich«, begründete ich, was ich tat, aber Mila ließ sich nicht abwimmeln.

»Warum hast du es dann nicht angesprochen?«

»Ich habe keinen Anfang gefunden.«

»Hey Mila, ich wollt mal fragen, wie es dir damit so geht, dass ich dich geküsst habe«, imitierte sie meine Stimme auf die schlechteste Art und Weise, die ich je gehört hatte.

»Und was hättest du darauf gesagt?«, fragte ich grinsend.

Sie verschränkte ihre Arme und starrte nachdenklich durch die beleuchtete Ofenklappe.

»Dass es gut war, denke ich.«

»Was? Nicht großartig, perfekt oder einzigartig? Einfach nur gut?«, erwiderte ich entrüstet.

»Was hast du denn erwartet? Dass ich vor dir auf die Knie falle und sage »Arden, das war der beste Kuss meines Lebens?!«

»War's denn der beste Kuss deines Lebens?«

Mila rollte stöhnend mit den Augen. »Du bist so vorhersehbar, Arden Kingsley!«

»Dabei hatte ich den Eindruck, dass du ziemlich überrascht gewesen bist«, erinnerte ich mich.

Bevor Mila etwas darauf erwidern konnte, ging die Tür zur Küche auf und Mr Hayworth führte Malory und Beryll rein.

»So, da wären wir. Hier wird auch schon fleißig gewerkelt. Überarbeiten Sie sich nicht. Denken Sie daran, dass Sie nachher noch mit uns feiern.« Man konnte Mr Hayworth ansehen, wie sehr er sich auf die Geburtstagsfeier seiner Tochter freute.

Ich musste zugeben, dass ich nach wie vor etwas verwundert darüber war, wie nett die Hayworths waren. Als Mila das erste Mal von ihnen erzählte, hatte ich mit konservativem Landadel gerechnet, der sich für etwas Besseres hielt. Aber so waren die Menschen hier nicht.

Unweigerlich fragte ich mich, ob die Hayworths immer noch

so nett zu mir sein würden, wenn sie erfuhren, dass ich im Gefängnis gesessen hatte.

Schnell schob ich den Gedanken zur Seite, um mich weiter auf meine Arbeit konzentrieren zu können. Und auch wenn ich mir ein paar Seitenblicke zu Mila nicht verkneifen konnte, lief das Event wie am Schnürchen.

Nachdem alle gegessen hatten und das Buffet Milas zauberhaften Cupcakes gewichen war, hatten wir unseren Auftrag meisterhaft erfüllt. Die Gäste waren glücklich und offensichtlich hatte es allen richtig gut geschmeckt.

Mila hatte mir erzählt, dass bei solchen Veranstaltungen in der Regel genug übrigblieb, damit die Mitarbeiter auch noch etwas davon mit nach Hause nehmen konnten. Aber es war so wenig übriggeblieben, dass wir uns die Reste direkt hier warm gemacht und gemeinsam in der Küche gegessen hatten.

Als ich mein Hemd und die Anzugjacke aus dem Wagen holte, um mich umzuziehen, begann die Abenddämmerung bereits einzusetzen. Die warmen Sommersonnenstrahlen, verschwanden hinter den einzelnen Wolken, den Bergen und Hills Ferry. Ein Anblick, der die Bezeichnung atemberaubend wirklich verdient hatte.

Ich ließ meine Augen über das Geschehen schweifen und beschloss, dass ich mich genauso bei meinem Auto umziehen konnte. Also knöpfte ich das Bacon Hemd auf und zog es aus. Unordentlich stopfte ich es in den Beutel, aus dem ich auch mein sauber gefaltetes Hemd holte. Ich warf es über und versank weiter mit meinen Augen in dem Sonnenuntergang. In den vierundzwanzig Jahren, in denen ich auf der Welt war, hatte ich mich noch nie so richtig an einem Ort gefühlt wie hier.

»Wunderschön, oder?«, Milas Stimme riss mich aus dem Moment, um mich geradewegs in einen neuen zu verschieben.

»Absolut«, antwortete ich knapp, weil es nicht mehr Worte brauchte.

»Meine Mom hat immer gesagt, dass Hills Ferry die schönsten Sonnenuntergänge hat.«

»Was ist mit ihr passiert?«, traute ich mich endlich die Frage zu stellen, die mir seit ihrem Geburtstag durch den Kopf schwirrte.

Milas Blick veränderte sich. Er wurde kühler und einsamer.

»Sie hat uns verlassen, da waren Marcy und ich noch Kinder. Jetzt hat sie eine neue Familie in New York City.«

»Siehst du sie manchmal noch?«

Mila schüttelte den Kopf. »Eigentlich nicht. Ich war noch zwei, drei Mal mit Marcy da, aber ihre neue Familie mag uns nicht besonders. Sie war auch nicht auf ihrer Beerdigung vor einem Jahr. Ich wollte schon länger mal hinfliegen und sie dafür zur Rede stellen. Aber ich traue mich noch nicht. Vielleicht irgendwann.«

»Das tut mir wirklich leid, Mila.« Mitfühlend legte ich ihr die Hand auf den Rücken, aber sie nickte nur.

»Wir sollten zu der Party gehen, bevor Beryll mit ihrem Tanzstil die Hütte abreist. Sie ist eine Wahnsinnstänzerin«, sagte Mila. Mir war klar, dass sie das Thema beenden wollte und ich verstand es. Also ließ ich sie.

Als wir den großen Tanzsaal betraten, sah er ganz anders aus als noch am Morgen. Unter den hohen Decken hingen Lichterketten zwischen den Kristallleuchtern, deren Lichter sich in den hohen Wandspiegeln verfingen. Sie ließen den Saal noch viel größer wirken, als er war.

Der Boden war aus hellem gewachsten Parkett und die Tische rund um die Tanzfläche waren beinahe leer, weil so viele Gäste am Tanzen waren.

Wenn die Rundbogentüren zum Garten nicht geöffnet gewesen wären, hätte die stickige Luft der tanzendem Menschen im Raum gestanden. Aber so spürte man immer wieder eine leichte Brise durch den Saal ziehen.

Der DJ stand vor einem mindestens zwei Meter großen Ballon in

Form einer Fünfundzwanzig und legte von den Achtzigern bis zu den Charts so ziemlich alles auf.

Mila catchte die Musik sofort. Sie bewegte sich im Rhythmus, drehte sich und grinste mich frech an.

»Willst du da weiter so stehen bleiben?«, rief sie durch die laute Menge.

»Ja. Ich bin kein guter Tänzer«, gab ich zu.

»Wirklich?«

»Also in Standardtänzen schon, aber allein nicht so.«

Mila lachte.

»Aber hierbei kann man doch nichts falsch machen.«

Sie griff nach meiner Hand und zog mich zu sich. Der Bass dröhnte durch den Raum. Ihre Hüften kreisten im Takt der Musik, was mich den Atem anhalten ließ. Mir wurde heiß. Unfassbar heiß.

»Komm schon. Tanz einfach«, flüsterte sie mir ins Ohr, während sie sich unter meinem Arm durchdrehte.

Ich versuchte ja mich zu bewegen, aber die Art, wie sie tanzte, hypnotisierte mich. Mila machte sich nichts daraus, wie sie dabei aussah oder wer ihr zuschaute. Sie tanzte, weil sie es mochte: wild, albern, heiß, echt.

Also versuchte auch ich mich gehen zu lassen, aber diese elende Verkrampftheit abzulegen fiel mir schwer. Sie bemerkte das und einen Moment lang ertrug sie es. Aber dann nahm sie meine Hand und führte mich durch die Tür in den Garten, der direkt und ohne Abgrenzung an die umliegenden Wiesen und Felder angrenzte. Überall blühten Sommerblumen zwischen den akkurat zurechtgestutzten Bäumchen.

»Wir machen eine Pause. Vielleicht hilft dir frische Luft ja wieder lockerer zu werden«, sagte sie grinsend.

»Hey, ich bin locker.«

»Bist du nicht, du steifes Hemd.«

»Wenn ich ein steifes Hemd bin, dann riechst du nach Bacon«, konterte ich mies.

»Tue ich ja auch. Ich habe in derselben Küche wie du gearbeitet«, erwiderte sie achselzuckend.

»O Mann, du bist …«, setzte ich an, bevor ich von Brittanys Rufen unterbrochen wurde.

Sie stand mit ein paar Männern und Frauen, die aussahen, als aßen sie regelmäßig Geld zum Frühstück, im Kreis und trank Champagner.

»Mila, Arden! Kommen Sie zu uns. Ich möchte Sie vorstellen!«

Milas Absätze klackerten über die Pflastersteine, als wir über die Terrasse zu Brittany und ihren Gästen hinüberliefen. Sie hatten sich vor einer Hecke postiert und schlürften ausgelassen an ihren Champagnergläsern.

»Ich hatte euch ja erzählt, dass unser Catering-Team noch auf der Party sein würde. Mila ist die Chefin des Carsons in Hills Ferry und das ist Arden, ihr neuer Hilfskoch«, stellte sie uns in der Runde vor. Alle lächelten freundlich zur Begrüßung oder reichten uns die Hand. Alle bis auf einer.

»Es freut mich, Sie kennenzulernen. Das Essen bei Ihnen im Carsons soll super sein. Und die Kostprobe hier war toll«, begrüßte Gerrick Mila, die sich offensichtlich geschmeichelt fühlte.

»Oh, dankeschön, das ist ja freundlich«, bedankte sie sich.

»Gern, gern. Gerrick Stone. Ich bin Journalist und schreibe über alles Mögliche. Vielleicht könnte ich ja mal einen Bericht über Sie machen«, schlug er vor und reichte ihr seine Karte. »Sie können mich gern anrufen. Auch einfach so, falls ihnen mal etwas auf der Seele brennt.«

Mila steckte sich seine Karte ins Kleid und lächelte etwas angewidert. Immerhin merkte sie auch, was für ein widerlicher Schleimbolzen er war. Doch dann drehte sich der blonde Hüne in meine Richtung.

»Arden, irgendwie kommen Sie mir bekannt vor«, begrüßte mich Gerrick mit seinem Arschlochgrinsen.

Meine Muskeln verhärteten sich. Wenn ich eben noch nicht steif gewesen war, dann war ich es spätestens jetzt. Ich sog die Luft ein, als würde mir in den nächsten Sekunden der Sauerstoff ausgehen.

Statt ihm die Hand zu geben, spürte ich, wie sich meine Fingernägel in meine Handflächen gruben.

»Ich glaube nicht«, antwortete ich kühl.

»Ganz sicher?«, fragte er noch mal, weil er genau wusste, wie er mich vorführen musste. Meinetwegen konnte er allen hier erzählen, wer ich war und was ich auf dem Kerbholz hatte, aber ich wollte nicht, dass Mila es so erfuhr. Ich wollte es ihr sagen, irgendwann, wenn ich bereit dazu war und glaubte, dass sie es auch war. Das war nicht jetzt und schon gar nicht hier. Das würde nicht nur dafür sorgen, dass mein Neuanfang ruiniert war, sondern auch ein schlechtes Licht auf das Carsons werfen. Etwas, das keiner der Menschen, die dort arbeiteten, verdient hatte. Also blieb mir nur das Schweigen. Aber dabei beließ er es nicht.

»Claris, kommen Sie zu uns. Wir haben noch einen Gast. Er kommt wie Sie aus Europa. Das ist Arden Kingsley«, rief Gerrick einer jungen Frau zu, die mit dem Rücken gewandt zu uns stand. Als sie sich umdrehte, bekam ich das Gefühl zu ersticken. Erdrückt zu werden.

Die junge Frau trug ein kurzes rotes Kleid und einen Bobschnitt in derselben Farbe. Und sie sah mir direkt in die Augen. In meinem Kopf begannen sich Bilder hintereinander abzuspielen. Bilder, die ich seit mehr als fünf Jahren verdrängte. Eine Party wie diese, eine Beerdigung, ein Krankenhausbett, Schläuche, Tränen.

Sie brauchte einen Moment, bis sie mich erkannte und identifizierte. Ihre freundlichen Augen veränderten sich. Blinde Wut spiegelte mir nun daraus entgegen.

Ohne weiter nachzudenken, drehte ich mich einfach um und

ging. Ich lief die Terrasse entlang, durch den Saal, durch die Tür des Haupteingangs, durch das Tor, um schlussendlich über eine Graswiese zu laufen. Mein Ziel war es, so schnell wie möglich hier rauszukommen. Meine schwitzigen Finger rieben aneinander und mein Puls begann zu rasen. Ich konnte spüren, wie die Panik in mir hochkroch. Stück für Stück legte sie sich wie ein Schatten um meinen Körper. So sollte mich da drinnen keiner sehen.

»Arden, warte! Arden, halt an!«, hörte ich Mila hinter mir rufen, aber ich konnte nicht stehen bleiben. Es ging nicht. Noch nicht. Wenn ich es jetzt versuchte, würde ich fallen und ich wusste nicht, ob ich dann wieder aufstehen konnte.

Aber Mila ließ nicht locker.

»Verdammt noch mal, Arden! Halt an!«, schrie sie. Auch in ihrer Stimme konnte ich eine gewisse Panik vernehmen. Sie machte sich Sorgen um mich.

Plötzlich hatte sie aufgeschlossen und lief neben mir. Sie hielt ihre Pumps in den Händen und sah mich an. Ihre schwarzen Wellen tanzten im Wind und mir entging nicht, dass der Abendhimmel immer dunkler wurde.

»Was ist los? Wieso rennst du einfach weg? Du verhältst dich unmöglich, Arden!«

»Das weiß ich!«

»Warum tust du es dann? Das Gespräch mit diesem Journalisten könnte gut für das Carsons sein!«

»Das kann es nicht! Gerrick ist ein mieser Journalist, der wahrscheinlich mehr Dreck am Stecken hat als Donald Trump!«

Mila machte einen Satz nach vorn und schob sich vor mich, sodass ich zum Anhalten gezwungen war.

Wolken zogen auf und langsam fielen die ersten warmen Regentropfen vom Himmel, als wollte er für meine Emotionen das passende Setting schaffen.

»Woher weißt du das? Vielleicht ist er einfach nur etwas eklig, aber nett. Verurteile ihn doch nicht einfach so, ich verurteile dich doch auch nicht, obwohl es vielleicht angebracht wäre, wenn ich mir dich gerade so ansehe.« Der letzte Satz rutschte ihr raus, das merkten wir beide und trotzdem traf er mich mitten ins Herz.

»Es tut mir leid, ich ...«, setzte sie an.

»Nein, entschuldige dich nicht. Du hast recht. Vielleicht solltest du mich verurteilen. Niemand ist einfach nur nett und Gerrick schon gar nicht. Der Typ ist gefährlich!« Meine Stimme ist laut und wütend. Sie flackert. Sie vibriert.

Ich erwartete, dass Mila mich wieder zurück anschrie, aber das tat sie nicht. Stattdessen wurde sie ganz ruhig.

Sie legte ihre Hände auf meine Brust und sah mir bedrückt in die Augen. Die Regentropfen, die wie Pfeile aus dem Himmel fielen, wurden stärker. Sie tropften auf meine Anzugjacke und ihr Kleid. Sie durchnässten einen Teil meines weißen Hemdes und legten das Tattoo auf meiner Brust frei.

»Was hat er dir angetan?« Ihre Frage kommt flehend.

»Als ich aus dem Gefängnis kam, musste ich neu anfangen. In New York. Gerrick hat da einen Artikel über mich geschrieben, der nicht gerade nett war. Das meiste war gelogen, aber das interessiert die Leute nicht. Sie glauben alles, was in irgendeiner Zeitung steht. Meine Nachbarn haben mich verachtet, Kinder haben Eier gegen meine Fenster geworfen, Fremde haben mir nachts aufgelauert. Und mit alldem hat er Geld verdient. Und ich konnte nichts tun, weil man mir sowieso nicht geglaubt hätte. Und er wird es wieder tun, hier in Hills Ferry, wenn ich ihm kein Geld gebe. Er war vor ein paar Tagen bei mir und hat mir das geschworen«, erklärte ich ihr, während der Himmel auf uns niederbrach.

Milas Gesicht sprach Bände. Sie war schockiert, sie war betroffen und nun loderte auch in ihren Augen eine gewisse Portion Wut.

»Was für ein Arschloch. Dem werde ich ...«

»Nein, du wirst gar nichts. Der Typ macht keine Späße und das

Carsons wäre dann genauso auf seiner Liste. Der Typ ist wahnsinnig. Das Einzige, was wir tun können, ist, ihn zu ignorieren und zu hoffen, dass er von selbst verschwindet«, hielt ich sie zurück.

»Aber jetzt suchen wir uns erst mal etwas, wo wir uns unterstellen können«, rief ich durch den immer stärker prasselnden Regen und begann mich umzusehen. Doch der Regen verschleierte mir die Sicht.

»Da drüben. Da ist eine Scheune.« Mila lief in die Richtung los, in die sie zeigte, und ich folgte ihr.

Als wir uns durch den Spalt im angelehnten Scheunentor schoben, begann das Sommergewitter.

Schon beim ersten Donnergrollen zuckte Mila erschrocken zusammen.

»Alles gut, hier dürfte uns nichts passieren«, versuchte ich sie zu beruhigen.

»Ich weiß, und trotzdem fühlt sich mein Körper an, als würde er vor Angst gleich zu Stein werden«, stotterte sie.

Ich suchte nach einem Platz, an dem wir uns hinsetzen konnten, aber diese Scheune wurde offenbar nicht mehr aktiv betrieben. Bis auf ein paar Heu- und Strohballen fand ich nichts.

Es gab weder Geräte noch ein Telefon oder etwas ähnliches. Also tat ich das Einzige, was mir in dieser Situation noch einfiel. Ich breitete das getrocknete Gras aus und baute uns ein Heubett.

»Es ist zwar nicht das Ritz, aber bis das Gewitter vorbei ist, sollte es das auch tun«, erklärte ich, als ich mir die staubigen Hände an der Hose abwischte. Mila nickte nur stumm.

Ich wusste, wie groß ihre Angst vor Gewittern war und woher sie rührte, und mit jedem weiteren Zucken wünschte ich mehr, ich könnte etwas für Mila tun.

Das Gewitter über uns tobte wie ein wilder Bär. Tiefes dunkles Donnergrollen ließ den Himmel beben, während gleißend helle Blitze durch die dichte Wolkendecke zuckten. Bei jedem Knall fuhr Mila zusammen.

Ihr Herz pochte so schnell und stark, dass die Angst in mir aufkeimte, es könnte ihr aus der Brust springen. Ich ließ die Jacke meines Anzugs von meinen Schultern gleiten und legte sie ihr um. Es war Juni und alles andere als kalt, aber Mila zitterte, als säßen wir auf einem eingeschneiten Berg in Alaska. Es war die Angst, die sie gleichzeitig lähmte und bibbern ließ.

»Was kann ich tun?«, flüsterte ich ihr ins Ohr.

»Nichts.«

»Das ist eine Lüge. Man kann immer etwas tun.«

Ein Blitz schoss durch den Himmel und ließ Mila wieder zusammenfahren.

»Kannst du mich in den Arm nehmen?«, fragte sie zögerlich.

Ich legte meinen Arm um sie und zog sie so nah an meine Brust, dass sich unsere Herzschläge synchronisierten. Sie vergrub ihr Gesicht an meinem Hals und schluchzte.

So saßen wir da: in Abendgarderobe, im Heu, in einer Scheune. Und wir warteten darauf, dass der Himmel aufbrach und den Blick auf den späten Abendhimmel freigab. Aber das passierte nicht.

Fieberhaft überlegte ich, wie ich Mila von dem einstürzenden Himmel ablenken sollte.

Vielleicht sollte ich etwas singen? Nein, darin war ich mies. Ihr eine Geschichte erzählen? Hmm, da fiel mir gerade nichts ein, was besonders lustig war. Offensichtlich gehörte ich nicht unbedingt zu der humorvollen Sorte Mann. Daran sollte ich arbeiten.

Also gewann doch das Singen. Ich angelte mir mein Smartphone aus der Hosentasche und musste feststellen, dass ich hier so gut wie keinen Internetempfang bekam. Also scrollte ich mich durch meine dürftigen Downloads. Ich hatte die Wahl zwischen Mozart, was man furchtbar schlecht mitsingen konnte, *Heaven is a Place on Earth* von Belinda Carlisle und *Let it go* aus *Die Eiskönigin*. Ich konnte nur hoffen, dass man mich nicht für meinen Musikgeschmack verurteilte.

Als ich letzteren einschaltete und der melodische Anfang aus den Lautsprechern meines Handys dröhnte, hob Mila ihren Kopf aus meiner Halsbeuge und sah mich mit ihren großen, unendlich braunen Augen verwirrt an.

Ich schenkte ihr ein Lächeln, bevor ich begann, den Songtext aus voller Röhre mitzuschmettern.

Milas ängstlicher Ausdruck bröckelte und ein leichtes Lächeln gluckerte an die Oberfläche. Sehr gut, es lenkte sie ab. Ich konnte sehen, wie die Anspannung mit jeder Zeile etwas weiter aus ihrem Körper verschwand. Die krummen und schiefen Töne, die ich sang, schienen dafür zu sorgen, dass sich das Gewitter langsam verzog.

Donner und Blitz wurden langsam schwächer, während ich weiterhin wie ein Siebtklässler vor mich hinträllerte. Nach dem dritten Durchgang schaffte Mila es dann auch mitzusingen. Doch irgendwann wurden unsere Stimmen immer leiser, bis sie verstummten wie das Donnerrollen in der Nacht. Nur der Regen schien noch nicht aufhören zu wollen.

»Danke«, flüsterte sie erleichtert.

»Immer.«

Mila legte ihre Hand an meine Wange und streichelte über meine Schläfe, bevor sie sich zu mir vorbeugte und ihre Lippen auf meine legte. Dieses Mal war sie es, die mich küsste. Erst sanft, dann schneller und stärker. Ich konnte spüren, wie mein Puls in die Höhe schoss und dafür sorgte, dass mir unglaublich heiß wurde.

Automatisch wanderten meine Hände zu ihrem Rücken, während sie ihre in meinen vergrub. Ich zog sie an mich: fest, fester, bis kein Luftmolekül mehr zwischen uns Platz fand.

Ihre zarten Finger streichelten meinen Nacken und verursachten eine Gänsehaut, wie ich sie noch nie erlebt hatte. Wir wurden ruhiger und zärtlicher, nur um dann wieder eine Schippe draufzulegen. Und dann drehte ich mich auf sie, was ihr ein lustvolles Stöhnen entlockte. Sie presste sich gegen mich, sodass jeder Teil unserer

Körper miteinander zu verschmelzen drohte. Alles in mir kribbelte und ich spürte, wie auch ihr Atem immer schwerer ging. Aus, ein, aus, ein, aus.

Ihre Hände wanderten zu meinem Gürtel, nur um dann innezuhalten. Für einen Moment löste sich unser Kuss, so dass wir zum Atmen kamen. Aber ihr flehender Blick erzählte, dass das hier noch lange nicht vorbei war.

»Darf ich …?«, flüsterte sie in einem Tonfall, der selbst den Göttern alle Sinne geraubt hätte.

»Warte«, bat ich, während ich meine Brieftasche hervorholte, um nachzusehen, ob ich ein Kondom dabeihatte. Mit einer leicht zittrigen Hand zog ich das violette Metalltütchen zwischen meinem Bargeld hervor und legte es ihr sanft in die Hand.

»Bist du immer auf alles vorbereitet?«, fragte sie grinsend.

»Nein, das war Zufall«, erwiderte ich.

»Na, dann bin ich ja beruhigt.«

Mila drehte den Spieß um. Genaugenommen drehte sie mich um. Nun war ich der, der mit dem Rücken im Heu lag. Wir küssten uns, als würden wir es morgen nie wieder können und unsere Lippen bewegten sich gemeinsam, als hätten sie ewig darauf gewartet, dass das hier passierte.

Vorsichtig tastete ich ihren Rücken nach dem Reißverschluss ihres Kleides ab. Doch da war keiner. Ich spürte nur die Abdrücke des Heus in ihrer Haut. Langsam fuhren meine Finger die feinen Linien nach und liebkosten jede einzelne.

»Er ist an der Seite«, hauchte sie belustigt über meine gescheiterte Reißverschlusssuche. Ihre Hände waren sicherer als meine. Erneut wanderten sie zu meinem Gürtel. Sie öffneten ihn und ließen meinem Pulsieren damit freien Lauf. Mir gefiel, dass sie wusste, was sie wollte, aber vor allem gefiel mir, dass sie sich nicht dafür schämte.

Ich streifte meine Hose ab und sie zog mir das Hemd aus. Nicht so behütet wie nach der Panikattacke. Mit einem leisen Ratschen fiel auch ihr Kleid von ihrem Körper.

Als ich Mila das erste Mal sah, spürte ich genau, dass sie Ärger bedeuten würde. Dem Himmel sei Dank war diese Art von Ärger meine Spezialität.

Mein Blick wanderte von ihrem Gesicht über ihren Schwanenhals hinunter zu ihren Brüsten, ihrem Bauch und ihren Schenkeln. Als sie mir das Kondom überrollte und sich dabei besonders viel Zeit ließ, sog ich scharf die Luft ein. Sie legte mir einen Finger unter das Kinn und drückte mein Gesicht sanft nach oben, sodass ich ihr wieder in die Augen sah. In ihnen glühte das Verlangen. Sie nahm ihre Hand von meinem Kinn und fuhr mit ihren Fingern meinen Arm hinunter. Ein warmer Schauer durchfuhr mich und sorgte dafür, dass ich kurz unkontrolliert zuckte. Milas leises Kichern ließ mich lächeln. Himmel, womit hatte ich sie verdient?

Als ich ihren warmen Atem auf meiner Haut spürte, schloss ich die Augen. Zärtlich strich sie mit ihren Lippen über meine. Sie waren rau und etwas trocken, was Mila nicht im Geringsten zu stören schien, denn sie hörte nicht auf. Ein paar ihrer Wellen fielen in mein Gesicht und kitzelten meine Wange. Mit jeder Sekunde und jeder Berührung beschleunigte sich mein Puls weiter. Das Blut rauschte wie eine Achterbahn durch meinen ganzen Körper und ein ungeahnt starkes Verlangen stieg in mir auf. Ich hatte keine Ahnung, wann ich das letzte Mal so für jemanden empfunden hatte, oder ob ich mich je so stark zu jemandem hingezogen gefühlt hatte. Keine Ahnung. Ich wusste es nicht und das musste ich auch nicht, denn in diesem Moment gab es nur uns.

Ruckartig veränderte ich unsere Position, sodass nun sie diejenige war, die unter mir lag. Langsam schob ich ihr meine Hand zwischen die Beine und streichelte sanft über ihren Slip. Ein leises Stöhnen entwich ihr. Meine Lippen verzogen sich zu einem schelmischen Lächeln, während ich meine Finger weiter sanft kreisen ließ. Milas ganzer

Körper spannte sich unter meinen Händen an und ihr Atem ging schwerer. Genau wie meiner. Ihre Fingernägel bohrten sich in meinen Rücken und hinterließen einen süßen Schmerz. Ihr lustvolles Stöhnen machte mich wahnsinnig. Als ich ihre Wärme durch den schwarzen Spitzenslip erfühlen konnte, war ich kurz davor zu explodieren. Also hielt ich inne, um Mila anzusehen. Ihre braunen Wangen waren gerötet, der Lippenstift etwas verschmiert und trotzdem war sie für mich die schönste Frau auf diesem verfluchten Planeten.

Auffordernd zog sie das schöne Stück Stoff an ihren Beinen hinab, bevor sie mich an sich zog. Unsere Küsse wurden heftiger, impulsiver.

Ich presste sie an mich und Mila stöhnte auf.

»Wie lange willst du mich noch hinhalten, Kingsley?«

Ich grinste sie an. »Soll ich denn nicht weiter machen?«

»Nein«, sagte sie ehrlich.

»Na gut. Und was soll ich stattdessen tun?«

Ich begann demonstrativ ihren Hals zu liebkosen, wohlwissend, dass sie etwas anderes gemeint hatte. »Das hier?«

Mila schüttelte kichernd den Kopf.

»Hmm, und das hier?« Mein Mund wanderte zu ihrem Dekolleté.

»Nein, ich meinte eigentlich das hier.«

Ich ließ mich bereitwillig von ihr auf den Rücken drehen und grinste sie an. Mila küsste mich unverblümt, als sie sich auf mich sinken ließ. Die knisternden Wunderkerzen in meinem Inneren waren gerade dabei, ein Feuerwerk der Gefühle zu entfachen. Mein ganzer Körper kribbelte und so wie sie sich auf mir bewegte, ging es ihr nicht anders. Ihre kreisenden Hüften entlockten nicht nur mir ein Stöhnen nach dem anderen. Noch nie habe ich mich jemandem so nah gefühlt, so verbunden und gleichzeitig so frei. Als wir vor Erschöpfung langsamer wurden und unseren Rhythmus verloren, rollte sie sich neben mich ins Heu. Mila lachte leise, als sie ihren Kopf an meinen Hals schmiegte.

»Was ist so komisch?«

»Nichts, mir ist nur etwas aufgefallen.«

»Aha, und was?«

»Mein Kopf passt perfekt in deine Kuhle.«

»In meine was?«, fragte ich nun auch lachend.

»Na, die Kuhle zwischen deiner Brust, deiner Schulter und deinem Hals. Da, wo man sich besonders gern anlehnt.«

»Und ist das gut?«

Ich fühlte, wie sie leicht nickte.

»Es ist perfekt.«

Und dann lagen wir da. Arm in Arm, zwei schwitzende Körper während einer regnerischen Sommernacht in einem piksenden Bett aus Heu.

***

Das leise Zwitschern der Vögel weckte mich. Goldenes Licht drang durch die vielen Löcher der Scheunenwände und tanzte über unsere Körper. Ich konnte mich nicht daran erinnern, dass wir unsere klammen Sachen nach dem Sex wieder angezogen hatten, aber offensichtlich war es so gewesen.

»Guten Morgen«, begrüßte mich die schöne Frau, die neben mir im Heu lag. Milas Lippenstift war ein wenig verwischt, genau wie ihr Mascara und trotzdem war sie der schönste Teil von Hills Ferry. Ich könnte sie für immer ansehen.

Sie formte mit ihren Fingern ein Quadrat, wie einen Rahmen, durch den sie hindurchsehen konnte.

»Was tust du da?«

»Ich halte eine Erinnerung fest.«

»Mit deinen Händen?«

»Nein, mit meinem Herzen. Ich habe immerhin keine Kamera dabei.«

Milas Lächeln motivierte meine Lippen, auch ein Lächeln aufzulegen.

»Weißt du was, ich habe eine«, sagte ich und zog mein Smartphone aus der Hosentasche. Die Akkuanzeige leuchtete rot und ich hatte einige Anrufe in Abwesenheit, hauptsächlich von Beryll und Lawrence, die wissen wollten, ob wir schon gegangen waren. Ich startete den Selfiemodus und machte ein Bild von uns. Ein einziges.

Kapitel 13

Mila

Arden und ich waren in der frühen Morgensonne zurück zum Anwesen gelaufen und hatten uns aufs Grundstück der Hayworths geschlichen, um Ardens Pick-up abzuholen. Bis auf den freundlichen Gärtner, der die leeren Gläser aus den Beeten und dem Brunnen wieder aufsammeln musste, hatte uns, glaube ich, keiner bemerkt.

Wir waren einfach ins Auto gestiegen und verschwunden, als wären wir nie da gewesen.

Und nun fuhren wir zurück Richtung Hills Ferry. Arden hatte mir angeboten, kurz bei mir vorbei zu fahren, damit ich mich umziehen konnte, bevor wir ins Carsons fuhren. Theoretisch hatten wir heute auch noch geschlossen, aber da war eine Menge Kram, der vom Vorbereiten übriggeblieben war und aufgeräumt werden wollte.

Mit jedem Meter, jedem Baum und jeder Brücke, die wir meinem Zuhause näherkamen, wollte ich weniger ankommen, auch wenn ich gar nicht vorhatte länger zu bleiben.

Das Haus war schon seit Wochen leer, jetzt, wo mein Dad in Greenville war. Ich hatte Schwierigkeiten, die Stille in diesem ehemals sehr fröhlichen Heim zu ertragen. Sie schien jeden Abend auf mich zu warten.

Wenn ich von der Arbeit kam. Niemand war da. Nur ich. Und je stiller es wurde, desto stiller wurde auch ich. Und als Arden auf unsere Hofeinfahrt fuhr, wo der zerbeulte Truck meines Vaters vor sich hinvegetierte, bekam ich das Gefühl, dass mich die Stille zu fassen bekam. Also passierte das, was ich fast noch weniger leiden konnte. Ich brabbelte einfach los.

»Der Sex mit dir war schön.«

Arden grinste, den Blick weiter auf die Einfahrt gerichtet.

»Finde ich auch. Aber nur so aus Interesse, war das jetzt besser als gut?«, neckte er mich.

»Ich würde sagen knapp drüber.«

»Autsch. Das verletzt mich in meinem Ego.«

»Möchte es lieber gestreichelt werden?«, fragte ich mit verstellter Stimme.

Arden zog die Handbremse an und legte die Arme lässig aufs Lenkrad.

»Schon irgendwie.«

Mit Schwung stieß ich die Beifahrertür auf.

»Nächstes Mal vielleicht. Aber weißt du, wie du deine Chancen auf ein Kompliment exponentiell erhöhst?«, fragte ich ihn.

»Nein, aber du wirst es mir bestimmt gleich verraten.«

Arden zog beide Augenbrauen nach oben und wieder fiel mir auf, wie unfassbar gut er aussah. Das war doch nicht normal.

»Du könntest duschen gehen«, schlug ich vor.

Arden warf lachend seinen Kopf in den Nacken.

»Weißt du was, Mila?«

»Was?«

»Du auch.«

»Gut, dann schlage ich vor, dass wir uns in einer Stunde gestriegelt und gebügelt vor dem Carsons treffen«, befahl ich mehr, als dass ich eine Idee in den Raum warf.

»Also soll ich nicht hier auf dich warten?«, fragte er um sicherzugehen.

»Nein, wir treffen uns mit Beryll und Lawrence im Laden. Malory hat heute ihren freien Tag. Ich laufe und genieße noch ein wenig das Sommerwetter, bevor ich nächste Woche wieder eine Überstunde nach der nächsten mache«, erklärte ich, als ich aus Ardens Pick-up stieg.

»Na gut, dann sehen wir uns gleich auf der Arbeit«, antwortete er. Ich bildete mir für einen kurzen Augenblick ein, es hätte Enttäuschung in seiner Stimme gelegen. Aber dann verzog er seinen Mund zu dem Lächeln, das regelmäßig dafür sorgte, dass mein Herz schneller schlug.

»Mila?«

»Ja?«

»Ich glaube, das war die schönste Nacht meines Lebens«, sagte Arden verlegen, obwohl ich mir sicher war, dass er jedes Wort so meinte.

»Bis zur nächsten schönsten Nacht deines Lebens«, erwiderte ich so breit grinsend wie ein Honigkuchenpferd.

»Ich hoffe, da kommen noch ein paar«, gab er lachend zurück.

»Wenn du weiter so charmant bist, dann bin ich da optimistisch.«

»Gut, dann ist jetzt wohl der richtige Zeitpunkt, dich nach einem Date zu fragen. Würdest du morgen mit mir einen Date-Tag verbringen?«, fragte Arden selbstbewusst. Die Schmetterlinge in meinem Bauch begannen wieder zu randalieren und sorgten dafür, dass ich die Anziehung, die wir aufeinander ausübten, noch stärker spürte.

Immerhin wussten wir beide, dass ich nach der Gefühlsexplosion der letzten Nacht wahrscheinlich zu allem Ja und Amen sagte, was er mir vorschlug. Nur bei Bungeejumping wäre ich wahrscheinlich raus ... Nein, da wäre ich definitiv raus.

»Gleich einen ganzen Tag. Hmm, na gut ... Holst du mich ab?«

Das Dauergrinsen in meinem Gesicht und die Aufregung in meiner Stimme zeigten klar, dass ich im Verliebtsein ziemlich aus der Übung war. Plötzlich verhielt ich mich wieder wie dreizehn und nicht wie einundzwanzig. Vielleicht hätte ich vorher einen dieser »Wie gehe ich auf ein Date, wenn ich eine Eiszeit lang Single war?«-Kurse belegen sollen. Aber dafür war es jetzt sowieso zu spät.

»Nein, wir treffen uns morgen früh um neun an der Hills Ferry Gondelstation.«

Ardens Einladung machte mich neugierig.

»Du willst also mit mir in die Berge?«

Arden zuckte lässig mit den Schultern. »Vielleicht, aber vielleicht auch nicht. Es könnte genauso gut eine Finte sein. Bring am besten Wanderschuhe und High Heels mit. Nur für den Fall.«

»Na gut, ich bin gespannt.«

»Glaub nicht, dass du mich gleich noch ausquetschen kannst!«

»Tue ich nicht. Versprochen.« Ich hob meine Hand und wedelte mit dem kleinen Finger, um meine Worte zu untermauern.

Nachdem ich die Tür zuschlug, beobachtete ich, wie Arden den Pick-up aus unserer Auffahrt manövrierte und seine rot leuchtenden Rücklichter zwischen den Bäumen verschwanden.

Ich sprintete ins Bad und machte mich in Rekordzeit fertig. Heute beeilte ich mich sogar beim Duschen, obwohl ich es normalerweise liebte, das heiße Wasser auf meiner Haut zu spüren. *Ja, auch im Sommer. Warmduscherin durch und durch.*

Aber ich wollte frisch aussehen und nicht wie zu heiß gebadet.

Ich legte etwas Mascara und Concealer auf und schlüpfte in mein liebstes Sommerkleid. Es war bodenlang und mit einem grünen Blumenmuster bestickt. Eigentlich hatte es Marcy gehört, aber die war mit ihren Modelbeinen ziemlich schnell da rausgewachsen. Wenn ich es trug, fühlte ich mich ihr trotzdem ein bisschen näher.

Gerade als ich dabei war meine Turnschuhe zuzubinden, klingelte es an unserer Haustür. Im ersten Moment dachte ich, Arden würde mich doch abholen, aber der Mann, der da vor unserer Haustür stand, war nicht Arden.

»Es freut mich Sie wiederzusehen, Mila«, begrüßte mich Gerrick.

Seine fettigen Haare hatte er zurückgekämmt und so wie er roch, hatte er im Gegensatz zu mir seit gestern keinen Duschkopf von unten gesehen. Sofort kamen mir Ardens Worte in den Kopf. Ich musste das, was er Arden angetan hatte, ignorieren und freundlich sein. Das war die Devise.

»Guten Morgen, Gerrick, was kann ich für Sie tun?«

Er verzog seine dünnen Lippen zu einem fiesen Strichmännchen-Lächeln.

»Die Frage ist nicht, was Sie für mich tun können, sondern was ich für Sie tun kann«, antwortete er, während er auffällig an mir vorbei zu schauen versuchte. Entweder wollte er wissen, ob Arden da war, oder er wollte ausnutzen, dass er es nicht war.

»Vielleicht ein anderes Mal. Das ist ein nettes Angebot, aber ich muss jetzt ins Carsons«, versuchte ich mich so freundlich wie möglich von ihm zu verabschieden. Aber Gerrick nahm das nicht so einfach hin. Ehe ich mich versah, drückte er mit seiner Hand die Tür auf.

»Wissen Sie, Mila, ich möchte Sie doch nur vor diesem Monster beschützen«, säuselte er.

»Er ist kein Monster. Er hat mir alles erzählt«, rutschte es mir raus. Sofort schlug ich erschrocken die Hand vor meinen Mund.

Gerricks Augenbrauen schnellten überrascht nach oben.

»Ach, hat er das?«

»Ja, hat er«, antwortete ich standhaft.

»Und den Teil, dass er mir zwanzig Riesen überwiesen hat, damit ich ihm neue Papiere beschaffe, hat er sicher auch nicht ausgelassen, oder?«

»Das ist eine Lüge. Er hat mir schon erzählt, dass Sie gern die Tatsachen verdrehen«, entgegnete ich unbeeindruckt. Zumindest wollte ich so wirken. Innerlich brodelte ich vor Aufregung. Was war hier los?

»Ah ja? Und wenn ich es beweisen kann?« Gerricks gruseliges Lächeln wurde nur noch breiter.

»Wie?«

»So«, antwortete Gerrick bestimmt, als er sein Smartphone aus der Hosentasche zog. Das Display war in der oberen linken Ecke war gesprungen. Aber das, was er mir im nächsten Moment zeigte, brachte mein Herz zum Zerspringen.

Ein Foto von Arden leuchtete mir entgegen. Es war schon etwas älter, aber trotzdem war er es, den das Bild zeigte. Die Augen, die Wangenknochen, alles passte. Mein Herz rutschte mir in meine zittrigen Knie.

Die Überschrift des Artikels, zu dem das Bild gehörte, lautete:

Antiranischer Prinz ein Mörder? Die Aaron Kingston Story

»Nein«, hauchte ich. »Das ist nicht wahr.«

»Doch, Schätzchen, ist es. Der Typ lügt, dass sich die Balken biegen. Sein echter Name ist Aaron Kingston und genau wie sein Vater ist er ein echter Gauner unter den europäischen Royals. Er war Dritter in der Thronfolge von Antira, bis er sich den einen Fehltritt zu viel geleistet hat. Die hätten ihn einbuchten sollen, als das erste Mädchen in seiner Nähe gestorben ist. Haben sie aber nicht. Und jetzt läuft der Wichtigtuer hier unter falschem Namen rum. Sie sehen doch, wie gefährlich er ist. Sie müssen nur Aaron Kingston googeln. Europas beliebtester Suchbegriff 2020.«

Tränen sammelten sich in meinen Augen. Sie wurden schwerer und schwerer, bis sie einzeln und nacheinander meine Wangen hinunterkollerten.

Arden oder Aaron, wer auch immer er wirklich war, hatte mich die ganze Zeit belogen. Er hatte mir Bruchstücke aus seinem Leben geschenkt, damit ich ihm vertraute. Und ich hatte es getan. Einfach so.

Aber eine Frage blieb trotzdem.

»Warum erzählen Sie mir das, Gerrick?«, fragte ich ihn direkt.

»Weil ich nicht will, dass Sie die Nächste auf seiner Opferliste sind.«

»Das ist doch nicht alles«, behauptete ich, während ich eine abwehrende Haltung einnahm. Ich wollte bedrohlicher aussehen, als ich mich fühlte. Und es schien zu funktionieren, denn Gerrick nickte.

»Stimmt. Er schuldet mir Geld, viel Geld. Und das möchte ich haben«, knurrte er.

»Und das bekommen Sie, wenn er was tut?«

»Ich hoffe einfach, dass es reicht, wenn Sie mit ihm reden. Wenn nicht, muss ich etwas kreativer werden«, raunte er bedrohlich.

Ich wusste, dass ich Gerrick nicht trauen sollte. Dumm nur, dass ich demjenigen, der mir das geraten hatte, auch nicht mehr traute. Arden hatte mich belogen und zwar in einem Maße, das ich nie für möglich gehalten hätte. Jeder hatte Geheimnisse, aber das war zu viel. Und ich war auch noch so dumm gewesen, ihm mein Herz nach so kurzer Zeit auf einem Silbertablett zu servieren.

Ich konnte spüren, wie es in mir begann auseinander zu brechen, Stück für Stück. Mich beschlich das ungute Gefühl, dass alles nur noch schlimmer werden würde.

»Würde es Ihnen etwas ausmachen, mich zum Carsons zu fahren? Ich treffe mich da gleich mit ihm. Da könnte ich ihn zur Rede stellen und nach ihrem Geld fragen, wenn Sie wollen«, bot ich an, wobei mir jedes meiner Wörter wie ein Verrat an meinen Gefühlen für ihn vorkam. Andererseits hatte er sich auch nicht darum geschert, was passieren würde, wenn ich es herausfand. Was hatte er gedacht? Dass wir in Hills Ferry so abgeschottet von der Welt lebten, dass ein Schwindler mehr oder weniger nicht auffiel?

»Es wäre mir ein Vergnügen.«

***

Der Weg zum Carsons kam mir länger vor als sonst, dabei waren es nur um die fünf Minuten mit dem Auto, vorbei an Flüssen und Bäumen. Die warme Sommersonne, die am wolkenlosen Himmel schien und den Tag in ein orangenes Licht tauchte, schien mich nach er gestrigen Nacht verhöhnen zu wollen.

Je mehr ich drüber nachdachte, desto mehr begann es in meinem Innersten zu brodeln.

Gerrick parkte nicht direkt vor dem Carsons. Nein, da stand wie immer Ardens violetter Pick-up. Schon bei dem bloßen Anblick des Wagens wurde mir speiübel. Wie würde es sein, wenn ich ihn sah? Noch bevor ich mir Gedanken über die mögliche Antwort machen konnte, sah ich ihn schon aus der Gasse hinter dem Carsons kommen. Dort, wo er Berry gefunden hatte und wo die Tür zu seiner Wohnung lag ... Zu meiner Wohnung. Gott, wie sollte ich das alles Dad erklären?

Hey Dad, du erinnerst dich an Arden, oder? Ja, genau. Also der heißt eigentlich Aaron Kingston und ist ein europäischer Prinz, der im Knast war, weil er in einen Mord verwickelt sein soll. Ja Dad, der wohnt bei uns.

Das klang in meinem Kopf wahrscheinlich noch beschissener als in echt.

»Was ist jetzt?«, fragte Gerrick ungeduldig.

Mein Blick glitt zu Arden ... Aaron, der sich an seine Motorhaube gelehnt hatte und die Sonnenstrahlen genoss. Ich hasste mich dafür, dass ihn zu sehen nicht nur negative Gefühle in mir auslöste. Nein, egal was er getan hatte, die Schmetterlinge flogen trotzdem wie wild in meinem Bauch herum. Noch nie in meinem Leben hatte ich mir so sehr einen Kescher gewünscht wie in diesem Moment.

»Ja, ich muss mich nur kurz mental darauf vorbereiten«, antwortete ich. Gerrick nickte verständnisvoll, obwohl mir klar war, dass er eigentlich nur an dem Geld interessiert war.

Nachdem ich ihn noch einen Augenblick beobachtet hatte, drückte ich den Türgriff auf. Doch etwas ließ mich innehalten und sorgte dafür, dass ich nicht ausstieg.

Ich sah, wie Beryll in weißer Jeansshorts und *Dead by Daylight*-Shirt geradewegs auf Ar … aron zumarschierte. Ohne ihn zu begrüßen oder etwas zu ihm zu sagen, schlang sie ihre Arme um seinen Oberkörper. Sie küssten sich.

Mir wurde übel und obwohl es um die dreißig Grad sein musste, begann ich zu frösteln. Mir blieb keine Wahl, als die Augen zu schließen und zu hoffen, dass ich in einem anderen Leben wieder aufwachte. Das war meine beste Freundin, die den Hochstapler küsste, in den ich mich verliebt hatte.

Mein Atem blieb stehen, mein Herz blieb stehen, einfach alles war wie pausiert. Alles, außer das Gefühl, dass mein Herz dabei war zu explodieren.

Meine Augen waren so verheult, dass ich nur die Umrisse von Gerricks Arm erkannte, als er sich über mich beugte und die leicht geöffnete Tür wieder zuzog. Normalerweise hätte ich an dieser Stelle Panik bekommen, aber ich in diesem Moment, waren alle Emotionen in mir erloschen. Ich fühlte nichts.

»Bringst du mich bitte nach Hause? Ich will hier nicht bleiben«, bat ich Gerrick, der hoffentlich menschlich genug war, jetzt nicht mehr darauf zu bestehen, dass ich mit Aaron sprach.

Aber Gerrick antwortete nur: »Ich bringe dich weg von hier.«

Kapitel 14

Arden

»Verdammt Mila, geh ran«, fluchte ich in mein Smartphone, als ich zum fünften Mal dabei war, auf Wahlwiederholung zu drücken. Aber wenn ich mich nicht weiter mit ihrem Anrufbeantworter unterhalten wollte, musste sie abnehmen.

Mit gepackter Reisetasche stand ich vor der Bergbahnstation und wartete seit bereits einer Stunde auf sie. Aber von Mila fehlte jede Spur, was mich zum Nachdenken brachte. Es war schon seltsam gewesen, dass sie Lawrence spontan angerufen und darüber informiert hatte, dass sie nicht kam. Ich war davon ausgegangen, dass es ihr nach der aufregenden Nacht einfach nicht gut gegangen war, was es nicht weniger seltsam gemacht hatte. Normalerweise plante sie alles durch und überließ nichts dem Zufall. Spontanität war ein so seltenes Wort in ihrem Wortschatz wie Desoxyribonukleinsäure in meinem.

Zerknirscht starrte ich auf das Display meines Smartphones, das sich einfach nicht verändern wollte. Es zeigte weder Anruf noch Messages an. Das Einzige, was mir regelmäßig entgegenstarrte, wenn ich es entsperrte, war das Bild von gestern. Das Bild von Mila und mir, auf dem wir in einem Heuhaufen lagen und in die Kamera grinsten wie verliebte Idioten.

Zwischenzeitlich hatte ich wirklich ein schlechtes Gewissen gehabt, dass wir so schnell von der Party verschwinden mussten, weil ich meine Gefühle nicht unter Kontrolle hatte. Aber anders wäre diese unglaubliche Nacht wohl nie zustande gekommen.

Ich hatte mich ihr anvertraut und es hatte sich gut angefühlt. Mila hatte zugehört und mich nicht verurteilt. Zumindest waren das ihre Worte gewesen. Und ich hatte ihr jedes einzelne davon geglaubt.

Nun stand ich hier. Allein. Vor einer Gondelbahn, die uns zu einer Hütte in die Berge hätte bringen sollen.

Ihr zuliebe hatte ich das perfekte Date geplant. Wir würden hochfahren, unsere Sachen ins Zimmer bringen und uns dann die Wanderschuhe unterschnallen, eine Runde um den Bergsee wandern und zum Abendessen ausnahmsweise etwas anderes als Spaghetti Carbonara zu uns nehmen. Sie hätte es geliebt. Aber ich hatte nicht das Gefühl, dass sie noch kommen würde.

Vielleicht hatte sie es vergessen und war doch ins Carsons gefahren? Schnell suchte ich die Telefonnummer des Bistros raus und rief an. Nach einigen Freizeichen meldete sich eine gestresste Beryll. Im Hintergrund konnte ich das laute Klappern von Tellern und Tassen hören, genau wie das Lachen einiger Gäste.

»Carsons Bistro, Beryll am Apparat. Was kann ich für Sie tun?«

»Hey Beryll, hier ist Arden. Sag mal, ist Mila zufällig im Carsons?«, fragte ich flehend.

»Nein, ich dachte, du hättest gestern gesagt, dass ihr heute den ganzen Tag unterwegs seid. Aber du, Arden, hier brennt die Hütte. Sie kommt bestimmt jede Minute. Meld dich, wenn Sie's nicht tut.«

»Okay, danke Ber ...«, versuchte ich mich zu verabschieden, aber sie hatte mich schon weggedrückt.

Gerade als ich überlegte, was ich als Nächstes tun konnte, tauchte eine unbekannte Nummer auf meinem Display auf.

Vielleicht war ihr Akku leer?

Keine Sekunde später hielt ich mein Smartphone am Ohr.

»Mila?«, fragte ich nervös.

»Nicht ganz«, antwortete mir eine leider viel zu vertraute Stimme.

»Was willst du, Gerrick? Woher hast du meine Nummer?«, fragte ich bissig.

»Ganz ruhig, Großer. Mila hat sie mir gegeben. Sie ist bei mir und noch geht es ihr gut.« Gerricks schmierige Lache sorgte dafür, dass mein Herz einen Moment aufhörte zu schlagen.

»Was heißt noch?«, fragte ich vorsichtig.

»Noch bedeutet, dass ich bis Mitternacht die zweihundertfünfzigtausend Dollar von dir haben will. In Cash. Deponiert im Briefkasten der Familie Carson. Sonst geht es ihr dann nicht mehr so gut. Und für den Fall, dass du dir überlegst die Polizei einzuschalten oder irgendjemandem davon zu erzählen, habe ich Vorkehrungen getroffen. Alle Beweise deuten auf dich. Ich habe sie sorgsam platziert. Du solltest überlegen, dir ein Sicherheitsschloss einbauen zu lassen. Sicher ist sicher«, raunte er mit einem finsteren Lachen.

»Ich will mit ihr sprechen, woher soll ich sonst wissen, ob sie noch lebt.«

»Du wirst nicht mit ihr sprechen, das ist deine Belohnung am Ende. Aber weil ich zu den Guten gehöre, darf sie dir etwas sagen«, antwortete Gerrick. Ich konnte hören, wie er sich vom Smartphone wegdrehte und seine Schritte leise hallten. Er musste sich in einem großen Raum befinden, kam es mir in den Sinn.

»Mila, hast du deinem Liebsten etwas zu sagen?«, hörte ich seine dumpfe Stimme. Und dann hörte ich noch etwas. Es war leiser, mehr ein Wimmern oder ein Weinen. Ich hielt den Atem an, damit ich auch nicht die kleinste Kleinigkeit überhörte.

»Bringst du mich bitte nach Hause? Ich will hier nicht bleiben«, hörte ich Mila schluchzen.

Während sich mein Herz zusammenzog, fuhr mir die Wut in die Finger und sorgte dafür, dass ich meine Hände zu Fäusten ballte. Ich musste aufpassen, das Telefon nicht mit bloßen Händen zu zerquetschen.

»Damit wirst du nicht durchkommen!«, knurrte ich ins Telefon.

»Doch. Doch, das werde ich. Wir sehen uns, Aaron, und denk dran: Zeit ist Geld. Ticktack. Deine Zeit läuft ab jetzt«, verkündete Gerrick mit einem eisigen Lachen in der Stimme. Dann legte er auf.

Ich spürte, wie Wut und Panik in mir aufstiegen und sich zu einem Adrenalincocktail sondergleichen vermischten. Mein erster Impuls war es, mein Smartphone den Hang hinunterzuwerfen, aber in Anbetracht der Tatsache, dass es meine einzige Verbindung zu Milas Entführer darstellte, ließ ich das bleiben.

Stattdessen boxte ich mit voller Wucht gegen einen nahegelegenen Stromkasten.

»Scheiße, scheiße, scheiße! Dieses verdammte Arschloch!«, rief ich aufgebracht über den ganzen Platz. Die überraschten Blicke der anderen Touristen, die an der Gondelstation standen und warteten, waren mir sicher. In einigen Gesichtern sah ich Angst und andere waren verstört, weshalb ich beschloss, dass es besser war zu gehen, bevor mich noch jemand erkannte.

Ich setzte mich in meinen Pick-up und googelte die Nummer eines längst vergessenen Freundes, oder Feindes, je nachdem, wie man es sah.

Das Freizeichen ertönte ein paarmal, bevor eine junge Frau den Hörer abnahm.

»Detective Rivers, New York City. Sie sprechen mit Valory Marshall. Was kann ich für Sie tun?«

»Mein Name ist Aaron Kingston und ich möchte bitte Ihren Chef sprechen. Sagen Sie ihm, dass es um Leben und Tod geht.«

Meine Stimme war zittrig, fast schon flehend. Wenn Rivers mir nicht helfen konnte, war ich verloren.

»Einen Moment, ich stelle Sie durch«, verlautete Valory, bevor der kurze Anfang einer Melodie erklang, der mich stark an das Intro von *Law and Order* erinnerte. Doch bevor ich meinen Gedanken weiter folgen konnte, meldete sich eine Stimme, von der ich nicht gedacht hätte, dass ich sie in meinem Leben noch mal hören würde.

»Ich hoffe, es ist so wichtig, wie du Valory gesagt hast.«

»Ich würde dich nicht anrufen, wenn du nicht der Einzige wärst, der mir helfen könnte.«

»Na dann bin ich gespannt, was du mir zu sagen hast«, antwortete Cosmo Rivers. Der ehemals jüngste Detective Inspector, den Scotland Yard je gesehen hatte und der Mann, der mich verhaftet hatte. Unsere Beziehung war wirklich eine ganz besondere. Glück gebracht hatte sie aber bisher keinem von uns.

Ich erzählte ihm auf dem Heimweg, was passiert war und warum ich so in der Klemme steckte. Dass ich in New York gelebt hatte, war für ihn keine Überraschung gewesen, aber Gerrick schien er noch weniger zu mögen als mich. Wer konnte es ihm verübeln? Ich nicht.

»Okay. Ich setze mich in den nächsten Flieger nach DC. Hast du ein Glück, dass mein Büro in der Nähe des JFK liegt. Ich bin in zweieinhalb Stunden da. Du holst mich vom Flughafen ab und wir fahren direkt an den Ort, wo du das Geld später deponieren sollst. Ach so, und Aaron, betritt nicht deine Wohnung. Wenn der Typ meint, was er sagt, wäre es unklug, noch mehr Spuren zu provozieren. Du weißt nicht, was er alles angefasst hat. Da muss die Spurensicherung durch, wenn wir Mila haben. Fahr direkt zum DC Airport. Wir treffen uns dann. Alles klar?« Cosmos analytisches Hirn arbeitete, als hätte er seinen Posten nie aufgeben müssen.

»Danke«, sagte ich zum Abschied. Dann lenkte ich den Pick-up in einen Feldweg, um zu wenden und geradewegs zum DC International zu fahren. So schnell hatte ich mein Navi noch nie programmiert.

***

Keine drei Stunden später saß der neunundzwanzigjährige Ex-Cop neben mir im Wagen und ging mit mir Stück für Stück durch, was heute passiert war. Denn eines hatte Cosmo direkt klargemacht:

Wenn wir merkten, dass etwas nicht stimmte, gingen wir direkt zur Polizei, was eine sehr weitläufige Aussage war, wenn man bedachte, dass Gerrick Mila in seiner Gewalt hatte und zweihundertfünfzigtausend Dollar von mir wollte.

Als wir in die Einfahrt einbogen, sah alles am Haus der Carsons aus wie immer, was irgendwie beängstigend war.

»So, da sind wir«, murmelte ich, als ich die Handbremse zog. Die Autotüren fielen mit einem lauten Klicken ins Schloss.

»Fällt dir irgendwas Besonderes auf?«, fragte Cosmo, als er mir ein paar beige Gummihandschuhe reichte, damit wir nicht auch noch Fingerabdrücke hinterließen.

»Nein, nicht dass ich wüsste«, gab ich zu.

Wir begannen uns in der Hofeinfahrt umzusehen, doch im ersten Moment stach uns nichts ins Auge. Doch dann hob Cosmo einen Zeigefinger vor den Mund. Wir blieben sofort stehen und gaben keinen Ton von uns. Und nur deshalb fiel es mir auf. Ein leises Kratzen, mehr ein Schaben, drang von der Rückseite des Hauses abgeschwächt zu uns herüber.

»Hörst du das?«, flüsterte Cosmo.

Ich nickte zustimmend.

Er bedeutete mir, von der anderen Seite ums Haus zu gehen, damit wir das, was auch immer dieses Geräusch verursachte, umstellten.

Mein Herz pochte so schnell, dass ich Angst hatte, dass es mich verriet.

Und dann war er einfach da, der Moment, der mich zu dem Monster machte, für das mich alle anderen sowieso schon hielten.

Ich sah Gerrick, wie er versuchte, ein Fenster aufzuhebeln und ich rannte los. Von blinder Wut getrieben stürzte ich mich auf den blonden Hünen, der offenbar nicht damit gerechnet hatte, hierbei erwischt zu werden.

»Wo ist Mila?!«, brüllte ich in sein bleiches Gesicht. Mit weit aufgerissenen Augen starrte er mich an.

»Sie ist nicht hier«, antwortete er.

»Das habe ich dich nicht gefragt, Arschloch. Wo ist sie?«

Voller Wut packte ich ihn am Kragen seines Poloshirts, bis Cosmo mich von ihm runterriss.

»Das bringt nichts, Aaron, er hat sie nicht hier!«, sagte er.

Gerrick nutzte diesen Moment der Ablenkung und rannte zur Straße. Cosmo und ich verfolgten ihn und wieder schaffte ich es ihn zu packen. Nur dieses Mal war Gerrick vorbereitet. Er holte aus und versuchte mir ins Gesicht zu schlagen. Ich schaffte es gerade so ihm auszuweiten, sodass nur sein Fingernagel einen Kratzer auf meiner Lippe hinterließ, der schnell zu bluten begann. Währenddessen schnappte sich Cosmo den Verbrecher von hinten und zog ihn zu Boden, um ihm Handschellen anzulegen.

»Das dürfen Sie nicht, Mann!«, schrie Gerrick wild.

»Doch, darf er«, antwortete ich knurrend. Nur Cosmos Hand auf meiner Schulter hielt mich gerade davon ab, diesem Idioten ins Gesicht zu schlagen.

»Das darf ich. Mein Name ist Cosmo Rivers und ich arbeite als Privatermittler immer sehr eng verbunden, mit der Polizei. Und Sie erzählen uns jetzt, wo Mila wirklich steckt, denn entführt haben Sie sie nicht«, stellte Cosmo klar.

Überrascht sah ich ihn an.

»Ich habe sie doch gehört. Wie kommst du darauf, dass er sie nicht hat?«, fragte ich irritiert.

Cosmo grinste überlegen. Seine braunen Haare hingen ihm in die Stirn.

»Ganz einfach. Hätte er Mila, müsste er nicht ins Haus der Carsons einbrechen. Er hätte den Schlüssel und könnte einfach hineinspazieren, stimmt's?«

Gerrick nickte verlegen.

»Ich bin hier, um Spuren zu hinterlassen.«

»Und wo ist sie dann?«, fauchte ich aufgebracht.

»Ich habe Mila nicht entführt, das musste ich gar nicht. Du hast dafür gesorgt, als sie dich vor dem Carsons gesehen hat. Sie ist dann ganz von selbst nach New York City geflogen, weil sie überlegt hat, ihre Mutter zu besuchen«, begann Gerrick seine Ausführung. *Natürlich, der Kuss!* Ich hatte keine Ahnung, was da in Beryll gefahren war. Und trotzdem war es immer noch eine Option, dass er log.

»Aber das erklärt nicht, wieso ich sie gehört habe«, gab ich zornig zu bedenken.

»Ich war gestern hier, um ihr von dir zu erzählen, damit sie verletzt ist und mir hilft, an das Geld zu kommen. Ich habe sie dann mitgenommen zum Carsons. Als sie dich mit der Pinkhaarigen gesehen hat, fing sie das Flennen an und ist nicht ausgestiegen. Ich habe mit meinem Handy aufgenommen, was sie gesagt hat, und es zum Abspielen an meinen Laptop geschickt.«

»Und dann?«, knurrte ich.

»Dann habe ich sie wieder nach Hause gefahren. Sie hat mir hundert Mäuse gegeben, damit ich sie noch zum Flughafen kutschiere. Also habe ich das auch noch gemacht. Sie hat auf der Fahrt mit irgendjemandem telefoniert. Lauren oder so«, gestand Gerrick.

Die Tatsache, dass sie den Kuss gesehen hatte und dass ich ihr verschwiegen hatte, wer ich war, rückte mich in ein ziemlich schlechtes Licht. Zu Recht.

»Was hast du dir dabei gedacht, verdammt?«, knurrte ich Gerrick an.

»Ich habe die Situation genutzt, wie es jeder gute Journalist tut«, verteidigte er sich.

»Du bist aber kein guter Journalist. Du bist ein scheinheiliger Lügner und Erpresser.«

Ich spuckte neben ihm auf den Asphalt. Meine Lippe blutete noch immer. Sein Auge sah aber auch nicht besser aus. Einen Schönheitswettbewerb gewann heute keiner von uns. Aber selbst wenn, wären meine Chancen trotzdem noch wesentlich besser gewesen als seine.

»Also ich schlage euch beiden vor, runterzukommen«, schaltete sich Rivers ein. Den Polizisten, würde man aus ihm wohl nie ganz rausbekommen, auch wenn er wohl nie wieder als einer arbeiten würde.

Auch ihn hatte die Presse schwer erwischt und dabei hatte sein Vater die Scheiße gebaut und nicht er selbst. Aber die Menschen konnten hart sein und so war auch der ehrenwerte Detective Inspector, Cosmo Rivers, zu einem Outlaw geworden. Jeder, der behauptete, geteiltes Leid sei halbes Leid, war ein Lügner.

So wie ich war Cosmo nach New York geflohen, um neu anzufangen und ein eigenes Leben zu führen. Aber wenn du Polizist warst und rauskam, dass dein Vater jemanden ermordet hatte, dann war auch dein Ruf im Allerwertesten. Und genau das war ihm passiert.

Trotzdem stand er jetzt hier mit ausgebreiteten Armen zwischen Gerrick und mir. Einmal Polizist, immer Polizist, ob mit oder ohne Marke, Cosmo wirkte autoritär. Ich wusste, dass er zu den Guten gehörte, mit denen man sich trotzdem besser nicht anlegte.

Wolken schoben sich vor die helle Sommersonne. Es war, als spürte der Himmel, dass die Luft hier unten bereits brodelte wie ein Kessel mit kochendem Wasser. Das rote Haus der Carsons wirkte leer und trostlos. Milas Dad war in der Klinik und sie saß in New York, um sich mit ihrer Mutter zu treffen, die seit Jahren nichts von ihr wissen wollte.

Ich wusste wie es war, wenn ein Elternteil zu sehr mit sich selbst beschäftigt war und darüber vergaß, sich um einen zu kümmern. Mein Vater war genauso gewesen. Für ihn war ich nur Mittel zum Zweck, damit er das bekam, was er wollte. Macht. Und ich war darauf hereingefallen und war enttäuscht worden.

Ich hatte Angst, dass Mila von ihrer Mutter enttäuscht werden könnte. Und falls dieser Ernstfall eintrat, wollte ich da sein. Ich wollte ihr alles erzählen. Über mich, meine Vergangenheit und die Gefühle, die sie allein in mir auslöste. Das war's.

»Cosmo, können wir die Polizei rufen und ihn wegen versuchten Einbruchs verhaften lassen?«, fragte ich plötzlich.

Der junge Privatdetektiv kratzte sich am Hinterkopf.

»Sicher. Die Spurensicherung wird bestimmt eine Menge Fingerabdrücke finden, die das untermauern. Schon allein das aufgehebelte Fenster dürfte dafür ausreichen«, erklärte er und zeigte auf das zerbrochene Glas, das sich über die gepflasterte Hofeinfahrt der Carsons verteilte.

»Super. Kannst du das in die Hand nehmen? Ich muss noch etwas Dringendes erledigen«, erklärte ich und machte mich auf den Weg zu meinem Pick-up.

»Willst du ihn gar nicht wegen der Erpressung anzeigen?«, rief er mir fragend nach.

Grinsend schüttelte ich den Kopf.

»Das kann ich immer noch, wenn ich wieder da bin. Wir treffen uns heute Abend am DC International. Die genaue Uhrzeit schicke ich dir später. Ich habe vor, dich zurück nach New York zu begleiten.«

Ich warf Cosmo einen Blick über meine Schulter zu. Dieser sah mir verwundert nach, während er Gerrick an den Handschellen auf die Beine zog und etwas auf seinem Smartphone eintippte. Wahrscheinlich die Nummer der Polizei.

Zwei Tage lang hatte Gerrick mich in dem Glauben gelassen, dass er Mila entführt hatte und ich war idiotisch genug gewesen, nicht direkt zur Polizei zu gehen. Noch ein Eintrag auf der langen Liste von Fehlern, die ich gemacht hatte.

Aber es war nie zu spät, etwas wieder geradezubiegen.

Kapitel 15

Mila

Als ich am JFK gelandet war, hatte ich eine Liste gehabt, die ich abarbeiten konnte. Ich hatte sie im Flugzeug mit dem Werbekugelschreiber einer Billig-Airline auf eine Serviette geschrieben. Den gesamten Flug über hatte ich diese Liste mit beiden Händen umklammert und aus dem Fenster gestarrt. Bei der Passkontrolle hatte ich sie dann aber verloren. Mein letztes bisschen Sicherheit. Meinen Plan.

Es grenzte an ein Wunder, dass ich nach Marcys Unfall keine Angstzustände bei dem bloßen Gedanken an Flugzeuge bekam. Aber Ängste wurden nicht rational verteilt. Man suchte sie sich nicht aus. Es war eher ein Glücksspiel. Man würfelte etwas und bekam ein Ergebnis. Alles, was dazwischen passierte, beeinflusste zwar das Spiel, konnte aber nicht beeinflusst werden.

Und nun saß ich seit zwei Tagen in meinem Schlafanzug in einem Hotelzimmer und bestellte Eiscreme beim Zimmerservice. Dabei schienen gerade die letzten warmen Strahlen der Sommersonne durch die verschleierten Fenster, genau auf mein Bett. In wenigen Stunden würde sie dem Mond das Feld einräumen. Trotzdem vermutete ich, dass sie mich daran erinnern wollte, dass ich mich nicht zu verstecken brauchte. Draußen wartete kein Gewitter auf mich. Und damit hatte sie recht. Aber die Sonne verstand nicht, dass das Unwetter in meinem Inneren tobte, dass ich jedes Mal, wenn ich die Augen schloss Arden oder Aaron oder wen auch immer vor mir sah: seine tiefen grünen Augen, das braune Haar, das ihn verwegen wirken ließ und natürlich die schiefen Grübchen, die sich um sein perfektes Lächeln arrangierten. Aber das war nicht das Einzige, was mich verfolgte. Es war sein schwitziger Geruch beim Sex, die Spaghetti Carbonara, wie er mir in der Vorratskammer des Carsons sagte, dass ich Marcy mein Licht sein lassen musste, damit die Schatten verschwanden.

Mit jeder Sekunde, die wir miteinander verbracht hatten, war mein Herz näher an seins herangewachsen und ohne dass ich es überhaupt gemerkt hatte, hatte ich den Menschen gefunden, der das helle Gegenstück zu meiner inneren Dunkelheit bildete.

Ich hatte mir eingeredet, dass ich mit der Intention gekommen war, meine Mom zu besuchen und ihr von Marcys Tod zu erzählen. Aber in Wirklichkeit wollte ich das gar nicht. Ich war hier um vor Arden ... Aaron zu fliehen. Ich wollte ihm nicht so nah sein, aus Angst, dass ich ihm zu schnell vergab und er mich dann wieder verletzte. Ich wusste, wie das lief. Ich hatte es oft genug bei Beryll beobachtet. Manche Männer wollten einen, nur um einen dann wieder fallen zu lassen und dann ihre beste Freundin zu küssen.

Bei dem Gedanken, wie sie sich gestreckt hatte, um ihn zu küssen und er einfach nur dastand, fühlte ich denselben Druck in meiner Brust wie vor zwei Tagen. Frustriert rammte ich den Löffel etwas zu fest in meinen beinahe leeren Ben und Jerry Eimer. Die Pappe war eingerissen und der geschmolzene Bodensatz mit Vanillegeschmack sammelte sich auf meiner zweiten Bettdecke. Die brauchte ich ja Gott sei Dank gerade sowieso nicht. Hier war niemand außer mir, meinem Eis und sämtlichen YouTube-Videos, in denen Aaron Kingston Thema war. Dass er dabei nicht besonders gut wegkam, überraschte mich nach Gerricks Aufklärung nicht sonderlich. Genau genommen war sogar das der Grund, weshalb ich auf jedes Thumbnail klickte, auf dem ich Arden erkennen konnte.

Ich hoffte so sehr, dass ich anfing ihn zu hassen, wenn ich mir lange genug ansah, wie die Menschen ihn auseinandernahmen. Aber diese Art von Selbstgehirnwäsche funktionierte nicht so, wie ich es gehofft hatte. Stattdessen kam ich immer wieder zu dem Ergebnis, dass ich verstand, weshalb er mich belogen hatte. Und dafür hasste ich mich selbst.

Ich hatte Arden Kingsley kennengelernt. Und der litt unter den Fehlern seiner Vergangenheit. Aaron Kingston, den arroganten Playboy-Prinzen aus einem popelig kleinen Land am anderen Ende der Welt, dem vorgeworfen wurde, an einem Mordkomplott beteiligt gewesen zu sein, kannte ich nicht. Und doch waren beide ein und dieselbe Person. Ich hatte nicht die leiseste Ahnung, wie ich damit umgehen sollte.

In diesem Moment lief auf dem Flachbildfernseher in dem kleinen, in sterilem Weiß eingerichteten Hotelzimmer eine Dokumentation über die europäischen Royals. Das Königreich Antira, aus dem Arden offenbar eigentlich stammte, nahm darin nur ganze sieben Minuten und dreiundvierzig Sekunden ein. Woher ich das so genau wusste? Ich hatte mir den Teil bereits dreimal angeschaut. Und jedes Mal passierte dasselbe.

Aaron und seine Cousins Jonathan und Matthew wurden in ihrem Alltag gefilmt. Ich fragte mich, ob sie als Kind auch nur ein winziges bisschen Privatsphäre genossen hatten. Sie wirkten distanziert und unnahbar. Aaron hatte seine Mutter früh verloren und sein Vater war ein vielbeschäftigter Diplomat gewesen. Aaron musste viel Zeit allein verbracht haben und alle hatten dabei zugesehen. Egal, was er in seiner Kindheit oder Jugend getan hatte, er war der Rebell gewesen. Da waren sich alle Berichte einig. »Es hatte ja früher oder später so kommen müssen«, wurde dabei mehrmals betont.

Immer wenn ich merkte, dass ich wieder Mitleid mit Aaron bekam, klickte ich ein noch gemeineres Thumbnail über Aaron an und schaute mich in meinem winzigen Hotelzimmer um. Mittlerweile kannte ich jeden noch so kleinen Winkel dieses Raumes.

Die weißen Holzleisten, die man an die Wand geschraubt hatte, um den Gästen eine hochwertige Vertäfelung vorzugaukeln. Das Einschussloch in der Wand über dem Bett, das nur halbherzig von einem 0815 Blumenbild verdeckt wurde und einem deshalb sofort ins Auge stach. Dann waren da noch die auf antik getrimmten Möbel, der beige Teppich, der bestimmt mal weiß gewesen war und das Telefon auf dem Nachttisch, dem die Taste mit der Ziffer Neun fehlte. Und obwohl es einfach nur Dinge in irgendeinem Raum waren, ließen sie mir kaum Platz, um meine Gedanken an Arden loszulassen.

Ein genervtes Stöhnen entwich mir, als ich mich mit dem Rücken auf die Matratze warf und dem Deckenputz beim Bröckeln zusah. Aaron gab gerade ein Interview, in dem er erzählte, dass er nie gewollt hatte, dass jemand verletzt wurde und dass er nicht einmal mehr sagen konnte, weshalb er sich zu alledem hatte verleiten lassen.

Und ich glaubte ihm. Jedes. Verdammte. Wort.

Das dumpfe Vibrieren meines Smartphones unter der Decke durchbrach den melancholischen Kreislauf meiner Gedanken. Ich fischte es mit einer Hand hervor und warf einen Blick auf das Display.

Einundsiebzig Anrufe in Abwesenheit. Hauptsächlich von Arden, den ich zwischenzeitlich in »Obertrottel« umgespeichert hatte und meiner besten Freundin. Vor ein paar Stunden hatten Ardens Kontaktversuche sich im Sand verlaufen, aber Beryll versuchte weiterhin unentwegt mich anzurufen.

Wahrscheinlich wollte sie mir davon erzählen und sich entschuldigen. Sie wusste, wie gern ich ihn mochte und dass Gefühle im Spiel waren. Das hatte ich ihr schon vor der Party bei den Hayworths gestanden. Mein Gewissen hatte mich gequält, weil ich wusste, dass sie ihn um ein Date gefragt hatte. Er hatte sie abgewiesen und mich keine zwei Wochen später geküsst und ich hatte es ihr auch noch erzählt. Wahrscheinlich hatte ich es sogar verdient. Sie war seit einer Ewigkeit meine beste Freundin und noch nie hatte ein Mann dafür gesorgt, dass wir uns voneinander entfernten.

Zum ersten Mal seit zweit Tagen überlegte ich ans Telefon zu gehen und mit ihr zu sprechen. Aber was sollte ich sagen?

»Hey, du hast mit dem Mann rumgeknutscht, in den ich mich verliebt habe. Ich bin sauer auf dich.«

Und dann?

Setzend ließ ich das klingelnde Telefon neben mich fallen und wartete, bis es endlich schwieg. Währenddessen hatten die Eisflecken auf meiner Haut und in meinen Haaren begonnen zu trocknen und sich in klebrige Krusten zu verwandeln. Noch nie hatte mein Äußeres mein inneres Chaos so gut nach außen präsentiert.

Als ich meinen klebrigen Pappbecher wie ein Basketballprofi in den Mülleimer neben der Tür donnerte, kam mir der Gedanke, dass ich den wichtigsten Menschen in meinem Leben um Rat frage könnte.

Also griff ich noch mal nach meinem Smartphone und entsperrte das Display. Die entgangenen Nachrichten und Anrufe in Abwesenheit ignorierte ich gekonnt, während ich in dem Telefonbuch die Nummer der Greenville Klinik raussuchte.

Nach mehrmaligem Freizeichen, hob endlich jemand ab.

»Herzlich willkommen in Greenville. Diese Klinik bringt ihr Innerstes wieder zum Strahlen. Schwester Lynette am Apparat. Was kann ich für Sie tun?«, meldete sich eine freundliche Stimme auf der anderen Seite.

»Hay, ich bin Mila Rodriguez Carson. Mein Dad ist Patient bei Ihnen. Sein Name ist Lennard Carson und er wohnt in Zimmer 221. Kann ich ihn bitte sprechen? Es ist dringend.«

»Haben Sie einen familiären Notfall? Unsere Gesprächszeiten enden normalerweise um zwanzig Uhr und jetzt ist es schon Viertel nach. Ich darf sie nur durchstellen, wenn es ein familiärer Notfall ist«, erklärte sie freundlich.

»Was ist denn ein familiärer Notfall für Sie?«, fragte ich nachdenklich.

»Hmm, gute Frage. Ein Todesfall, oder wenn ein minderjähriges Kind verhaftet wurde, sowas. Wieso?«

Enttäuscht seufzte ich in den Hörer. »Ich wurde nicht verhaftet, niemand ist tot und minderjährig bin ich auch nicht mehr, obwohl ich mich gerade fühle, als hätte ich zum ersten Mal Liebeskummer. Danke für Ihre Freundlichkeit.«

»Ach Schätzchen, Sie hören sich ja furchtbar an. Was ist denn passiert?«

»Tja, wenn ich das so genau wüsste, würde ich nicht anrufen, um meinen Dad nach einem Rat zu fragen. Haben Sie sich schon mal in einen Mann verliebt, der gar nicht der war, für den er sich ausgegeben hatte?«, fragte ich sie. Nun war Lynette die, die seufzte.

»Unzählige Male. Das vergeht, glaub mir.«

»War unter Ihren Männern auch einer, der in Wahrheit ein verstoßener Prinz ist, der im Gefängnis saß, weil er an einem Komplott um den Thron beteiligt war?«, fragte ich sie ziemlich direkt.

Ich konnte hören, wie sich die Schwester an irgendetwas verschluckte, als sie meine Frage hörte. Sie hustete so laut, dass ich das Telefon ein Stück von meinem Ohr weghalten musste.

»Alles gut. Entschuldigen Sie«, meldete sie sich schnell zurück, als hätte sie plötzlich Angst, dass ich auflegte.

»Also, zu Ihrer Frage. Reden Sie von Aaron Kingston?« Lynettes Stimme klang aufgeregt, fast schon begeistert.

»Ja. Woher wissen Sie das? Ich hatte vorher noch nie von ihm gehört.«

»Hätte ich auch nicht. Aber meine Schwester Laura hat mit ihm in New York zusammengearbeitet. Sie hat die ganze Zeit davon erzählt, wie nett er ist und wie schlimm ihn die Medien hingestellt haben. Besonders dieser eine Artikel, der vor zwei Monaten erschienen ist. Der war richtig übel. Laura hat sich richtig aufgeregt. Kein Wunder, dass er danach verschwunden ist«, erzählte sie. Ihre Worte brachten mich zum Nachdenken.

Aaron verhielt sich, wenn man unsere erste Begegnung mal außen vor lies, die ganze Zeit wie ein Gentleman. Aber die ersten Tage war ich genauso eine Furie gewesen, wofür ich mich nach wie vor in Grund und Boden schämte.

»Kann ich verstehen. Es war immer ein Gentleman und freundlich und hilfsbereit, aber er hat mich so verletzt«, gab ich zu.

»Also ich finde, dass das durchaus ein familiärer Notfall ist. Deshalb verbinde ich Sie gleich mit ihrem Vater. Aber dürfte ich Ihnen auch noch einen kleinen Rat mit an die Hand geben?«, fragte sie freundlich. Ihre Stimme klang warm, was mich unweigerlich an Mom erinnerte. Ihre Stimme war auch warm gewesen. Ich hatte sie wirklich lange nicht mehr gehört.

»Ja gern. Ich bin für jede Hilfe dankbar«, stimmte ich zu.

»Ich weiß nicht, was zwischen Ihnen vorgefallen ist, aber hören Sie sich an, was er zu sagen hat. Und überlegen Sie sich, weshalb genau Sie verletzt sind. Manchmal steckt mehr dahinter, als man glaubt.« Es war einen Moment seltsam mir einzugestehen, dass ich einer völlig Fremden von Aaron erzählt hatte. Andererseits waren Therapeuten auch Fremde für ihre Patienten.

»Danke, Lynette.«

»Gerne, Miss Rodriguez Carson. Ich verbinde Sie jetzt mit dem Zimmer Ihres Vaters«, verabschiedete sie sich. Das Lächeln auf ihren Lippen konnte ich durch das Telefon spüren. Manche Menschen waren einfach von Natur aus dazu in der Lage, einem ein gutes Gefühl zu geben. Lynette gehörte definitiv zu dieser Art Mensch. Und sie hatte absolut recht. Ich sollte mir anhören, was

Aaron zu sagen hatte. Das galt aber nicht nur für ihn, sondern auch für meine beste Freundin.

Das Freizeichen ertönte ein paar Mal, bis mein Dad abhob und mich mit einem glücklichen, aber auch gleichzeitig etwas besorgt klingendem »Was gibt's kleiner Otter?« begrüßte.

»Hey Dad, ich wollte eigentlich deinen Rat, aber ich glaube, ich habe die richtige Lösung schon gefunden«, stellte ich fest.

Das helle Lachen meines Vaters schallte durch den Smartphone-Lautsprecher an mein Ohr.

»Das ist meine Kleine.«

»Und wie geht es dir?«

»Es wird besser. Hier sind viele Menschen, denen es so geht wie mir und die Gruppentherapie hilft. Ich bin mit vielen in Kontakt gekommen. Dadurch fühlt man sich nicht mehr ganz so allein.«

Ich musste bei dem schmunzeln, was mein Vater sagte. Monatelang hatte ich versucht, ihn dazu zu bewegen, eine Therapie zu machen. Aber manchmal musste man einfach selbst erkennen, wann es Zeit war, sich Hilfe zu suchen. Andere schafften das nie, aber mein Dad hatte es geschafft.

»Ich bin stolz auf dich, Dad.«

»Ich bin auch stolz auf mich. Wenn es weiter so gut läuft, wirst du wieder aufs College gehen können. Dann werde ich das Carsons wieder übernehmen. Ich freue mich schon auf den Tag, an dem ich dich wieder in die Uni fahre. Alle in ihren noblen Schlitten und die Stipendiatin in einem coolen Truck.«

»Darf ich dich daran erinnern, dass du unseren gegen einen Brückenpfosten gesetzt hast?« In dem Moment, als diese Worte meinen Mund verließen, hätte ich sie am liebsten direkt wieder zurücknehmen wollen. Niemand sollte immer wieder an seine schwierigsten Zeiten erinnert werden müssen. In der Therapie musste er seinen Selbstmordversuch wahrscheinlich oft genug durchkauen. Da halfen solche Kommentare so gar nicht.

Du bist so unsensibel, Mila, schäm dich!

»Es tut mir leid, Dad. Ich wollte nicht …«

»Nana, kleiner Otter. Nicht so schlimm. Du hast ja recht. Aber vielleicht wird Arden dich ja fahren. Sein Pick-up war auch ziemlich cool, auch wenn ich die Farbe komisch finde. Dieses Lila, es passt irgendwie nicht zu ihm«, kommentierte mein Dad.

»Ich weiß nicht, aber ich werde ihn bei Gelegenheit fragen. Ich wollte ihn sowieso noch anrufen, da kann ich das gleich miterledigen.«

Mein Vater seufzte ins Telefon. »Du hast dich doch nicht etwa mit ihm gestritten, oder?«

»Nein, nicht so ganz. Ich bin vor einem Streit davongelaufen, habe mich in den nächsten Flieger nach New York gesetzt und die letzten zwei Tage damit verbracht, mich in einem Hotelzimmer mit Eis zu bekleckern«, gestand ich beschämt.

»Das klingt aber verdammt nach einem ausgewachsenen Liebeskummer, wenn du mich fragst.«

Stumm nickte ich ins Telefon, bis mir auffiel, dass er mich überhaupt nicht sehen konnte.

»Ja, wahrscheinlich, und genau deshalb muss ich mit ihm reden.«

»Nimm ihn nicht zu hart ran. Der Junge gehört zu den Guten, das habe ich im Gefühl«, bat er mich. Er hatte ja keine Ahnung. Wenn er gewusst hätte, wer Aaron wirklich war und was ihm vorgeworfen wurde, hätte er nicht so entspannt reagiert. Allgemein hatte ich mit mehr Gegenwind gerechnet.

»Jeder andere Dad hätte gesagt »Richte ihm aus, dass er tot ist, wenn er meiner Tochter das Herz bricht«, aber du machst dir Sorgen um ihn«, lachte ich in den Hörer.

»Ich kenne doch meine Tochter. Du kannst ganz schön bissig werden, Mila. Außerdem sieht er nicht aus, als hätte er zum ersten Mal eine Freundin. Er wird schon wissen, was ihm blüht, wenn er auch nur dafür sorgt, dass du ein Stück von dir selbst verlierst, weil er ein Arschloch war.«

Zum ersten Mal seit einer Ewigkeit hatte ich wieder das Gefühl, mit meinem Vater zu sprechen. Nicht mit dem traurigen, melancholischen, sondern dem fröhlichen, der immer auf alles eine Antwort hatte. Es war fast zu schön um wahr zu sein.

Tränen schlichen sich in meine Augen und erinnerten mich daran, wie es früher gewesen war und dass es anders sein würde. Aber mit der Zeit veränderte sich alles. Das war der Lauf der Dinge. Und irgendwann würde Marcys Tod aufhören sein Schatten zu sein. Sie würde auch zu seinem Licht werden und wir würden das Beste aus der Situation machen.

»Okay, Dad, dann werde ich mit Arden reden.«

»Mach das, kleiner Otter. Pass auf dich auf«, sagte er sanft.

»Versprochen. Ich habe dich lieb«, verabschiedete ich mich.

»Ich habe dich lieber.«

Kapitel 16

Mila

Nach dem Gespräch mit Dad hatte ich mich zum ersten Mal seit Tagen in etwas Vernünftiges zum Anziehen geworfen und mein Hotelzimmer verlassen. Das petrolfarbene Sommerkleid mit T-Shirt-ärmeln sorgte dafür, dass ich mich direkt wieder wie ein Mensch fühlte. Doch das Praktischste an dem Kleid waren die eingenähten Taschen, die sogar mit einem Reisverschluss verschließbar waren.

Beryll hatte es ausgesucht, als wir zum ersten Mal während unseres Studiums für eine Verbindungsparty einkaufen gegangen waren.

Ich hatte es an so vielen tollen Tagen getragen, dass ich das Gefühl bekam, dass die Fröhlichkeit auf mich abfärbte.

Als ich aus dem Hotelfahrstuhl auf den weißen Marmorboden der Hotellobby stieg, bemerkte ich wieder, wie stark sich der protzige Eingangsbereich von den Hotelzimmern unterscheid. Die Räume waren mit dem Nötigsten bestückt und ohne viel ChiChi eingerichtet worden, während goldene Ränder und polierte weiße Marmorsäulen die Lobby veredelten. Die Besitzer des Hotels waren also mehr auf den Schein als das Sein aus und schienen ihren Gästen nicht über den Weg zu trauen. Wenn ich an das Einschussloch über meinem Bett dachte, empfand ich Verständnis dafür.

Als ich das Hotel verließ, kam mir die warme Sommernachtsluft entgegen. Während ich in die Richtung des Times Square lief, wählte ich die einzige Nummer, die ich auswendig aufsagen konnte und hielt mir das Smartphone ans Ohr.

Komm schon, Beryll, geh ran.

Aber sie nahm nicht ab. Ich war mir sicher, dass sie mich zurückrief, wenn sie meine Nummer auf ihrem Display aufleuchten sah. Dann würde ich mich jetzt erst mal umsehen und mir die Beine vertreten.

Die Stadt, die niemals schlief, war eine erstaunlich genaue Beschreibung von New York. Der Nachthimmel, der über Hills Ferry einen Haufen Sterne zeigte, glich hier einem grauen Blatt Papier, das die Lichter der Stadt auffing.

Planlos lief ich auf der Suche nach etwas anderem zu essen als Eiscreme durch die hell erleuchteten Straßen, bis ich am Times Square landete. Die übergroßen Gesichter verschiedener Promis starrten von den riesigen Displayreklamen auf mich herunter.

Um mich herum tanzten und sangen die Menschen oder verdienten sich durch das Porträtieren der Touristen etwas dazu. Die gelöste Stimmung in der Innenstadt sorgte dafür, dass sich auch meine Stimmung hob.

Gerade als ich einen kleinen Churros-Stand entdeckte, klingelte mein Smartphone. Ich zog es aus der linken Tasche meines petrolfarbenen Kleids. Das Foto meiner besten Freundin starrte mir entgegen. Es stammte von der letzten Blizzcon, einer Gaming Convention, zu der sie mich jedes Jahr mitschleppte.

Ich atmete tief ein und wieder aus, bevor mein Daumen den grünen Butten beiseite wischte.

»Hey.« Meine Worte glichen mehr einem Flüstern als einer Begrüßung.

»Hey, wie geht es dir? Du hast dich nicht gemeldet und Lawrence meinte, du seist zu deiner Mom nach New York geflogen. Ist alles okay?«, fragte sie besorgt.

»Es ist alles gut. Ich wollte sie nur mal wieder besuchen. Ich habe sie lange nicht gesehen«, log ich. Beryll wusste genau, dass ich eine elendige Lügnerin war und durchschaute meine Ausrede sofort.

»Mila, wir wissen beide, dass das nicht stimmt. Du würdest nicht einfach aus Lust und Laune zu deiner Mutter fahren und ihre scheinheilige neue Familie ertragen.«

»Eigentlich hatte ich das wirklich vor, aber der Hauptgrund ist ein anderer«, offenbarte ich ihr. Ich lehnte mich mit dem Rücken gegen eine Straßenlaterne und starrte nach oben zu den Leuchtreklamen, die den Himmel ganz einzunehmen schienen. Ich konnte das Schlucken meiner besten Freundin durch den Lautsprecher deutlich hören.

»Was ist los?«, fragte sie besorgt.

»Ich habe euch gesehen. Dich und Aa ... rden«, antwortete ich kurz und knapp, weil ich nicht wusste, ob Arden ihr schon die Wahrheit über sich gesagt hatte.

Beryll schluchzte: »Du hast das auch noch gesehen?«

Ich schaffte es nicht zu antworten. Aber mein schweres Schlucken entging ihr nicht.

»O mein Gott, ich bin die schlechteste Freundin der Welt. Deshalb versuche ich schon seit Stunden dich anzurufen. Ich wollte es dir sagen, aber dann warst du weg.«

»Ich bin weggelaufen. Keine Ahnung. Es war wohl einfach zu viel.«

»Das verstehe ich. So ging es mir auch, als du mir gesagt hast, dass du dabei bist, dich in ihn zu verlieben und dass du glaubst, dass da etwas zwischen euch ist. Ich hatte zwar gesagt, dass es okay war, aber das war es nicht.«

»Wieso hast du denn nichts gesagt?«, fragte ich meine Freundin mitfühlend.

»Ich weiß es nicht. Ich habe es in mich reingefressen und als du mir dann die Nachricht geschrieben hast, dass du die Nacht mit Arden verbracht hast, ist bei mir etwas durchgeknallt. Als ich ihn dann am Morgen danach vor dem Carsons gesehen habe, ist es einfach über mich gekommen. Gott, Mila, ich habe ihn geküsst und es tut mir so unfassbar leid«, Berylls Stimme zitterte. Sie fühlte sich genauso schlecht wie ich. Sie hatte mir weh getan, ja, aber ich hatte sie auch verletzt.

»Mir tut es auch leid. Ich hätte mir denken können, dass du das nicht gerade super findest. Aber irgendwie konnte ich nichts klar sehen in dem Moment«, seufzte ich.

»Klar, das ist, weil du verliebt bist, Mila. Zum ersten Mal seit Jahren. Da sieht man gar nichts klar. Du hast mir einfach geglaubt. Das war nicht deine Schuld. Du hast alles richtig gemacht.« Ihre zugleich leidende und tröstende Stimme versetzte mir einen Stich.

»Ich glaube, wir haben beide Fehler gemacht«, sagte ich.

»Da stimme ich zu. Ich mehr als du, aber da ist einiges schiefgelaufen.«

»Und was machen wir jetzt wegen Arden?«, fragte ich zögerlich, obwohl diese Frage die ganze Zeit zwischen uns gestanden hatte wie ein Stacheldrahtzaun.

»Er hat dich schon vor langem ausgesucht. Das ist okay. Dieses Mal wirklich. Als ich ihn geküsst habe, war da nichts: keine Regenbögen, keine Schmetterlinge. Er hat den Kuss auch nicht erwidert, weil er sich in dich verliebt hat. Das hat Arden ziemlich schnell klargemacht.«

Sehen heißt nicht wissen, Mila. Sie haben sich nicht geküsst. Er mag dich, schrie mir eine helle Stimme in meinem Kopf zu. Sie klang wie ich, wenn ich aufgeregt war.

Wie erstarrt stand ich da und beobachtete geistesabwesend, wie der Nacked Cowboy Fotos mit ein paar Passanten schoss. Aber eigentlich sehe ich nur Arden ... Aaron vor meinem inneren Auge: in einem der Hemden mit den aufgeschlagenen Ärmeln, die er jeden Tag trägt, wie er Berry im Arm hält und uns vorstellt.

Aber er hat dich und alle anderen trotzdem belogen.

Ja, das hatte er, aber ich wusste, warum. Konnte ich es nachvollziehen? Wahrscheinlich. Aber konnte ich ihm auch vergeben?

Das war eine Frage, die ich nicht beantworten konnte. Nicht zu diesem Zeitpunkt. Aber er hatte das Recht sich zu erklären. Das musste ich ihm einräumen. Egal, wie weh es tat, dass ich nicht wusste, wie viel von der Person echt war, in die ich mich da gerade verliebte.

Nur so hatte ich eine Chance das rauszufinden.

»Danke Beryll, dass du so ehrlich warst. Ich glaube, ich sollte Arden zurückrufen und ihm erklären, weshalb ich so verletzt war«, erzählte ich Beryll.

»Das ist gut. Er wird sich freuen, dass seine Angebetete ihm noch eine Chance gibt«, scherzte Beryll schon wieder. Ich war allerdings noch nicht so weit, weshalb ich das einfach überging. Ich verzieh ihr, das war selbstverständlich. Aber das brauchte ein paar Tage.

»Ich werde morgen oder übermorgen zurückfliegen und dann reden wir noch mal in Ruhe, okay?«

»Danke, Mila. Pass auf dich auf.«

»Du auch«, flüsterte ich ins Telefon. Dann legte ich auf.

Ein kleiner rundlicher Mann in Shorts und Hawaiihemd war mir förmlich ins Auge gesprungen. Er stand neben einem Zeitungsstand und wedelte mit Fotos umher.

»Nur ein Dollar pro Karte«, rief er in schlechtem Englisch.

Interessiert machte ich ein paar Schritte auf ihn zu, was ihm nicht entging.

»Pro Autogrammkarte ein Dollar, Miss«, sagte er mir und hielt mir eine ganze Palette hin.

Als ich gerade ablehnend den Kopf schütteln wollte, fiel mir ein halbes Gesicht in dem Kartenfächer auf.

Mein Herz begann schneller zu klopfen und eine Erinnerung schlich sich in meinen Kopf. Es war der Abend, an dem wir Pizza in seinem Bett gesessen und *E-Mail für dich* angesehen hatten. Und egal, wie sehr ich mich versuchte gegen das aufkeimende Lächeln zu sträuben, es kam.

Und ehe ich mich versah, steckte eine der Autogrammkarten in meiner Tasche.

***

Auf dem Weg zurück ins Hotel hatte ich zwei Hot Dogs und einen Milchshake verdrückt. Die nächsten zwei Monate würde ich mich für diese ungesunde Woche bei meinem Körper entschuldigen müssen.

Ich passierte die Lobby, wo ich den Rezeptionisten freundlich begrüßte, während er mich einfach ignorierte.

Ich stieg in den Fahrstuhl, der von innen genauso protzig aussah wie die Lobby. Goldene Knöpfe, in dunklem Holz verkleidete Wände und ein roter Teppich machten die Illusion des Drei-Sterne-Hotels perfekt. Zumindest solange man als Gast noch nicht eingecheckt hatte. Sobald sich die Fahrstuhltüren für einen öffneten und man aussteigen sollte, wirkten die schlichten Flure mit den schmalen Gängen und bilderlosen, weißen Wänden wie in einer Absteige. Auch die trostlosen grauen Teppiche, die sich durch die Stockwerke zogen, konnten kein bisschen Heimeligkeit erzeugen.

Als ich im siebten Stock aus dem Fahrstuhl stieg, hörte mein Herz für eine Sekunde auf zu schlagen.

Ein attraktiver Mann saß auf dem Fußboden vor meinem Zimmer und lehnte mit dem Rücken an der Tür.

»Du bist hier«, stellte ich verblüfft fest, als ich auf ihn zuging. Und auch wenn ich versuchte, mich eisern gegen die schlüpfenden Schmetterlinge in meinem Bauch zur Wehr zu setzen, waren sie da. Sein bloßer Anblick reichte, um das auszulösen.

»Das bin ich«, bestätigte Aaron das Offensichtliche.

»Wie hast du mich gefunden?«, fragte ich überrascht.

»Lawrence hat mir erzählt, wo ich dich finde. Ich musste ihn ganz schön ausquetschen.«

»Und weshalb bist du hergekommen? Was ist so dringend, dass

du dich in ein Flugzeug setzen musstest?«, fragte ich bissiger, als ich es vorhatte. Seine bloße Anwesenheit sorgte dafür, dass ich nicht mehr wusste, wie ich mich verhalten sollte. Er brachte mich so durcheinander. Aber die Emotion, die am stärksten in mir wütete, waren nicht Wut oder Enttäuschung, nein, es war Erleichterung.

»Ich habe dich gesehen, mit Beryll«, fiel ich mit der Tür ins Haus.

»Ja. Gerrick hat mir erzählt, dass du uns gesehen hast.«

»Hat er dir auch erzählt, dass er mich über dich aufgeklärt hat?«

Arden nickte nur, machte aber keine Anstalten, sich von dem Stück Fußboden vor meiner Zimmertür hochzudrücken. Er blieb sitzen. Mit dem Rücken gegen die Tür gelehnt und den Arm auf seinen Knien.

»Deshalb bin ich hier. Ich wollte, dass du es auch noch mal von mir hörst.«

»Was gibt es da noch zu erzählen? Ich brauchte dich nur zu googeln und konnte mir mehr als zwanzig Dokumentationen über dich ansehen«, entgegnete ich. Meine Stimmbänder zitterten, als wären es minus zehn Grad und nicht plus achtundzwanzig.

»Und hast du sie dir angesehen?«, fragte er interessiert. Ich war mir sicher, dass ihm in diesem Moment auffiel, dass er mir die ganze Zeit im Kopf herumgeschwirrt war.

»Ein paar davon«, sagte ich achselzuckend und setzte mich neben ihn auf den leicht staubigen Teppich.

»Wenn du noch nicht alles gesehen hast, kannst du auch noch nicht alles wissen«, erwiderte er.

»Gut, dann fang an«, forderte ich ihn auf.

Arden schloss die Augen und schwieg einen Moment. Er sammelte die Kraft, die er brauchte, um seine ganze Geschichte vor mir offen zu legen.

»Ich bin nicht Arden Kingsley. Das war ich auch nie. Mein Name ist Aaron Kingston und ich war, ich bin noch immer Prinz von Antira, auch wenn viele das nicht mehr so sehen. Ich war Dritter in der

Thronfolge. Nur meine zwei Cousins Nate und Matt standen noch vor mir. Wir waren wirklich gute Freunde, aber meinem Vater ging es nur um die Titel. Er konnte aufgrund seines Jobs als Diplomat nicht mehr zum offiziellen König des Landes werden. Also hat er begonnen mich zu manipulieren. Er hat mir das Blaue vom Himmel versprochen und mir eingeredet, dass Nate und Matt nicht gut genug für die Krone waren, dass sie unser Land in den Ruin treiben würden. Gott, ich war so arrogant und habe ihm geglaubt. Ich habe wirklich geglaubt, dass ich die klügste Wahl dafür wäre. Ich sollte dafür sorgen, dass sich ein bestimmtes Mädchen in mich verliebte. Dann würde etwas passieren und alle würden glauben, Nate und Matt hätten etwas damit zu tun. Aber er hat mir nicht alles gesagt. Und am Ende lief alles aus dem Ruder. Eine Menge Menschen sind dabei verletzt worden. Inklusive mir«, erzählte er und zeigte auf den Teil seiner Brust, an dem ein Tattoo seine Narbe versteckte.

Sanft strich ich mit meinen Fingern über die Stelle, die mir schon so oft aufgefallen war. Nie hatte ich mir ernsthafte Gedanken darüber gemacht.

»Erinnerst du dich an Claris von der Party?«

Ich nickte.

»Eigentlich heißt sie Clarissa. Wir sind zusammen zur Schule gegangen. Ihrer Freundin ist auch etwas passiert, als alles begann schiefzulaufen.«

Mir war bewusst gewesen, dass sie sich von früher kannten. Aber ich hatte erwartet, dass die schlimmen Dinge, die er getan hatte, damit zusammenhingen, dass er sich wie ein Arschloch verhalten hatte oder etwas in der Richtung.

»Lebt sie noch?«, fragte ich leise. Aber Aaron schüttelte den Kopf.

»Deswegen gibt mir Claris die Schuld daran. Weil mein Vater der Initiator der ganzen Geschichte war. Ich war die Marionette, die dachte, sie tut das Richtige. Im Nachhinein klingt das so unfassbar lächerlich. Ich war achtzehn und trotzdem habe ich mich verhalten wie Dads kleiner Schoßhund. Weil ich, egal ob direkt oder indirekt, beteiligt war, musste ich zehn Monate ins Jugendgefängnis. Alle wussten, wer ich war und wobei ich mitgespielt hatte. Ich war eine Zielscheibe. Du glaubst nicht, wie weit Menschen gehen, weil sie meinen, sie müssten patriotisch sein. Dabei wurde ich nur für Verschwörung angeklagt.«

Aaron machte eine kurze Atempause. Ich konnte die Tränen sehen, die dabei waren, sich den Weg an die Oberfläche zu bahnen. Bei jedem seiner Worte wurde mein Herz ein wenig schwerer.

»Was ist mit dem Mädchen passiert, das sich in dich verlieben sollte?«, flüsterte ich fragend.

Aaron legte seinen Kopf an die Tür und starrte an die Decke.

»Tja, sie hat sich tatsächlich in mich verliebt. Ich habe später noch mal versucht mit ihr zu sprechen, weil ich auch Gefühle für sie hatte, aber daraus ist nicht so richtig etwas geworden. Sie hat mir das Ganze nie verziehen, glaube ich. Aber das überrascht mich nicht. Wer würde jemandem verzeihen, der einen benutzen wollte und an einem Komplott gegen sich beteiligt gewesen war? Das wäre toxisch. Aber ich denke, jetzt ist sie glücklich.«

»Bist du deshalb nach Hills Ferry gekommen?«, stellte ich die Frage, die ich am liebsten direkt wieder zurückgenommen hätte.

Aaron schüttelte den Kopf.

»Nein, das ist viel länger hier. Ich bin, nachdem ich aus dem Gefängnis entlassen wurde, unter falschem Namen nach New York gezogen. Große Stadt … viele Leute … Ich dachte, hier könnte ich neu anfangen. Ich habe in einer Einrichtung für Jugendliche gearbeitet, die mit einem Bein im Gefängnis stehen. Unsere Arbeit war es, sie zu stabilisieren und ihnen auf den richtigen Weg zu helfen. Ich mochte den Job, er war so viel wichtiger als eine beschissene Krone auf dem Kopf eines bescheuerten Prinzen. Aber eines Tages kam Gerrick und wollte einen Artikel über die Initiative schreiben. Bei der Recherche hat er herausgefunden, wer ich war und hat stattdessen einen Artikel über mich geschrieben und veröffentlicht. Nichts davon stimmte. Der wahrste Kern der Geschichte bestand aus meinem Namen und meinem Titel. Plötzlich wusste ganz New York, wer ich war. Menschen wünschten mir den Tod, weil im New Yorker behauptet wurde, ich hätte zwei Mädchen ermordet. Ich wusste nicht, dass er hinter der Geschichte steckte und habe ihn um Hilfe gebeten. Ich habe ihm eine Menge Geld für neue Papiere und einen Pass bezahlt. Als ich das Zeug abgeholt habe, hat er sich verplappert. Ich hätte ihn beinahe zu Brei geschlagen. Ich musste weg. Irgendwohin, wo mich nicht mal Gerrick fand«, seufzte er. »So kam ich zu dir.«

Zittrig drehte ich meinen Oberkörper in seine Richtung. Ich umklammerte meine Oberarme, als würde ich frieren. Aber ich fror nicht. Ich litt mit ihm.

Zu hören, was er alles hatte durchmachen müssen und was er getan hatte, raubte mir den Atem. Es war zweifellos schlimm, aber das war nicht der Grund dafür. Er vergab sich nicht und das würde er auch nicht mehr in diesem Leben. Reichte das nicht aus? Musste man diesen jungen Mann, der Fehler gemacht und dafür gebüßt hatte, wirklich für immer darauf hinweisen?

»Das tut mir so leid, Aaron«, flüsterte ich.

»Es klingt seltsam, wenn du mich so nennst«, stellte Aaron leicht lächelnd fest.

»Es fühlt sich auch komisch an«, gab ich ehrlich zu.

»Aber es ist mein Name. Mich hat schon lange niemand mehr, der mir wichtig ist, Aaron genannt.«

In seinen Augen glänzte etwas, das im ersten Moment verdächtig nach Enttäuschung aussah. Aber eigentlich war es nur tiefe Trauer. Trauer über alles, was er verloren hatte, was er hatte aufgeben müssen, was er niemals haben konnte.

Und dann sah er mich an. Einfach so. Und mein Herz zog Kreise. Um ihn. Um mich. Um uns.

»Es tut mir leid, Mila. Alles. Jedes Mal, wenn du mich Arden genannt hast und dachtest, das wäre ich. Jedes Mal, wenn du mich geküsst hast und dachtest, ich wäre Arden. Jede Sekunde, in der ich dir nicht gesagt habe, was ich für ein Mensch bin.«

»Hör auf, bitte. Du bist nicht das Monster, als das du dich siehst. Nicht für mich. Ich bin froh, dass du es mir jetzt gesagt hast und ich verstehe, weshalb du dich versteckt hast. Aber das brauchst du nicht mehr«, unterbrach ich ihn.

Ich glaube, ich hatte ihm in dem Moment vergeben, indem ich verstanden hatte, dass es niemals an mir gelegen hatte. Es war an der Zeit ihm zu zeigen, dass ich ihn seit Wochen nicht aus meinen Gedanken vertreiben konnte.

Ich nahm seine linke Hand in meine und griff in die Rocktasche meines Sommerkleides. Als ich die glatte Papieroberfläche zu fassen bekam, zog ich sie hervor und legte die Autogrammkarte von Tom Hanks in seine Hände.

Aaron begann augenblicklich zu grinsen, als er das alte Bild des Schauspielers inspizierte.

»Ich glaube, die ist nicht echt, ehrlich gesagt.« Mit dem Zeigefinger zeigte ich auf den Buchstaben G, der sich da aufhielt, wo sich eigentlich ein K befinden sollte.

»Stimmt, aber wenn man sie etwas im Licht neigt, ein Auge schließt und sich dreimal im Kreis springt, fällt das Hangs gar nicht mehr so auf«, sagte Aaron, als er die Autogrammkarte aus billigem Fotopapier in dem Licht des Hotelflurs hin und her schwenkte.

»O Mann. Da will man dir einmal eine Freude machen.«

Aaron lächelte mich an. »Sie ist perfekt, egal wie viele Rechtschreibfehler darauf sind und weißt du auch warum?

Ich runzelte die Stirn. »Nein, warum?«

»Weil dieses Stück Fotopapier beweist, dass du dich in mich verliebt hast. Immerhin hast du an mich gedacht, als du ziemlich sauer auf mich warst und du wolltest mich wiedersehen«, sagte er grinsend. Und er lag mit jedem einzelnen Wort richtig.

»Kann schon sein«, gab ich zu, ohne ihn anzusehen. Ich fühlte, wie sich mein Gesicht in ein tiefes Rot färbte und das war okay. Gefühle waren Gefühle.

Mein Herz begann zu rasen und ein warmes Kribbeln breitete sich in meiner Magengegend aus. Hätte ich nicht schon gesessen, hätten sich meine Beine spätestens jetzt in Wackelpudding verwandelt.

Ich spürte die kratzigen Borsten des Hotelflurteppichs unter meinen Fingern und Aarons Hand an meiner Wange.

Sanft drehte er mein Kinn in seine Richtung.

»Also ein ›Kann schon sein‹ reicht mir ehrlich gesagt nicht«, flüsterte er verrucht. Sein Lächeln sprach Bände. Es sagte mir, dass er nur für mich nach New York geflogen war, obwohl er diese Stadt hasste.

»Ach nein? Was hast du dir anderes vorgestellt?«

»So was«, sagte er, als er seinen Kopf leicht zur Seite neigte und seine rauen Lippen zögerlich auf meine legte, als müsste er noch um Erlaubnis fragen. Unfähig mich zu bewegen schloss ich meine Augen, um ihn noch intensiver wahrzunehmen. Mein Körper fühlte sich an, als bestünde er aus reinstem Brausepulver. Meine Haut prickelte so stark unter seinen Berührungen, dass es fast schon brannte. Und ich war nicht die Einzige, die das spürte.

Aarons Kuss wurde heftiger, fordernder, gebender. Glück durchflutete mich wie warmer Regen im Sommer. *Bitte lass es niemals enden!*

Langsam löste ich meine Hände vom Teppich und vergrub sie in seinen dunklen Haaren. Die Berührung versetzte uns einen elektrischen Schlag, was uns kurz zusammenzucken ließ. Lachend löste sich Aaron für einen Augenblick von mir, nur um mich noch näher an sich zu ziehen.

Voller Verlangen presste ich meine Lippen auf seine, bis ihm ein kurzes Keuchen entwich. Seine Finger wanderten meinen Rücken hinab und der dünne Stoff meines Sommerkleides schien jede seiner Berührungen nur noch zu verstärken.

Seine trainierte Brust rieb sich an meiner und unsere Herzen verschmolzen zu einem. Sie schlugen gemeinsam im Takt unserer Küsse. Noch nie hatte ich …

»Ähem!«, unterbrach ein lautes Räuspern mein Schwelgen. Erschrocken fuhren wir auseinander.

Eine ältere Dame mit grauen Locken und einer rosa Housekeepinguniform stand keinen Meter entfernt und sah abfällig auf uns hinab. Ihre Arme hatte sie tadelnd in die Seiten gestemmt.

»Entweder Sie gehen in Ihr Zimmer, oder wenn Sie noch keins haben, dann buchen Sie sich eins. Sie sind doch keine sechzehn mehr. Lassen Sie mich meine Arbeit machen«, fluchte die Dame aufgebracht.

Aaron und ich rappelten uns auf. Er musste sich genauso zusammenreißen, nicht einfach vor ihr loszulachen, weil die Situation so seltsam gewesen war.

Schnell zog ich meine Zimmerkarte aus der Tasche und schloss auf. In dem Moment, indem die Tür hinter uns ins Schloss fiel, brach es aus uns beiden heraus.

»Warum sind wir eigentlich nicht schon früher in dein Zimmer gegangen?«, fragte Aaron, als er sich auf mein Bett setzt.

Ich wischte meine Tränen in meinen Pullover.

»Ich weiß es nicht«, flüsterte ich zurück.

Aaron warf seinen Kopf in den Nacken und lachte.

Das Herz in meiner Brust stolperte und überschlug sich.

Ich sank neben ihm in die weiße Hotelbettwäsche und musterte jeden Zentimeter seines Körpers.

Mein Blick streichelte über seine starken Beine, die wieder laufen lernen mussten, die trainierte Brust mit dem Tattoo, das seine

Vergangenheit überdeckte, die feinen Gesichtszüge, die markanten Wangenknochen bis tief in sein Inneres.

Das durchdringende Grün seiner Augen hypnotisierte mich, bat mich und zwang mich ihm alles zu vergeben, und mein Herz kam dem nach. Es schlug noch. Aber das Wichtigste war, dass ich mir nach alledem sicher sein konnte, dass mein Herz mich nie belügen würde. Es gehörte mir, wenn man von dem kleinen Stück absah, das ich Aaron gerade geliehen hatte. Es hatte eine Menge Risse und Kerben und doch hatte er es zusammengeklebt und dafür gesorgt, dass es weiterschlug.

»Und wie machen wir jetzt weiter?«, fragte ich vorsichtig.

Aaron hob seine rechte Hand und strich mir eine Welle hinters Ohr.

»Ich weiß es nicht«, gab er offen zu.

»Wir könnten noch mal neu anfangen. Uns zum dritten Mal vorstellen, ohne Lügen und Geheimnisse. Offene Karten«, schlug ich vor und streckte ihm meine Hand hin. Sie zitterte kaum merklich und doch fühlte sich die Vibration in mir an wie ein Erdbeben.

Aaron zögerte einen Moment, bevor er einschlug. Der Griff seiner Hand war fest. Er wollte das hier genauso sehr wie ich, das spürte ich.

»Aaron Kingston, Prinz von Antira. Es freut mich sehr Sie kennenzulernen, Miss …?«, stellte er sich mit einem charmanten Lächeln vor. Ich konnte nicht anders als das zu erwidern, denn in diesem Moment blieb die Welt um uns herumstehen. Und es fühlte sich so verdammt richtig an.

»Mila Rodriguez Carson, Studentin aus Hills Ferry.«

ENDE

NACHWORT

Manchmal fragt man sich als Leser*in, was mit den anderen Figuren geschieht, wenn man die Buchdeckel am Ende zuklappt. *All The Secrets Between Us* ist für euch, weil ihr euch auch ein Happy End für Aaron gewünscht habt. Ihr habt ihn nicht aufgegeben, obwohl er Fehler in der Größe eines Hochhauses gemacht hat. Es gibt eben nicht nur Schwarz und Weiß und manchmal findet man sein Licht eben erst, wenn die Nacht am dunkelsten ist.

Solltet ihr dieses Buch vor der *The Crown Between Us* Dilogie gelesen haben, könnt ihr das natürlich immer noch nachholen. Vielleicht lernt ihr Aaron und Cosmo dabei auf eine ganz neue Art und Weise kennen. Wer weiß.

Danksagung

Danksagungen zu schreiben fällt mir schwer, weil ich immer das Gefühl habe, dass ich gar nicht in Worte fassen kann, wie dankbar ich bin. Denn wenn ich eins gelernt habe, dann, dass man ein Buch niemals allein schreibt. Also versuche ich es kurz zu machen.

Maxi, Nadine, ohne euch hätte ich wahrscheinlich niemals den Mut dazu gehabt, meine Skripte an einen Verlag zu schicken. Ohne die durchzechten Lesenächte und Plot-Tage wäre nichts von all dem hier je zustande gekommen. Ihr tretet mir in den Hintern, wenn eine Idee nicht funktioniert, ich völligen Mist schreibe, meine Deadline näher rückt oder ich schon wieder dazu übergehe, mich von der Welt abzuschirmen. Ihr seid die Besten, ich liebe euch, Leute. Danke.

Bei einem vergesse ich viel zu häufig mich zu bedanken, und das bist du, Joel. Du hältst mir den Rücken frei, machst mir eine Wärmflasche und besorgst mir Unmengen meiner Lieblingslimo, wenn ich in meinen Ideen abtauche und die Zeit langsam knapp wird. Wenn ich mal wieder nachts um drei auf die Idee komme, meine Mails abzurufen und jubelnd durch die Wohnung tanze, tanzt du mit mir. Ich liebe dich.

Mum, Paps, auch bei euch möchte ich mich bedanken. Danke, dass ihr immer da seid und mich unterstützt, auch wenn ihr nicht immer wisst, wovon ich da gerade wieder spreche. Das bedeutet mir so unendlich viel, gerade weil ich weiß, dass es für euch nicht einfach war, meine Pläne zu akzeptieren. Ich mache euch stolz, versprochen.

Außerdem möchte ich dem Carlsen und dem Impress Verlag und damit insbesondere meiner Lektorin Pia danken, die das Potenzial in meiner furchtbaren ersten Bewerbung erkannt hat und so sehr an mich glaubt. Danke für diese unfassbare Chance, meine Träume auf Papier zu bringen. Und die wären ohne die Hilfe meiner anderen lieben Lektorin Rebecca ziemlich wirr. Danke, dass du mit deinem Humor immer wieder versuchst, das Beste aus meinen Worten herauszuholen und den Logiklücken in meinem Kopf den Kampf ansagst. Aber nicht nur das Innere verdient es gewürdigt zu werden. Ein dickes Danke geht auch an dich, liebe Makita. Danke, dass du dich auf die wahnwitzige Idee eingelassen hast, dieses Cover mit über dreihundert Leser*innen und mir gemeinsam live zu gestalten. Es ist perfekt.

Und zu guter Letzt danke ich dir. Danke, dass du Arden und Mila eine Chance gegeben hast, ohne zu wissen, was dich am Ende erwartet. Danke, dass du auch mir eine Chance gegeben hast. Danke, dass du da bist.

Lies dich rein!

Leseprobe aus »Never Stop Fighting For Us«, die berührende Sports-Romance von Abella Mynd

326 Seiten

ISBN 978-3-551-30448-3

Trau dich ins Cold Cage

Neue Stadt, neues Glück? Diese Hoffnung hegt Aria, als sie nach Seattle zieht. Um sich über Wasser zu halten, fängt sie kurzerhand bei einem berüchtigten Fightclub als Barkeeperin an. Nacht um Nacht finden dort spektakuläre Käfigkämpfe statt, die Aria den Atem rauben – erst vor Fassungslosigkeit, dann aber fasziniert sie der Sport immer mehr. Besonders von Leander Black, dem Ausnahmetalent der Szene, kann sie den Blick nicht lösen. Schnell muss sie feststellen, dass er nicht nur im Kampf schonungslos sein kann, denn die beiden liefern sich immer wieder hitzige Schlagabtausche. Aria kann den arroganten Kämpfer nicht ausstehen, bis ausgerechnet Leander es ist, der ihr in einer aussichtslosen Situation seine Hilfe anbietet …

Kapitel 1

Ich blinzelte verschlafen in Richtung der unzähligen Umzugskartons, die sich in meinem Schlafzimmer stapelten. Danach warf ich einen Blick auf den leuchtenden Digitalwecker, der mich soeben unsanft aus dem Schlaf gerissen hatte. Während die Zeitanzeige von einer Minute nach vier auf zwei Minuten nach sprang, dachte ich daran, noch liegen zu bleiben. Nur einen Moment, einen winzigen Moment, doch das Risiko, wieder einzuschlafen, war schlichtweg zu groß.

Mir entwich ein lustloses Stöhnen, dennoch richtete ich mich auf und verließ mit einem Ruck mein warmes und gemütliches Bett. Ich glaubte, so in der Art tat man es auch beim Abziehen von Pflastern: tief Luft holen, Augen zu und durch. Ich konnte nicht leugnen, dass es mir gewaltig gegen den Strich ging, in aller Herrgottsfrühe aufzustehen, aber wie hieß es bekanntlich: Wer nicht hören wollte, musste fühlen. Und wer es für eine gute Idee hielt, sich zum wiederholten Mal die ersten fünf Staffeln *Grey's Anatomy* reinzuziehen, anstatt seine Kartons auszupacken, sollte sich nicht darüber wundern, in Verzug geraten zu sein. Zu meiner Verteidigung, Umzüge waren nicht jedermanns Sache, zeitliche Planung auch nicht. Genauso wenig wie das Aufbauen von Möbeln oder das Ummelden der Adresse.

Mit einem Gähnen schlurfte ich durch den Flur, geradewegs in meine mit dem Wohnzimmer verbundene Küche.

Da es draußen noch dunkel war, knipste ich eine der Lampen an, die den Raum augenblicklich in ein warmes, karamellfarbenes Licht tauchte. Ich gähnte ein weiteres Mal und gestand mir ein, dass es durchaus ärgerlich war, keinen Kaffee im Haus zu haben. Das aufweckende Lebenselixier war vermutlich genau das, was ich im Moment gebraucht hätte. Ein Jammer, dass ich keinen Kaffee mochte.

Während ich mir ein Glas Wasser in der Spüle volllaufen ließ, wanderte mein Blick erneut zur Uhr und ich fragte mich, ob meine Pläne für diesen Morgen aufgehen würden.

Es stand einiges an. Da waren meine Klamotten, die darauf warteten, ausgepackt und in den Kleiderschrank sortiert zu werden, die Küche, die dringend geputzt und eingeräumt werden musste, und dann war da noch der Duschvorhang, der sich nicht von alleine anbrachte. Ganz zu schweigen von meinem Vorstellungsgespräch beim *Seattle Magazine*, zu dem ich unter keinen Umständen zu spät kommen durfte.

Einen Avocado-Toast und etliche Umzugskisten später, fand ich mich in meiner Dusche wieder, meinen Blick triumphierend auf den Vorhang gerichtet, der seit wenigen Augenblicken an der dafür vorgesehenen Stange hing. Ich grinste. Hätte ich gewusst, dass es so einfach war, dieses blöde Teil zu befestigen, hätte ich es schon viel früher getan. Stattdessen hatte ich mich seit Tagen davor gedrückt und mit jedem Mal, das ich unter die Dusche gesprungen war, in Kauf genommen, mein Badezimmer zu fluten.

Ich stieg aus der Wanne und trat einige Schritte zurück, um mein vollbrachtes Werk besser begutachten zu können. Stolz verschränkte ich die Arme vor der Brust, riss dabei allerdings mit meinem Ellenbogen das kleine Kosmetiktäschchen, welches auf dem Rand des Waschbeckens lag, herunter. Polternd landete der Inhalt auf den weißen Fliesen. Und auf meinem nagelneuen Badvorleger. Mit zusammengekniffenen Augen beäugte ich das Malheur und brummte. Meine Puderdose war zersprungen und ihr zerbröckelter Inhalt hatte sich quer über die helle Matte verteilt. Ich presste die Lippen zusammen und betrachtete es als Wink mit dem Zaunpfahl, endlich den Haufen schmutziger Wäsche zu waschen, der seit Tagen auf den Abtransport wartete.

Eine Viertelstunde später geisterte ich durch das totenstille Treppenhaus. Schien, als sei keiner meiner Nachbarn von der frühen Sorte. Was absolut verständlich war. Man sagte zwar, der frühe Vogel fange den Wurm, ich jedoch war da gewesen und konnte bestätigen: Da war kein Wurm. Sie konnten also getrost liegen bleiben.

Ich stieg die Treppe zum Keller hinab und überlegte nebenher, ob ich ihnen diesen wertvollen Rat als Begrüßungsgeschenk mit auf den Weg geben sollte. Plötzlich fragte ich mich, ob es überhaupt der neue Nachbar war, der die Geschenke verteilte? Es war genauso gut möglich, dass er derjenige war, der welche bekam.

Ich zuckte mit den Schultern. Es war ganz egal, wer die Geschenke erhielt, Fakt war, dass ich mich ihnen dringend vorstellen musste. Meine Mom lag mir damit seit Tagen in den Ohren. Damit und mit der Frage, wann ich sie das nächste Mal besuchen käme. Beim Gedanken an sie trat ein Lächeln in mein Gesicht. Mom war meine Seelenverwandte und meine beste Freundin. Fairerweise sollte ich erwähnen, dass es eine weitere beste Freundin namens Shannon gab. Beiden erklärte ich, sie wäre die Einzige. Man sollte den Leuten stets das erzählen, was sie hören wollten. War es nicht so?

Ich öffnete die Tür zum Keller und tastete anschließend blind nach dem Lichtschalter. Klimpernd und knackend erstrahlten vier alte Leuchtstoffröhren. Anstatt den Flur des Untergeschosses zu erhellen, blinkten zwei der Lampen ununterbrochen und eine weitere funktionierte gar nicht. Als ich die Spinnweben erblickte, die von der Decke hingen, verzog ich das Gesicht. Ich überlegte kurz, zurückzugehen und die schmutzige Wäsche in einen Waschsalon zu bringen, entschied mich jedoch dagegen und lief weiter. Darauf bedacht, in kein Spinnennetz zu laufen, schlich ich in geduckter Haltung den schmalen Gang entlang.

Ich hielt Ausschau nach einer Tür mit der Bezeichnung ›Waschraum‹ und atmete erleichtert auf, als ich sie schließlich entdeckte. Dass keine der Maschinen belegt war, stimmte mich zufrieden. Ein klarer Vorteil, den man als Frühaufsteher genoss. Während ich meine Wäsche gleich auf zwei Trommeln verteilte, gestand ich mir ein, dass ich absolut kein Problem damit gehabt hätte, auf eine freie Waschmaschine zu warten, hätte ich dafür länger schlafen können.

Nachdem beide Geräte Wasser gezogen und sich zu drehen begonnen hatten, machte ich mich auf den Weg zurück. Während ich darüber nachdachte, welchen Raum meiner Wohnung ich mir als Nächstes vornehmen sollte, kramte ich zeitgleich nach dem Wohnungsschlüssel in meiner Hosentasche. Er war nicht da. Ich tastete ein weiteres Mal nach ihm. Erst in der rechten Tasche, dann in der linken, doch war er nicht da. *Er. War. Nicht. Da.* Natürlich war er nicht da, ich konnte mich nämlich nicht daran erinnern, ihn überhaupt eingesteckt zu haben. Ich ließ meinen Blick durchs leere Treppenhaus schweifen und überlegte, was das für mich bedeutete. Es war mittlerweile schätzungsweise kurz vor sechs am Morgen und ich hatte weder einen Haustürschlüssel noch mein Handy bei mir. Ach, und hatte ich erwähnt, dass es kurz vor sechs war? Am Morgen?

Ungläubig schüttelte ich den Kopf. Ich belächelte mich für diese grandiose Aktion und verfluchte mich zur selben Zeit dafür, überhaupt aufgestanden zu sein. Ein paar Mal rüttelte ich an meiner eigenen Tür, nur um sicher zu gehen, dass diese auch wirklich zu war.

Sie war zu. Frustriert nahm ich die Tür der Wohnung gegenüber meiner in Augenschein. Diese war auch geschlossen, bloß stand mein Nachbar nicht ohne Schlüssel verzweifelt im Hausflur. Ich trat unbeholfen auf der Stelle herum und überlegte, ob es eine andere Lösung gab, als meinen Nachbarn aus dem Bett zu holen. Einen Moment haderte ich mit mir, kratzte schließlich all meinen Mut zusammen und klingelte. Während ich wartete, verfasste ich eine geistige Notiz an mich selbst.

Wenn Mama sagt, du sollst dich deinen Nachbarn vorstellen, dann mach es.

Als sich nach einigen Augenblicken nichts tat, läutete ich erneut. Es war mir wahnsinnig unangenehm, einen Fremden um diese Uhrzeit mit meinen Problemen zu belästigen, doch eine andere Möglichkeit blieb mir nun einmal nicht. Ich lauschte angespannt der Stille und vernahm wenig später Geräusche im Inneren der Wohnung. Kurz darauf öffnete sich die Tür.

»Was ist denn, verdammt?«, blaffte mich ein junger Kerl ungehalten an.

Meine aufgerissenen Augen starrten auf eine nackte Männerbrust. Anstatt sich zu heben, wanderte mein Blick ganz von selbst gen Süden. Blau-weiß karierte Boxershorts traten in mein Sichtfeld und meine Wangen begannen unverzüglich zu glühen. Nicht wegen der Boxershorts, sondern wegen der großen Wölbung, die darunterlag und direkt auf mich zeigte.

»Hi«, presste ich hervor und richtete meine Augen das erste Mal auf sein Gesicht. Sein aschblondes Haar war zerzaust und die Abdrücke seines Kopfkissens waren deutlich auf seinen Wangen zu erkennen.

»Ich bin Aria. Ich bin vor ein paar Tagen gegenüber eingezogen und ich …« Weiter kam ich nicht, denn es schien ihn nicht zu interessieren.

»Ist ja wirklich nett, dass du dich vorstellen willst, Süße, aber nicht um diese Uhrzeit.« Mit diesen Worten schlug er mir die Tür vor der Nase zu.

Entgeistert starrte ich dagegen. Was war denn das gewesen? Ja, es war früh, und ja, aus dem Bett geklingelt zu werden war mies, aber das? Der Kerl hatte mich nicht mal ausreden lassen.

Ich drehte mich um und trottete seufzend in den ersten Stock.

Zum Glück gab es noch weitere Nachbarn. Ich konnte bloß hoffen, dass diese bessere Laune hatten.

Eine Dreiviertelstunde später stand die Tür zu meiner Wohnung offen. Ich hatte Bekanntschaft mit Mrs Patterson und ihrem Dackel Rufus gemacht. Zwar hatten die beiden ebenfalls müde und zerknautscht ausgesehen, waren jedoch im Gegensatz zu dem netten jungen Herrn, der die Wohnung gegenüber von mir bewohnte, freundlich und hilfsbereit gewesen. Mrs Patterson hatte mich hereingebeten und mir einen Kaffee angeboten, welchen ich daraufhin höflichst abgelehnt hatte. Sie hatte sich sogar die Mühe gemacht, die Telefonnummer des Hausmeisters rauszusuchen, der jedoch – wie hätte es auch anders sein sollen – nicht an sein Telefon gegangen war. Letztendlich war nur der Anruf beim Schlüsselnotdienst geblieben, dessen griesgrämiger Techniker in diesem Moment meine Wohnung betrat.

Er sah sich ein bisschen länger als nötig in meinem Eingangsbereich um, verstaute dann sein Werkzeug im Koffer und zückte ein Klemmbrett mit einem Rechnungsvordruck darauf. Gelangweilt blickte er auf seine Armbanduhr, kritzelte ein paar Zahlen auf das Blatt, riss es ab und reichte es mir.

»Zweihundertdreißig Dollar?«, fragte ich entsetzt.

Er zuckte mit den Schultern und holte ganz selbstverständlich das Kartenlesegerät hervor.

»Ich musste eine Dreiviertelstunde auf Sie warten und die Tür zu öffnen hat keine fünf Minuten gedauert«, protestierte ich.

»Was soll ich sagen, Ihren Schlüssel vergessen Sie mit Sicherheit kein zweites Mal.«

Dass er mich nicht einmal ansah, als er mit mir sprach, ließ mich innerlich kochen. Mir lag bereits die passende Antwort auf der Zunge, doch ich schluckte sie hinunter. Meine Widerworte änderten nichts an der Tatsache, dass diese verdammte Rechnung gezahlt werden musste. Mit zusammengebissenen Zähnen suchte ich nach meinem Portemonnaie und zog wenig später widerwillig meine Karte durch das Gerät. Anschließend verabschiedete ich den Penner und schloss etwas lauter als beabsichtigt hinter ihm die Tür.

Ich konnte nicht fassen, dass so etwas ausgerechnet jetzt passieren musste. Der Umzug nach Seattle hatte mich bereits all meine Ersparnisse gekostet. Nach drei im Voraus gezahlten Monatsmieten, einigen neuen Möbeln und den Kosten für den gemieteten Transporter war gerade noch genügend Geld geblieben, um meinen Kühlschrank bis Monatsende zu füllen. Weitere Ausgaben waren schlichtweg nicht drin.

Ich fuhr mir durch mein langes Haar und atmete tief durch. Es war noch nichts verloren. Da war immer noch der Job beim *Seattle Magazine*. Alles, was ich dafür tun musste, war, die Leute dort von mir zu überzeugen. Was ein Klacks war, immerhin hatte ich seit Kurzem den Abschluss in Medienkommunikation und Journalismus in der Tasche. Außerdem hatten *sie* mich eingeladen, was sollte schon schiefgehen?

Ich wusste, dass Eigenlob stank, aber wenn ich nicht an mich glaubte, wer sollte es dann tun?

***

Einige Stunden später lief ich fluchend den Broadway entlang. Es regnete in Strömen. Je dichter ich mich meinem Ziel, dem Coffeeshop am Ende der Straße, näherte, desto stärker wurde der Regen. Ich beschleunigte mein Tempo, eilte zur Ladentür und atmete erleichtert auf, als ich die *Starbucks*-Filiale schließlich betrat. Meine nassen Klamotten klebten an meinem Körper und mein Haar triefte. Was für ein beschissener Tag.

Ein Lachen ertönte. »Wie siehst du denn aus?«

Ich hob den Blick und entdeckte Lyla, die hinter dem Tresen stand und mich amüsiert musterte.

Sie war eine der Baristas, die hier arbeiteten. Da ich seit meiner

Ankunft in Seattle fast täglich hier gewesen war, hatten wir uns mittlerweile angefreundet.

Lyla umrundete den Tresen und warf mir ein frisches Geschirrhandtuch zu. »Wie ist dein Vorstellungsgespräch gelaufen?«

Ich seufzte. »Frag nicht.«

»So schlimm?«

Ich gab ihr keine Antwort. Stattdessen trocknete ich mein Gesicht und wrang mein nasses Haar aus.

»Verstehe. Heiße Schokolade mit Sahne?«

Nickend reichte ich ihr das Handtuch. »Mit viel Sahne.«

»Eine Tasse Sahne mit ein bisschen heißer Schokolade, kommt sofort.«

Ein tristes Lächeln huschte über meine Lippen. Es wäre mir lieber gewesen, sie hätte mich nicht an das verdammte Vorstellungsgespräch erinnert. Ich fragte mich, was mich hatte annehmen lassen, die Chancen auf den Job stünden gut? Ich war ein Mädchen aus der Kleinstadt. Meine wöchentliche Kolumne bei einem Online-Klatsch-Magazin, zu der ich im Rahmen meines Studiums gekommen war, hatte kaum mehr Leser als das *Seattle Magazine* Mitarbeiter.

»Vielen Dank, Miss Marx, wir melden uns bei Ihnen.«

Ich würde nie wieder etwas von denen hören, so viel war sicher.

Während ich auf mein Getränk wartete, wanderte mein Blick durch den Laden. Ganz von selbst streifte er das Schwarze Brett an der Wand mir gegenüber. Ich trat näher und überflog die Anzeigen, die die Leute aus der Umgebung angepinnt hatten. Manche suchten nach einem Babysitter, andere nach jemandem, der den Einkauf erledigte oder mit dem Hund rausging. Nicht gerade das große Los.

Ich warf den Kopf in den Nacken und stöhnte. Ich würde mich einfach auf den Hosenboden setzen und weiter Bewerbungen schreiben. Die Einnahmen meiner Kolumne reichten für einen Großteil der Miete, das restliche Geld würde ich mir borgen müssen.

Eine Viertelstunde später saß ich an einem Platz am Fenster und beobachtete den Regen, der gegen die Scheibe prasselte. Man konnte das Wetter des Pazifischen Nordwesten lieben oder hassen. Ich, für meinen Teil, hatte meinen Frieden damit geschlossen. Ich war nicht weit von hier in einem hölzernen Haus am See aufgewachsen. An den verregneten Nachmittagen hatte es meine Mom und mich oftmals hinaus auf die Veranda gezogen. Wir waren in Decken gehüllt gewesen, hatten warmen Kakao getrunken und den Regentropfen gelauscht, die leise auf das Wasser getrommelt hatten. Ein Schwall Heimweh überkam mich aus dem Nichts. Alles in mir schrie danach, Mom anzurufen und ihr von meinem Tag zu erzählen.

Ich griff gerade nach meiner Tasche, um nach meinem Telefon zu kramen, als ich sah, wie sich die Ladentür öffnete und eine junge Frau die Filiale betrat. Sie bewegte sich zielstrebig in Richtung Tresen und schlug dort gleich zweimal mit der flachen Hand auf das Holz.

»Kundschaft!«

Lyla, welche ihr den Rücken gekehrt hatte, erschrak und wirbelte herum. »Wann hörst du bloß endlich damit auf?«, fragte sie genervt.

»Ich ärgere dich doch nur ein bisschen, Schwesterchen.«

Ich spitzte die Ohren. Interessant, die beiden waren Geschwister.

»Kaffee?«

»Einen Doppelten.«

Lyla schmunzelte. »Lange Nacht gehabt?«

»Kannst du nicht einfach zurückkommen?«

»Vergiss es«, erwiderte Lyla und reichte ihr den Kaffee. »Ich habe keine Lust mehr, bis spät in die Nacht zu arbeiten.« Sie deutete in meine Richtung und meine Augen wurden groß. »Aber Aria sucht einen Job.«

Ich tat was?

Die junge Frau, die Lylas ältere Schwester zu sein schien, kam mit ihrem Getränk in der Hand auf mich zu und ließ sich ungebeten neben mir nieder.

»Hi, ich bin Robin«, stellte sie sich vor. »Hast du Erfahrungen hinter der Bar?«

Hinter der Bar?

Ich blickte auf und sah Lyla fragend an. Anscheinend hatte sie da etwas falsch verstanden. Ich war nach Seattle gekommen, um hier als Journalistin Fuß zu fassen, nicht, um Barkeeperin zu werden. Als ich ihr schiefes Grinsen bemerkte und den erwartungsvollen Blick ihrer Schwester auf mir spürte, seufzte ich leise. »Ich habe vor ein paar Jahren mal gekellnert.«

»Das sollte fürs Erste genügen«, gab Robin zufrieden zurück.

»Was ist das für eine Bar?«

»Kennst du das *Cold Cage*?«

»Sie ist neu in der Stadt, Robin«, erklärte Lyla.

Aufmerksam musterte ich die zwei. Erst jetzt fiel mir die Ähnlichkeit zwischen ihnen auf. Sie hatten beide dieselben kantigen Gesichtszüge. Robin hatte ein kleines Grübchen am Kinn. Lyla hatte ebenfalls eines, ihres war jedoch weniger ausgeprägt. Doch was besonders auffiel, war das strahlende Blau ihrer Augen.

»Was ist das für ein Laden?«, fragte ich erneut.

Robins Mundwinkel zuckten. »Besuch uns heute Abend und finde es heraus.« Ehe ich etwas erwidern konnte, erhob sie sich. »Sei um viertel vor elf da. Lyla gibt dir die Adresse.«

Kapitel 2

Die Adresse, die mir Lyla gegeben hatte, gehörte zu einem unscheinbaren Gebäude auf dem Broadway, ein Stück weiter südlich des Cal Anderson Parks. Ich hatte einen Augenblick gebraucht, bis ich den Eingang der Bar ausgemacht hatte.

Entgegen meinen Erwartungen hatte kein großes, beleuchtetes Schild mit dem Namen der Bar über der Tür gehangen. Nein, denn das Schild mit der Aufschrift ›*Cold Cage*‹ hing klein und ebenso unscheinbar wie das Gebäude selbst an der gemauerten Hauswand. Im Grunde genommen war es der Türsteher gewesen, der meine Aufmerksamkeit auf sich gezogen hatte. Allem Anschein nach war das *Cold Cage* gar keine Bar, sondern ein Club.

Ich stand bereits geschlagene fünf Minuten in ein paar Metern Entfernung auf dem Bürgersteig und verfolgte das Geschehen, als zwei junge Mädchen, nicht älter als sechzehn, kichernd auf den Eingang zutraten. Unauffällig schielte ich hinüber und beobachtete, wie der große Kerl mit den breiten Schultern sich ihnen in den Weg stellte. Ich hörte ihn sprechen, verstand jedoch aufgrund der Entfernung keines seiner Worte. Nachdem beide Mädels verlegen mit dem Kopf geschüttelt und danach mit ihren falschen Wimpern geklimpert hatten, schickte er sie fort. Ich sah ihnen gerade dabei zu, wie sie in die Richtung trotteten, aus der sie gekommen waren, als mich ein Rufen zurück ins Hier und Jetzt holte.

»Kommst du endlich rein oder hast du auch deinen Ausweis vergessen?«

Ich wandte mich um und trat näher.

»Sehe ich etwa aus wie unter einundzwanzig?«

Er lachte. »Die korrekte Antwort auf diese Frage gibt es vermutlich nicht.«

»Touché.«

Als sein Mundwinkel zuckte, fiel mein Blick auf den kurz getrimmten Bart, der sich bis hoch zu seinen Wangen zog. Sein Barthaar war ebenso dunkel, wie das volle Haar auf seinem Kopf. Es war gut möglich, dass er Mexikaner war.

»Ich hab dich hier noch nie gesehen. Bist zum ersten Mal hier, was?«

Andere hätten seine Freundlichkeit vermutlich als Flirtversuch gewertet, ich jedoch war mir sicher, der Kerl war einfach nur nett.

»Robin hat mich eingeladen.«

»Na, wenn das so ist«, sagte er mit hochgezogener Braue und trat einen Schritt beiseite, »herzlich willkommen im *Cold Cage*.«

Ich nickte ihm dankend zu und verschwand durch die Tür.

Rechts von mir lag ein langer, spärlich beleuchteter Gang, auf dem sich einige der Gäste tummelten. Ich setzte mich in Bewegung, orientierte mich an ihren Stimmen und folgte dem Gelächter, bis ich schließlich das Dröhnen der Musik vernahm. Mein Weg führte mich vorbei an den Toilettenräumen bis hin zur Garderobe. Bei den Temperaturen hier drin entschied ich, dass es vermutlich eine kluge Idee war, meine Jacke abzugeben, und drang anschließend weiter ins Innere vor.

Ich betrat eine riesige Halle mit hohen Decken, von der Strahler gedimmtes Licht in bunten Farben auf den Boden warfen. Der Bass hämmerte aus den Lautsprechern, doch niemand tanzte. Als ich meinen skeptischen Blick über die Umgebung schweifen ließ, stach mir ein Käfig aus massiven Gitterstäben ins Auge. Er befand sich mitten im Raum und wirkte gigantisch.

Was zur Hölle war das für ein Laden?

Zögerlich trat ich auf den langen Bartresen zu meiner Rechten zu. Er zog sich beinahe über die komplette Längsseite der Halle. Ein großer Schriftzug aus leuchtenden Buchstaben prangte an der Wand dahinter.

»Fight«, flüsterte ich vor mich hin.

Ich brauchte einen Augenblick, um zu verstehen. Schlussendlich fiel es mir wie Schuppen von den Augen. Ich befand mich inmitten eines Fightclubs.

»Was bekommst du?«, riss mich eine Stimme aus meinen Gedanken.

Hinter dem Tresen stand eine junge, bildhübsche Frau. Ihr dunkelbraunes, glänzendes Haar ging ihr bis zur Taille. Sie hatte funkelnde Augen, volle Lippen und die reinste Haut, die ich je gesehen hatte.

»Ein Glas Chardonnay, bitte.«

Sie lachte überheblich auf. »Sieh dich mal um, sieht es für dich so aus, als gäbe es hier feinen Wein?«

Ich hob die Braue. Für diese Aussage gab es definitiv Abzüge in der B-Note.

»Sie nimmt einen Martini.«

Ich fuhr herum und entdeckte Robin, die sich auf einem der Barhocker neben mir niedergelassen hatte.

»Du bist gekommen«, stellte sie freudig fest.

Ich nickte bestätigend.

»Und?« Robin sah sich um. »Was meinst du?«

»Ich meine, ihr hättet mir vorher ruhig sagen können, um was es geht.«

»Wärst du dann gekommen?«

Die Antwort auf diese Frage kannte ich selbst nicht. Ich seufzte und beugte mich zu ihr. »Ist das überhaupt legal?«

»Na, hör mal, Mixed Martial Arts ist ein anerkannter Kampfsport. Außerdem sind unsere Kämpfe alle angemeldet«, erwiderte Robin und erhob sich. »Setz dich, trink etwas und sieh dir den Kampf an. Wir sprechen uns später.«

Sie umrundete den Tresen und wandte sich der dunkelhaarigen Schönheit dahinter zu. »Arias Getränke gehen aufs Haus.«

Die Brünette nickte und servierte mir wenig später einen geschüttelten Martini mit Olive. »Du bist also diejenige, die hier anfangen will.«

»Sieht ganz so aus«, entgegnete ich möglichst selbstsicher. Dass ich dabei noch meine Zweifel hatte, behielt ich lieber für mich.

Mir schien, als entdeckte ich ein verborgenes Lächeln in ihrem Mundwinkel. Sie reichte mir ihre Hand. »Ich bin Naomi.«

»Aria, freut mich.«

Während ich einen Schluck von meinem Getränk nahm, ließ ich den Blick durch den Raum gleiten. »Verdient man hier gut?«

»Quentin zahlt mittelmäßig, aber wir dürfen jeden Dollar Trinkgeld behalten«.

»Wer ist Quentin?«

Naomi deutete auf den Käfig. Ich drehte meinen Kopf und erblickte einen Mann mit längeren gräulichen Haaren und einem dazu passenden Bart. Er stand breitbeinig inmitten des Metallgehäuses und hielt ein Mikrofon in seiner Hand.

»Ladies and Gentlemen, seid ihr bereit für einen Kampf, wie ihr ihn noch nie zuvor erlebt habt?« Die Menge begann zu grölen und tummelte sich enger um den Käfig herum. »Einen Kampf Mann gegen Mann, Tier gegen Tier.«

Kam es nur mir so vor oder trug der Kerl ziemlich dick auf?

Ich spähte rüber zu Robin, die sich mittlerweile zu Naomi gesellt hatte und ihr zur Hand gegangen war. Sie bemerkte meine Blicke nicht. Stattdessen schaute sie gespannt in Richtung Käfig. Ein stolzes Lächeln lag auf ihren Lippen.

»Er hat San Francisco im Sturm erobert. Er ist durch diese Stadt gefegt und hat nichts als Schutt und Asche hinterlassen. Wird er Seattle bezwingen? Wir werden es heute Abend herausfinden. Begrüßt mit mir den Tornado unter den Winden, den lautesten

Donner, den grellsten Blitz am Himmel, begrüßt mit mir *The Storm*, begrüßt Terry Wilson.«

Als die Leute zu jubeln begannen, richtete ich meinen neugierigen Blick zurück auf das Geschehen. Ein Mann, groß und kräftig, trat auf den Käfig zu. Er hatte langes Haar, welches zum Männerdutt gebunden war, trug rote Shorts und passende Kampfhandschuhe. Die Hände zu Fäusten geballt und den Blick starr zu Boden gerichtet, gesellte er sich zu Quentin.

»Und jetzt einen tosenden Applaus für unseren Platzhirsch, den Kämpfer, der noch nie zu Boden gegangen ist. Ein Mann schneller als sein Schatten. Unschlagbar, unbesiegbar. Hier ist für euch *Blackout*. Hier ist Leander Black!« Er zog den Namen des Kämpfers in die Länge und die Menge rastete aus.

Es war deutlich zu erkennen, wer der Favorit des heutigen Abends war. Wie gebannt blickte ich zum Käfig. Als dann ein Kerl, groß und breit wie ein Schrank, auf die Mitte des Raumes zuging, erklangen ohrenbetäubende Zurufe und laute Pfiffe. In seinem Blick lag nichts, außer dem Willen zu gewinnen. Wenn ich gedacht hatte, Terry Wilson sei kräftig, dann war dieser Typ aus Stahl. Jeder Muskel seines Sixpacks zeichnete sich selbst aus der Entfernung ab und wenn man genauer hinsah, konnte man sogar erkennen, dass es kein Sixpack, sondern ein Eightpack war. Ein tätowierter Schriftzug zierte seine Brust. *Blood Will Have Blood* stand dort in schwarzen Buchstaben geschrieben. Ich dachte über die Bedeutung der Worte nach, wurde jedoch unterbrochen, als Quentins Stimme erneut ertönte.

»Seid ihr bereit? Dann lasst mal was hören!« Er brüllte ins Mikrofon und erneut drehte die Meute durch.

Ein leicht bekleidetes Mädel stieg auf ein Podest nahe dem Käfig. Sie posierte und hielt ein Schild mit der Ziffer Eins in die Höhe. Die beiden Kämpfer brachten sich in Position, vernichteten ihr Gegenüber mit hasserfüllten Blicken.

»Drei, zwei, eins ... Fight!« Quentin gab den Startschuss und die Menge schrie. »Black! Black! Black!«

Wilson bewegte sich als Erster. Er tänzelte um Black herum, holte dann zum ersten Schlag gegen ihn aus. Black wich mühelos zurück und platzierte Sekunden später einen Schlag, der Wilson mitten ins Gesicht traf. Die Leute klatschten und feierten Black schon beinahe als Sieger. Wilson sammelte sich kurz, griff dann erneut an, verfehlte Black jedoch wieder. Dieser sprang zur Seite und landete kurz darauf den nächsten Treffer. Seine Faust traf Wilson über seinem rechten Auge. Die Augenbraue platzte auf, Blut spitzte und er taumelte zurück. Ich saß wie gefesselt da und starrte fassungslos auf den Käfig, als plötzlich ein Gong ertönte und die erste Runde beendete. Mein Herz raste, denn ich hatte so was noch nie gesehen.

»Na, Süße, zum ersten Mal hier?«

Ich erschrak, als sich ein Kerl mit Glatze ohne Vorwarnung zu mir gesellte.

»Quatsch nicht rum, sag mir lieber, was du trinken willst«, übernahm Naomi für mich. Sie zwinkerte mir zu, schenkte nebenher einen Whisky aus und kassierte mehrere Dollar Trinkgeld.

Unauffällig beobachtete ich, wie sie einen Batzen Geld aus ihrer Hosentasche zog, um die ergatterten Scheine dazuzulegen. Einen zugegebenermaßen beachtlichen Batzen Geld. Ich rief mir ins Gedächtnis, was Naomi zum Thema Trinkgeld zu sagen gehabt hatte. Viel Zeit, um darüber nachzudenken, blieb mir allerdings nicht, denn das Mädel auf dem Podest hielt das Schild mit der Ziffer Zwei hoch und gab die nächste Runde frei.

Black, der im Gegensatz zu Wilson noch keinen einzigen Kratzer hatte, gab sich siegessicher. Er strotzte vor Selbstbewusstsein und ließ keinen Zweifel daran, dass dieser Käfig ihm gehörte. Er umkreiste Wilson und schlug dieses Mal als Erster zu. Er traf dessen Oberkörper. Anscheinend nicht so hart, wie er es beabsichtigt hatte, denn Wilson holte mühelos zum Gegenschlag aus. Mit einer

Links-rechts-Kombination traf er Black, dessen Kopf zur Seite flog. Zähneknirschend stürzte sich Black daraufhin auf Wilson und landete einen Treffer an dessen Schläfe. Wilson schwankte, wirkte benommen und doch versetzte er Black im nächsten Moment einen kräftigen Kick in den Magen. Black brüllte und fiel einige Schritte zurück.

Mir gefror das Blut in meinen Adern. Wer zur Hölle tat sich so etwas freiwillig an?

Als der erlösende Gong ertönte, verschwanden Black und Wilson in ihre Ecken. Ich beobachtete, wie Quentin auf Black einredete. Er war außer sich, drillte ihn, bis wenig später die nächste Runde startete. Die Stimmung der Zuschauer hatte sich verändert, ihre Anspannung war deutlich zu spüren.

Black und Wilson standen sich wachsam gegenüber. Es schien, als warteten sie auf einen Fehler des anderen. Plötzlich beugte Black sich vor und rief Wilson etwas zu, das nur er verstehen konnte. Was auch immer es gewesen sein mochte, es brachte ihn dazu, zum Schlag auszuholen. Black duckte sich und rammte ihm im Gegenzug seine Faust ins Gesicht. Frisches dunkelrotes Blut lief aus dem Cut an Wilsons Augenbraue und behinderte seine Sicht. Black nutzte das aus, um einen weiteren Treffer zu landen.

Die Zuschauer jubelten, erneut ertönten Pfiffe. Black sah triumphierend in die Menge. Ich beobachtete ihn dabei. Die stolze Haltung, jeder Muskel in seinem Körper bis zum Zerreißen angespannt. Und mit einem Mal trafen sich unsere Blicke, einfach so. Wir starrten einander an und die Zeit blieb stehen. Die Stimmen um mich herum wurden leiser, bis sie schließlich verstummten. Einen Augenblick lang gab es nur ihn und mich. Doch Blacks Unachtsamkeit wurde ihm zum Verhängnis, als Wilsons Faust ihn hart am Kinn traf. Er taumelte und ging zu Boden.

Ich schreckte auf, presste die Hand auf meinen Mund und hielt den Atem an. Ich sah zu, wie sich Wilson auf Black stürzte und immer wieder auf ihn einschlug. Mein gesamter Körper stand mit einem Mal unter Strom. Entsetzt versuchte ich meinen Blick abzuwenden, schaffte es jedoch nicht.

Black brüllte. Er wand sich unter Wilson, traf ihn mit einem Hieb an den Rippen und kämpfte sich dann zurück in den Stand. Im Bruchteil einer Sekunde holte er zu einem Sidekick aus und traf Wilson damit am Kopf. Bewusstlos sackte dieser zusammen, danach wurde es still.

Ein Arzt stürmte in den Käfig, dicht gefolgt von Quentin, der Blacks Arm in die Höhe riss und ihn damit zum Sieger erklärte. Kurz darauf brach der bisher ohrenbetäubendste Jubel aus.

Black, der mittlerweile seinen Zahnschutz rausgenommen und sein Siegerlächeln aufgesetzt hatte, ließ sich feiern. Mir fiel auf, wie gutaussehend er eigentlich war. Durch seine aufgeplatzten und blutverschmierten Lippen blitzten strahlend weiße Zähne. Selbst sein geschwollenes Auge tat seiner Schönheit keinen Abbruch.

»Warum so blass?«, neckte mich Robin, die mir gegenüber am Tresen lehnte und die Arme verschränkte.

»Der Job ist nichts für sie«, mischte sich Naomi ein.

»Ganz im Gegenteil, ich will die Stelle.«

Ich brauchte nicht lange, um zu verstehen, dass der Job wie für mich geschaffen war. Die Stelle hinter der Bar schien mir relativ simpel und viel weniger anstrengend als die Lauferei, die man als reguläre Kellnerin auf sich nahm. Ich würde abends arbeiten und hätte tagsüber Zeit, um Bewerbungen zu schreiben. Wenn man sich dann den Batzen Trinkgeld ansah, den Naomi heute Abend ergattert hatte, konnte man gar nicht anders, als Ja zu sagen. Das Einzige, das es zu ignorieren galt, waren die brüllenden und blutenden Kerle, die im Käfig umhersprangen und sich an die Gurgel gingen.

»Na dann«, brachte Robin grinsend hervor, »will ich dir mal meinen Vater vorstellen.« Sie stieß sich vom Tresen ab und winkte jemanden herbei.

Ich folgte ihrem Blick und stutzte, als Quentin auf uns zukam. »Moment mal, Quentin ist dein Vater?«

Robin nickte bestätigend. »Dad, ich möchte dir Aria vorstellen. Sie ist neu in der Stadt und scharf auf den Job.«

Ich reichte Quentin die Hand. »Freut mich, Sie kennenzulernen, Sir.«

»Mach dich nicht lächerlich«, sagte er mit einer Ernsthaftigkeit, die meinen Puls ansteigen ließ. »Ich bin Quentin.«

Ich biss mir auf die Lippe und nickte, woraufhin er mich eindringlich musterte. »Du willst also für mich arbeiten?«

Anspannung machte sich in mir breit. Mein Blick wanderte zu Naomi, streifte Robin und legte sich anschließend wieder auf Quentins Gesicht. »Ja.«

Er schwieg einen Moment lang, verzog dann aber die Lippen zu einem Lächeln. »Komm in fünf Minuten in mein Büro.«

Ende der Leseprobe

Achtung: Der weitere Verlauf des Romans enthält triggernde Inhalte.

DIE MACHT DER GEFÜHLE
TAUCH EIN IN ROMANTISCH-FANTASTISCHE GESCHICHTEN.
IMPRESS
#IMPRESSBOOKS
ALLES VON IMPRESS HIER:
IMPRESSBOOKS.DE

LIEBE UND INTRIGEN
in der High Society

Ada Bailey
THE CROWN BETWEEN US. ROYALES GEHEIMNIS (DIE »CROWN«-DILOGIE 1)
ISBN 978-3-551-30329-5
Softcover
Auch als E-Book erhältlich

Als Alpha von ihrem Stiefvater auf ein Eliteinternat geschickt wird, findet sie sich plötzlich in der Welt der Reichen und Schönen wieder. Der charmante Aaron zieht sie sofort in den Bann, doch er ist der Cousin des Thronerben und ein gnadenloser Playboy. Doch das Herz will, was es will – auch wenn es brechen könnte.

Jess A. Loup
ELITE SECRETS. HERZ IN DER BRANDUNG
ISBN 978-3-551-30406-3
Softcover
Auch als E-Book erhältlich

Eine toughe Eliteschülerin, ein unwiderstehlicher Surferboy, Küsse am Strand in sternklaren Nächten und ein unfassbares Geheimnis, das alles infrage stellt – mitten in der Upper Class an der Côte d'Azur. Denn hinter der Fassade des strahlenden Sunnyboys steckt jemand mit einer gefährlichen Agenda für Josie und ihre Familie.

Lana Rotaru
UNBREAKABLE HEART. UNSERE LIEBE IST GEFÄHRLICH
ISBN 978-3-551-30378-3
Softcover
Auch als E-Book erhältlich

Gerade noch ist Emily eine unscheinbare Studentin und plötzlich findet sie sich auf den Titelseiten der Klatschzeitschriften wieder. Schuld ist ein epischer Kuss mit einem Fremden. Der verboten gut aussehende Italiener ist der Sohn einer der einflussreichsten Familien Venedigs und würde für Emily die Welt der Reichen und Schönen sofort hinter sich lassen. Doch ihre Liebe birgt Gefahren.

IMPRESS

WWW.IMPRESSBOOKS.DE

GEFÜHLVOLLE LIEBESGESCHICHTEN

Viktoria Christians
ALLES UND NOCH MEHR.
LOREEN & CARTER
ISBN 978-3-551-30272-4
Softcover
Auch als E-Book erhältlich

Nach dem Tod ihrer Mutter und der schmerzhaften Trennung von ihrem Ex-Freund hat Loreen die Liebe endgültig abgehakt. Niemand kann ihre Trauer nachvollziehen, dabei wünscht sie sich nichts sehnlicher, als die restliche Highschool-Zeit ohne weiteres Gefühlschaos zu überstehen. Doch bereits am ersten Schultag trifft sie auf den ebenso verschlossenen wie mysteriösen Carter.

Johanna Rau
WHERE THE HEART IS.
NELLY UND FYNN
ISBN 978-3-551-30312-7
Softcover
Auch als E-Book erhältlich

Nach ihrem Abschluss beginnt Nelly ein Praktikum beim Magazin »Shiny« und freut sich auf das hippe Leben in der Großstadt. Doch anders als geplant soll sie ausgerechnet in der tiefsten Provinz für einen Artikel über das Landleben recherchieren. In Roseville angekommen, trifft sie auf den überheblichen Fynn – und kommt ihm zwischen Stallausmisten und Sternebeobachten unerwartet näher.

Sina Müller
ALMOST SPEECHLESS.
DIE TIEFE DEINER WORTE
ISBN 978-3-551-30398-1
Softcover
Auch als E-Book erhältlich

Paulina liebt Worte – und doch ist sie nahezu stumm. Eine Kommunikationsstörung namens Selektiver Mutismus macht es der kreativen Studentin der Academy of Arts fast unmöglich, sich mit anderen auszutauschen. Zuflucht findet Paulina bei Adrian, dem rebellischen Sprayer. Wenn sie doch nur mit ihm sprechen könnte …

IMPRESS

WWW.IMPRESSBOOKS.DE

Impress
Die Macht der Gefühle

Wir produzieren nachhaltig
- Klimaneutrales Produkt
- Papiere aus nachhaltigen und kontrollierten Quellen
- Hergestellt in Europa

FSC www.fsc.org
MIX
Papier aus verantwortungsvollen Quellen
FSC® C083411

Impress
Ein Imprint der Carlsen Verlag GmbH
Mai 2022

Lektorat: Rebecca Steltner
Umschlagbild: shutterstock.com / © VerisStudio / © BaLL LunLa / © Navin Penrat / freepik.com / © pikisuperstar / © rawpixel / © upklyak / © starline / © yummybuum
Umschlaggestaltung: M.D. Hirt
ISBN 978-3-551-30460-5
www.impressbooks.de